TOVE JANSSON
STADT DER SONNE

Aus dem Schwedischen von
Birgitta Kicherer

K
A
M
P
A

Die schwedische Originalausgabe erschien 1974 unter dem Titel *Solstaden* im Verlag Schildts Förlags Ab, Helsinki. Die deutsche Erstausgabe erschien 2018 im Verlag Urachhaus, Stuttgart.

Für den Blick hinter die Verlagskulissen:
www.kampaverlag.ch/newsletter

FILI FINNISH LITERATURE EXCHANGE

Die Übersetzung dieses Buches wurde von
FILI – Finnish Literature Exchange gefördert.

Die Arbeit der Übersetzerin am vorliegenden Text wurde vom Deutschen Übersetzerfonds gefördert.

KAMPA POCKET
DIE ERSTE KLIMANEUTRALE TASCHENBUCHREIHE
Gedruckt auf säurefreiem und chlorfrei gebleichtem Papier zur Unterstützung verantwortungsvoller Waldnutzung, zertifiziert durch das Forest Stewardship Council. Der Umschlag enthält kein Plastik. Kampa Pockets werden klimaneutral gedruckt, kampaverlag.ch/nachhaltig informiert über das unterstützte CO_2-Kompensationsprojekt.

Veröffentlicht im April 2025 als Kampa Pocket
Copyright © 2018 by Verlag Urachhaus
Lizenzausgabe mit freundlicher Genehmigung
Für diese Ausgabe
Copyright © 2025 by Kampa Verlag AG,
Hegibachstrasse 2, CH-8032 Zürich
info@kampaverlag.ch
GPSR-Kontakt: Schöffling & Co. Verlagsbuchhandlung GmbH,
Kaiserstraße 79, D-60329 Frankfurt am Main
info@schoeffling.de
Der Verlag behält sich eine Nutzung des Werkes für Text- und Data-Mining im Sinne des § 44b UrhG ausdrücklich vor.
Covergestaltung: Lara Flues, Kampa Verlag
Covermotiv: © Kolomiiets Iryna/iStock
Gesetzt aus der Sabon ItalicOsF / 1. Auflage 2025
Druck und Bindung: GGP Media GmbH, Pößneck
ISBN 978 3 311 15115 9

www.kampaverlag.ch

»SUN CITIES«,
diese wunderbaren friedlichen
Städte, wo wir ewigen Sonnenschein
garantieren, das Paradies auf Erden,
belebend wie alter Wein ...

Zitat aus einem amerikanischen Prospekt

1

In St. Petersburg, Florida, ist es immer warm. Palmenpromenaden säumen das blaue Meer, die Straßen sind gerade und breit und die Häuser von lauschigen Büschen und Bäumen umgeben. Im vornehmen, passiven Teil der Stadt sind die meisten Häuser aus Holz und oft weiß gestrichen, mit offenen Veranden, wo die Schaukelstühle das ganze Jahr über in langen Reihen dicht nebeneinander stehen. Morgens ist es sehr still, und die Straßen liegen im ewigen Sonnenschein leer da. Nach und nach kommen die Gäste auf die Veranden heraus, steigen die Treppen herunter und begeben sich langsam zu The Garden oder einem anderen der besseren Lokale mit Selbstbedienung. Sie bewegen sich oft in Grüppchen oder paarweise. Etwas später setzen sie sich in ihre Schaukelstühle oder machen einen kleinen Spaziergang.

In St. Petersburg gibt es mehr Frisöre als anderswo, alle spezialisiert darauf, dünnes weißes Haar in kleine, luftige Löckchen zu legen. Hunderte von alten Damen wandern mit weiß gelockten Köpfen unter den Palmen, die Herren dagegen sind weniger zahlreich. In den Gästehäusern hat jeder sein eigenes Zimmer, oder man bewohnt es zu zweit, manche nur vorübergehend, um das gleichmäßige, warme Klima zu genießen, die meisten jedoch für die gesamte Zeit, die ihnen noch verbleibt. Krank ist hier niemand, also genau genommen bettlägerig, so etwas wird unglaublich flink von Krankenwagen erledigt, die jedes Mal ohne Martinshorn unterwegs sind. Zwischen und auf den Bäumen hausen viele Eichhörnchen und noch mehr Vögel, alle so zahm, dass ihr Benehmen fast an Frechheit grenzt. Viele Läden führen Hörgeräte und andere Hilfsmittel, in jedem Viertel wird mit leuchtenden, fröhlichen Farben für schnelle Blutdruckmessung geworben, außerdem werden umfangreiche Informationen in Sachen Rente, Einäscherung oder juristische Beratung offeriert. Auch gibt man sich viel Mühe damit, ein vielseitiges Angebot von Strickmustern und Garnen, Gesellschaftsspielen, Material für selbst gebastelte Broschen und Ähnliches vorrätig zu haben. In allen Läden kann der Kunde damit rechnen, immer freundlich und zuvorkommend bedient zu werden.

Wer den Palmenpromenaden bis hinunter ans Meer folgt oder hinauf zum Stadtpark und zur Kirche, begegnet weder Kindern noch Hippies oder Hunden. Nur an den Wochenenden sind Pier und Strandpromenaden voller Leute, die in das schöne St. Petersburg geströmt sind, um das Filmschiff Bounty zu besichtigen. Dann ist das Strandleben fröhlich und bunt, und die letzten Autos fahren erst in der Abenddämmerung weg.

Das Gästehaus Butler Arms liegt drei Blocks aufwärts in der Zweiten Avenue, es hat zwei Stockwerke, und vom Eckzimmer im Obergeschoss kann man ein Stück Meer sehen und die Takelage der Bounty, die abends beleuchtet ist. Die Veranda des Gästehauses Butler Arms ist schöner als die meisten anderen, sie hat ein geschnitztes Geländer und macht einen intimen, freundlichen Eindruck, weil nicht mehr als acht Schaukelstühle dort stehen. Im Übrigen sei erwähnt, dass das Haus sehr alt ist, fast fünfundsiebzig Jahre.

Zwei Mal täglich fährt Bounty-Joe auf seinem Motorrad durch die Straße, kurz vor elf, wenn die Kasse öffnet, und in der abendlichen Dunkelheit, wenn die Beleuchtung der Takelage angegangen ist. Er fährt mit Karacho, rasend schnell. Wenn er die Kurve bei Palmers Ecke nimmt, streckt er das eine Bein aus und lässt die Stiefelsohle über den Asphalt schlittern, danach ist alles wieder still. Bounty-Joe liebt Linda, das Zimmermädchen von Butler Arms.

Mrs. Elizabeth Morris, Nebraska, 77, hatte ihren Platz im zweiten Schaukelstuhl vom Geländer aus, bei der großen Magnolie. Direkt neben der Magnolie saß Mr. Thompson, der vorgab, taub zu sein, und an ihrer anderen Seite Miss Peabody, die sehr scheu war, somit konnte Mrs. Morris ungestört denken. Sie war erst vor Kurzem in St. Petersburg angekommen, ohne Begleitung und mit Halsschmerzen. Bei der Ankunft in Butler Arms hatte ihre Stimme endgültig versagt. Auf einer Seite in ihrem Notizbuch hatte Mrs. Morris ihren Namen und ihre momentane Verfassung notiert sowie die Tatsache, dass ein paar antike Möbelteile später ankommen würden. Das Schweigen hatte sie davor bewahrt, sich in voreiligem Eifer jemandem anzuvertrauen, eine Gefahr, die sonst durchaus bestand, wenn man nach einer langen, einsamen Reise irgendwo ankam. Als ihre Stimme wiederkehrte, war der heikle Zeitpunkt für vertrauliche Mitteilungen verstrichen, die anderen hatten sich daran gewöhnt, dass sie schwieg, und fragten nichts.

Elizabeth Morris war von kräftiger Statur und hielt sich ungewöhnlich aufrecht. Als einziges Zugeständnis an Make-up hatte sie die Augenbrauen mit einer schwungvollen Linie nachgezogen. Unter dem grauen Haar verliefen diese majestätischen Augenbrauen in einem dunklen Blau und verliehen ihrem Blick einen klaren, prüfenden Ausdruck. Allerdings kam es nur selten vor, dass jemand ihre Augen zu sehen bekam.

Miss Peabody beugte sich vor und sagte: »Sie haben so viele verschiedene Sonnenbrillen?«

»Drei«, antwortete Mrs. Morris. »Damit mache ich die Straße blau, braun oder rosa. Die blaue Straße ist die beste.«

Bounty-Joe fuhr auf seinem Motorrad vorbei, nach der Kurve heulte die Maschine auf und schoss in gerader Linie aufs Meer zu. Das hintere Schutzblech war mit einem großen weißen Kreuz bemalt.

»Der furzt noch lauter als ich«, bemerkte Thompson.

Sie warteten auf die Post. Miss Frey kam jeden Morgen mit der Post auf die Veranda, mal trug sie grüne Hosen, mal waren sie rosa, eine dürre alte Echse von fünfundsechzig Jahren in rosa Hosen.

»Weiber!«, grummelte Thompson, machte sich in seinem Stuhl steif wie ein Stock und stieß aus dem einen Mundwinkel einen langen, stöhnenden Heulton aus.

Peabody klammerte sich an Mrs. Morris und schrie: »Ein Anfall! Er hat einen Anfall, tun Sie was!« Elizabeth Morris zog ihren Arm heftig an sich, wie vor einem Biss. Weiter hinten auf der Veranda bemerkte Mrs. Rubinstein, Thompsons Darbietung sei, selbst als Generalprobe betrachtet, misslungen. Miss Peabody sah auf und flüsterte eine Entschuldigung, sie hatte kleine, schmale Schneidezähne und erinnerte stark an eine Spitzmaus. Mrs. Morris müsse verstehen, so sei es immer mit ihr, sie sei viel zu impulsiv, lasse sich viel zu leicht täuschen, dafür könne sie nichts …

Der Morgen war kühl und frisch und roch nach Gras. Der Geruch nach Gras ist überall gleich, wo man einen Rasen mäht, egal wo, dachte Elizabeth Morris. Ich hätte meinen Arm nicht zurückziehen sollen! Jedes Mal, wenn jemand mich anfasst, ist es dasselbe, und jetzt habe ich eine Maus gekränkt. Die Schaukelstühle standen zu eng nebeneinander. Hannah Higgins war die Einzige, die schaukelte, sie schaukelte immer, vor und zurück, friedlich und langsam. Sie hatte ihre Eierschachtel aus Styropor hervorgeholt, dazu Schere und Stift. Mit großem Geschick schnitt sie Lilien mit tiefem Kelch und vier nach außen geöffneten Blütenblättern aus, eine nach der anderen. Diese Lilien standen immer an Ostern auf dem Klavier; zu Weihnachten schnitt Mrs. Higgins Schneeflocken und Ähnliches aus, erstaunlich, was man alles aus Eierschachteln fabrizieren kann. Hinter den starken Brillengläsern folgten ihre kurzsichtigen Augen aufmerksam dem Weg der Schere, das breite Gesicht war von unzähligen mikroskopischen Runzeln überzogen, fein verteilt wie bei Krepp-Papier. Im Juni wurde sie achtundsiebzig.

Mrs. Morris hatte festgestellt, dass einiges an Aufmerksamkeit nötig war, um einen Schaukelstuhl am Schaukeln zu hindern, die kleinste Bewegung setzte ihn in Gang. Sie lernte es schnell, aber immer wenn sie sich aus dem verflixten Möbelstück erhob, waren ihr die Beine von aufgestauter Anspannung steif geworden. Manchmal fragte sie sich, ob es wohl allen so erging. Als Miss Frey aus dem Vestibül trat, sagte sie: »Hallo, alle miteinander! Und wieder ein Tag mit Sonnenschein!« Das sagte sie jeden Morgen, aber heute war sie müde und sagte es mit schärferer Stimme als sonst. Sehr unvorsichtig, wie von Dämonen gesteuert, nahm sie ausgerechnet Mrs. Rubinstein aufs Korn, hielt direkt auf sie zu und äußerte in einem Tonfall, mit dem man sonst sehr kleine Hunde oder die Kinder anderer Leute anspricht: »Ein Brieflein! Die Post hat ein Brieflein gebracht!« Die voluminöse schwarzäugige Frau machte langsam eine halbe Umdrehung und durchbohrte Miss Frey mit dem Blick, sah ihr in das geschminkte, verbrauchte Gesicht unter der Perücke, dann senkte sie genauso langsam die Augen und musterte den Brief, ohne ihn entgegenzunehmen. Jetzt wird sie wieder unanständig, das wussten alle. Miss Freys Hand hatte zu zittern begonnen. Endlich sprach Mrs. Rubinstein, mit vernichtender Liebenswürdigkeit sagte sie: »Meine liebe Miss Frey. Ein ganz eigenes Brieflein mit einem ganz eigenen kleinen Werbeprospekt. Für Plastikartikel. Mein Feingefühl, Miss Frey, einzig und allein mein Feingefühl verbietet mir, Ihnen zu sagen, was Sie mit diesem Brief machen können.« Und mit einem kurzen, heiseren Lachen machte sie deutlich, wohin sich Miss Frey den Brief stecken könne. Thompson setzte sich auf und fragte: »Was hat sie gesagt? Wieder etwas Unanständiges?«

»Nichts von Bedeutung«, antwortete Mrs. Morris.

Miss Frey wurde rot, gab Mrs. Rubinstein einen neckischen Klaps auf die Schulter und rief: »Wer ist denn da so unartig«, ließ die Post auf den Boden fallen und ging.

»Was hat sie gesagt?«, wiederholte Thompson.

Durch Elizabeth Morris' Sonnenbrille wurde der Rasen blau, die leere Straße fern wie auf dem Mond, und der blaue Thompson sah ungewöhnlich krank aus. Sie sagte beruhigend: »Nichts Wichtiges. Mrs. Rubinstein hat versucht, einen Scherz zu machen.«

»Aber was hat sie denn gesagt, was hat sie gesagt!«, beharrte Thompson. Er hievte sich aus dem Stuhl, schob sein schiefes, kleines Gesicht dicht heran und schrie: »So ist es immer mit euch Weibern, nie darf man wissen, wenn es was zum Lachen gibt! Genauso gut könnte man tot sein! Total mausetot, und das könnten Sie auch sein, wie auch immer Sie heißen!«

Mit der Hand hinterm Ohr blieb er stehen und wartete, während sich auf der ganzen Veranda bleierne Stille ausbreitete. Mrs. Morris nahm ihre Sonnenbrille ab. Jetzt, da der Kerl nicht mehr blau war, sah er einigermaßen normal aus. Mit kühler Stimme erwiderte sie, Mrs. Rubinstein habe vermutlich darauf angespielt, dass Miss Frey sich mit dem betreffenden Brief den Hintern wischen könne. Thompson hörte aufmerksam zu und setzte sich dann wieder in den Schaukelstuhl. »Sehr komisch«, sagte er und richtete den Blick auf die Straße. »Meine Damen, Sie sind umwerfend witzig.«

Kann ja sein, dass die frontale Platzierung der Schaukelstühle, mit Blickrichtung geradeaus, die einzige praktische Möglichkeit ist. Vermutlich, dachte Mrs. Morris, ist es schwierig, Schaukelstühle in Gruppen zu arrangieren, also aufeinander zuschaukelnd, das erfordert viel Platz und kann auf die Dauer ermüdend sein. Eigentlich besteht die ursprüngliche Idee des Schaukelstuhls aus einem einzigen Möbelstück, das sich in einem ansonsten statischen Raum in Bewegung befindet.

»Ich muss gehen«, erklärte Miss Peabody. »In meinem Zimmer wartet Handwäsche.« Sie begann zu schluchzen und verließ schnell die Veranda. Mrs. Higgins bemerkte: »Die arme Kleine, jetzt ist sie wieder außer sich.« Mrs. Rubinstein steckte sich eine neue Zigarette an und erwiderte: »Alle Peabodys sind zu allen Zeiten auf ihr Zimmer gerannt, wenn sie außer sich geraten. Sie sind so schrecklich mitfühlend und müssen immerzu getröstet werden.« Dann schlug sie die Zeitung auf und las verächtlich und gut informiert über den Lauf der Welt. Es war die vierte Zigarette vor dem Lunch. Rebecca Rubinstein war einundachtzig. Ihr Haar bildete eine weiße Tiara, unterhalb der gesenkten Augenlider hatten die glatten, schweren Wangen noch die Farbe einer etwas zu reifen Frucht.

Mausetot, dachte Elizabeth Morris und schloss hinter ihrer Sonnenbrille die Augen, als würde sie schlafen, damit hat er seinen großen Hit gelandet. Das war nicht fair, aber irgendeine Freude muss man dem alten Furzer schließlich gönnen. Ich glaube nicht, überlegte sie, ich glaube nicht, dass es noch besonders viele Dinge gibt, die mir richtig Angst machen. Vielleicht Nebraska und Vertrauensseligkeit, auch gewisse Formen von Musik, aber der Tod gehört nicht dazu. Nicht der Versuch, andere zu beeindrucken, und nicht der Tod. Sie vergaß, die Angst vor dem Zimmer zu erwähnen – das Zimmer, das man offen hinter sich zurücklässt, kann zu einer kläglichen Bloßstellung werden, man muss die verräterischen Spuren und Anzeichen des Alters verstecken, kleine unästhetische Zeichen der Vergesslichkeit, all jene Konstruktionen der Hilflosigkeit, die sich so unbemerkt und so offensichtlich einschleichen. Mrs. Morris versteckte das alles, sie versuchte, die Würde der Dinge wiederherzustellen, und strengte sich bis zum Äußersten an, um Linda täglich ein leeres, unpersönliches Zimmer übergeben zu können. Nachdem sie sich angezogen und das Zimmer versteckt hatte, war sie meistens erschöpft, traute sich jedoch nie, auf der Veranda einzuschlafen. Man könnte schnarchen, der Mund könnte aufklappen. Lindas Staubsauger dröhnte hin und her durch den Flur, manchmal schlug er an die Wände und fuhr dann weiter. Mrs. Morris schlief ruhig ein, ihr Kopf sank auf die Seite, sie schlief ganz geräuschlos, mit geschlossenen Zähnen.

Am anderen Ende der Veranda erhoben sich die Schwestern Pihalga beide gleichzeitig, sie nahmen ihre Bücher mit und wanderten langsam zum Meer hinunter. Während sie lasen, waren die Schwestern Pihalga von allem, was ringsum geschah, vollkommen abgeschottet. Und sie lasen fast immer.

Als Evelyn Peabody die Treppe nach oben stieg, eine Stufe nach der anderen, schleppte sie ihr großes Mitgefühl mit, das immer dann, wenn sie ihre eigene Meinung nicht zu verteidigen wagte, anschwoll und schwer und unhantierbar wurde. Wort für Wort und Stufe für Stufe ging sie das würdelose und unnötige Gespräch auf der Veranda durch. Oh, diese Menschen, die mit Worten um sich warfen, als würden sie Steine werfen oder Abfall wegschmeißen, und der arme alte Mr. Thompson, der von allem ausgeschlossen war! Er fand, dass er genauso gut tot sein könnte. Und sie war davongelaufen und hatte wieder mal geflunkert! In ihrem Zimmer wartete keine Handwäsche. Wie kam es nur, dass jemand, der die Wahrheit liebte, so oft flunkern musste, und dass es jemandem, der die Gerechtigkeit liebte, so schwer fiel, zu kämpfen! Er könnte genauso gut tot sein! Entsetzlich! Aber er hatte völlig recht, ein Herr von achtzig Jahren hat sich sehr viel länger durchgeschlagen, als ihm zusteht. Sie selbst war vierundsiebzig, für eine Dame war das gar nichts. Arm war er zudem noch, bekam hier das Gnadenbrot und hatte allem Anschein nach ein langes, liederliches Leben hinter sich. So kann's gehen, wenn man nicht aufpasst!

Miss Peabody beschloss, freundlich zu ihm zu sein und ihm so viel Sympathie wie möglich entgegenzubringen. Ja, das würde sie tun, obwohl er ein wirklich abscheulicher und übellauniger alter Mann war. Sie nahm einen Schal und wusch ihn kurz durch, um der Wahrheit willen. Dann holte sie ihr langes Graues hervor und begann, die Knöpfe am Rücken zu versetzen. Man schrumpft im Laufe der Zeit. Und Nähen beruhigt die Gedanken. Ihr Leben lang hatte Evelyn Peabody Kleider genäht, alte Kleider geändert, gewendet, enger und weiter gemacht. Man braucht Geschicklichkeit und Ausdauer, um das Abgetragene und schief Geratene zu verbergen und das Schöne zu betonen. Später, im Modesalon, waren die Stoffe zwar neu, aber die Kunst, etwas zu verbergen oder zu betonen, blieb immer noch gefragt. Sie nähte flink und sicher. Inzwischen hielten ihre Augen nur jeweils für eine halbe Stunde. Miss Peabody nähte ausschließlich für sich selbst, für sonst niemanden mehr. Während sie die Nadel in fliegender Hast durch den Stoff stach, lange Reihen gleichmäßiger kleiner Bisse, wanderten ihre Gedanken wie immer zu den Damen zurück, die Schweißlappen unter den Armen haben wollten, zu diesen Damen, die sie nie wiedererkannt hatten, weil sie nur in den Spiegel schauten, und nachdem sie die Damen fertig gedacht hatte, kam sie zu dem traumhaften Morgen, als Evelyn Peabody in der Staatlichen Lotterie den Hauptgewinn bekam. An jenem Morgen hatte niemand gearbeitet. Miss Arundell schrie: »Herrje, ausgerechnet *sie*! Schaut sie euch an, sie ist ganz weiß im Gesicht vor Freude …« Die Kolleginnen fragten: »Was wirst du dir jetzt kaufen?«, und sie rief: »Sonne! Sonne! Ein eigenes Zimmer für mich allein!« So hatte sie geantwortet, ohne einen Augenblick zu überlegen. Sie, diese kleine Person, der es immer kalt war, hatte auf eigene Faust gewonnen, mit ihrer ganz eigenen Losnummer, und endlich war der Gerechtigkeit Genüge getan.

Als Linda mit frischen Handtüchern hereinkam, stand Miss Peabody auf, das tat sie immer, wenn Linda ihr Zimmer betrat. Das war ein Ritual. Jedes Mal wurde sie von diesem ruhigen, blendenden Lächeln überwältigt, das so unglaublich schön war, und erwiderte es mit der Hand vor dem Mund. Linda ging ohne Eile ins Badezimmer. Sie trug immer Schwarz, und ihr schwarzes Haar fiel ihr als funkelnde Masse über den Rücken. Ihr makelloses blasses Gesicht war von einer Art leichter Trauer überschattet, die total in sich selbst ruhte. Linda ist ein mexikanischer Name und bedeutet lieblich, anmutig.

Auf der Veranda fuhr Hannah Higgins, die Eierschachtel immer dicht vor der Nase, damit fort, Lilien auszuschneiden, eine Lilie nach der anderen wurde auf ihrem Schoß aufgereiht. Sie teilte mit, dieses Jahr gebe es keine gelben Pfeifenreiniger, darum müssten die Blütenstempel eben grün werden.

Aus alter Gewohnheit überlegte Mrs. Rubinstein, ob sie irgendeine unanständige Bemerkung über Blütenstempel machen sollte, doch dann verging ihr die Lust dazu und sie ließ ihre schweren Lider über die große Verachtung sinken, sie verachtete Osterschmuck, Veranden, angenehmes Klima und eigentlich alles, was sich an einem schönen, leeren Tag in St. Petersburg, Florida, so verachten lässt.

Thompson schlief. Und jetzt, sagte Mrs. Higgins, jetzt komme ja bald der Frühlingsball, und sie für ihren Teil habe vor, dabei Schwarz zu tragen, für alte Frauen sei das eine gute Farbe, zumindest dort, wo sie herkomme, und auch wenn man zu dick sei. Plötzlich ließ sie los, was sie gerade in den Händen hielt, legte den Kopf zurück und lachte, erstaunlich hell, ein fast unschuldiges Lachen. Thompson könne ein passender Kavalier sein – die eine sehe nichts und der andere höre nichts! Das sei doch komisch, oder? Mrs. Rubinstein hörte zerstreut zu, während sie ihre schönen alten Hände musterte und die Ringe, die ihre Finger schmückten. Abraschas Ring war der größte, sie trug ihn ständig, obwohl er so vulgär war. Abraschas monatlicher Brief hatte sich um vier Tage verspätet. Eierschachteln. Osterglocken. Eine alte Frau vom Lande in Schwarz. Sie wandte ihr großes Gesicht mit der markanten Nase der Straße und Friendship's Rest zu, das genau gegenüber lag. Dort waren alle vom Frühstück zurückgekehrt, sämtliche Schaukelstühle waren besetzt. Ein Dutzend weißer Gesichter, die geradeaus starrten, ein Dutzend alter Ärsche in je einem Schaukelstuhl, dachte Mrs. Rubinstein. Und bald werden sie ihre Ärsche auf dem Frühlingsball im Senior's Club schwingen. Unhörbar und verächtlich fügte sie hinzu: »Gojim naches«, was übersetzt bedeutet »die Narreteien der Christen«.

Miss Peabody stand hinter einer Palme und wartete. Kurz vor zwölf pflegte Mr. Thompson Palmers unten an der Ecke aufzusuchen, um sich ein Bier zu genehmigen. Es hieß, damit wolle er allen, die zum Lunch gingen, seine Geringschätzung zeigen, aber es konnte auch damit zu tun haben, dass er sich nicht gleichzeitig Lunch und Bier leisten konnte und daher das wählte, was ihm am liebsten war. Jetzt hörte sie seinen Stock auf die Straße klopfen, das Klopfen kam näher und näher, bis Peabody plötzlich hinter ihrer Palme hervorschoss und ziemlich laut sagte: »Ein Glas Bier wäre jetzt vielleicht ganz nett?«

»Bier?«, entgegnete Thompson, während er an ihr vorbeischlurfte. »Und was hindert Sie daran, Bier zu trinken?« So aus der Nähe merkte sie, dass er sich nicht so oft wusch, wie er eigentlich sollte, und dass er sauer war. Hintereinander gingen sie schweigend in Richtung Palmers, er voraus und sie hinterher. An der Ecke kam ihnen Mrs. Morris entgegen, eingekapselt in ihre distanzierte Privatheit. Peabody zupfte sie am Mantel und flüsterte erregt: »Darf ich Sie zu einem Glas Bier einladen?«

»Das glaube ich kaum«, erwiderte Mrs. Morris, doch Peabody, diese verwirrte Person, blieb stehen und begann zu erklären, Thompson sei zwar ein unangenehmer alter Herr, aber trotzdem sei es wichtig, ihn jetzt zu trösten, schließlich müsse man sich immer bemühen, das Beste zu tun, und in jedem Menschen stecke etwas Gutes …

»Beruhigen Sie sich«, sagte Mrs. Morris. »Lieber nicht zu viel erklären.« Sie betraten das Lokal, während ihr der flüchtige Gedanke durch den Kopf ging, dass Mitleid oft aus Schuldgefühlen entspringt und Verachtung erzeugt. Tugenden, die aus Klischees entsprangen, waren in ihren Augen banal, und ohnehin konnte sie Miss Peabody nicht leiden. Die Bar war leer. Sie setzten sich an die Theke, Thompson ans hintere Ende, wo er drei Bier und ein Sandwich bestellte. Der enge Raum war schummrig und langgestreckt, am hinteren Ende die Tür, eine normale Bar mit Regalen voller Flaschen und jenem nutzlosen Schnickschnack, der jedes Regal in jeder Bar zu füllen pflegt, dahinter die Spiegelwand und die halb verdeckten Gesichter der Gäste, genauso zufällig und anonym wie alles Übrige hier. Der Barkeeper schwieg und wandte ihnen den Rücken zu.

»Nett ist es hier«, flüsterte Peabody. »Sie werden es nicht glauben, Mrs. Morris, aber ich bin noch nie in einer richtigen Bar gewesen.« Das Bier schmeckte bitter. Peabody legte die Arme auf die Bartheke und spürte, wie gut das dem Rücken tat. So hohe Tische sollte es überall geben, das wäre äußerst erholsam und angenehm. Die farbenfrohen Regale vor dem Spiegel weckten das Gefühl, in einer fremden Welt zu sein, fern von St. Petersburg. Thompson kaute wortlos an seinem Sandwich. Unauffällig holte Peabody einen Fünfdollarschein heraus und behielt ihn zerknüllt in der geschlossenen Hand, vielleicht war es noch zu früh und würde Thompson nur reizen. Jetzt stehe ja der Frühlingsball vor der Tür, ob Mrs. Morris sich schon im Senior's Club eingetragen habe? Das solle sie tun, dort gebe es so viele Möglichkeiten zum Zeitvertreib, Hobbyräume, Bridge, Gymnastik und Chorgesang, man müsse nur über sechzig sein, mehr nicht.

»Tatsächlich?«, sagte Mrs. Morris.

»Ja. Hier wird so viel für die Senioren getan. Glauben Sie mir, nirgends auf der Welt tut man so viel für uns. Ewiger Sommer und ringsum dieses Meer!« Mrs. Morris bemerkte, diese letzteren Dinge seien eventuell natürlichen Ursprungs. Thompson sagte: »Noch eins. Aber ein bisschen fix.«

»Mrs. Morris«, sagte Peabody, »stellen Sie sich mal vor, ich bin bisher noch nie in einer richtigen Bar gewesen!«

»Ja, das haben Sie erwähnt.«

»Hab ich das?«, sagte Peabody vage. »Ja, kann sein.« Sie schwieg eine Zeit lang und bemerkte dann, der Frühlingsball sei genauso wichtig wie der Herbstball. Jeder tanze auf eigene

Verantwortung, bei Tango und Walzer würden die Scheinwerfer rotieren. Im Ballsaal sei Rauchen oder Trinken verboten. Die Kleider seien fantastisch. Viele Damen nähmen an der großen Hutparade teil, das sei ein Wettbewerb um den schönsten Hut in St. Petersburg. Und regelmäßig trage Mrs. Rubinstein den Preis davon!

»Chips«, verlangte Thompson. »Und Musik. Der erste Walzer geht auf Palmers.« Der Barkeeper machte die Jukebox an, worauf ein lang gezogener, halb geheulter Cowboy-Blues die Bar in voller Lautstärke erfüllte. Elizabeth Morris erschauerte, sagte aber nichts, sie musste sich daran gewöhnen, das musste sie, überall war Musik, da gab es kein Entrinnen. Jetzt knatterte das Motorrad um die Ecke, der schöne Junge von der Bounty stürmte zur Tür herein und an die Theke. »Hi«, sagte er, »nichts für mich gekommen?«

»Nein«, antwortete der Barkeeper.

»Kein Brief, gar nichts? Nichts aus Miami?«

Der Barkeeper sagte: »Gar nichts.«

Joe stürmte wieder hinaus, ohne die anderen auch nur anzusehen, dann röhrte das Motorrad weiter die Straße hinunter.

»Also, wenn man tanzen möchte«, sagte Peabody, »habe ich schon erwähnt, dass man sich am besten auf eine der vordersten Bänke setzt, wenn man tanzen möchte? Dann wissen sie, was man will.«

»Wer?«

»Die Herren.«

»Und wo gibt es diese Herren?«, fragte Mrs. Morris.

»Die zirkulieren, allzu viele sind es nicht …«

»Sind gestorben«, erklärte Thompson. Er hatte alles gehört. Peabody drehte sich heftig zu ihm um und legte ihm die Hand auf den Arm, aber als Mrs. Morris »Na, na« machte, zog sie die

Hand zurück. Die Jukebox kratzte im Leerlauf und ließ dann eine neue Platte herab, diesmal war es Rock. Vielleicht fand Thompson Rock gut, er ließ den Kopf in die Hände sinken. Möglicherweise versuchte er auch nur, seine Ohren zu schützen, oder er war ganz einfach müde. So unauffällig wie möglich schob Peabody ihm ihren Dollarschein unter den Ellbogen. Sofort senkte er den Arm, um das Geld zu sichern. »Noch drei«, bestellte er.

»Zwei«, sagte Mrs. Morris. Ob Miss Peabody denn gern Bier trinke?

Eigentlich nicht so sehr gern, ehrlich gesagt gar nicht, aber die Bar gefalle ihr. Peabodys Gedanken waren leicht und unbekümmert und flatterten immer wieder davon. Vielleicht wolle Mrs. Morris wissen, was sie früher, bevor sie nach St. Petersburg kam, gemacht habe? Aber Mrs. Morris sagte nichts, lächelte nur schwach hinter ihrer Sonnenbrille. Da wandte sich Peabody dem Barspiegel zu und dachte: Und wenn schon! Sie wird nie verstehen können, wie es war. Schneiderin?, wird sie sagen. Ach? Tatsächlich? In der Lotterie? Wie schön! Dann erzähle ich, dass wir eine große Familie waren, und jetzt bin ich als Einzige übrig. Wie traurig, wird sie antworten, und dann sitzen wir da, und nichts ist gesagt worden. Blaue Augenbrauen, aber keine Augen!

Thompson begann wieder zu stöhnen und den Kopf hin und her zu rollen. Von mir aus, dachte Peabody ärgerlich, kannst dich ruhig aufführen, wie du willst, ich muss schließlich nicht als Einzige nett sein.

»Gute Musik!«, sagte Thompson plötzlich. »Wenn schon Lärm, dann aber ordentlich, und ausnahmsweise schaffen sie es sogar, den Takt zu halten. Peabody, steck noch was in die Box, ich hab gerade kein Kleingeld.«

Mrs. Morris machte eine plötzliche Bewegung, ließ es dann aber gut sein. Wenn sie Lärm brauchen, dann bitte, sollen sie doch. Im Übrigen machten sich die Kopfschmerzen bereits bemerkbar, ganz unten im Nacken. Sie biss die Zähne zusammen und wartete, bis die anderen ihr Bier ausgetrunken hatten.

Als sie zu Butler Arms zurückkamen, hielt Thompson ihnen die Tür auf und sagte mit höflichem Spott: »Bitte sehr, die Damen.« Peabody, aha, sie hieß also Peabody. Eine ängstliche, egozentrische Mäuseperson, kinnlos und mit weißen Haarflusen auf dem Kopf. Aber sie hätte, natürlich, noch schlimmer sein können.

Am Abend, als die Touristenbusse eine Pause einlegten, fuhr Joe wieder zu Palmers, um nachzufragen, doch da war immer noch keine Post. Er erklärte, vielleicht handle es sich nicht einmal um einen Brief, nur um eine Karte mit einem Kreuz und einer Adresse. Schon bei einem an ihn adressierten Zettel mit einem Kreuz darauf wisse er, was er zu tun habe.

»Was heißt da schon Kreuz«, sagte der Barkeeper und breitete bezahlte Rechnungen auf der Theke aus, alle mit einem Kreuz durchgestrichen. »Hinter was bist du eigentlich her?« Joe antwortete, er warte auf ein Zeichen, um aufzubrechen, nach Miami oder sonstwohin, es sei sehr wichtig. Der Fahrer aus dem Gästehaus Las Olas teilte mit, seiner Meinung nach gehe es hier um Schmuggel, und gewisse Leute sollten lieber mal zur Abwechslung nach ihrer alten Großmutter in Tampa schauen.

»Ihr ekelt mich an«, sagte Joe. Der Barkeeper konterte: »Jesus, heutzutage ist keiner von euch noch normal, egal, ob ihr uralt seid oder neugeborene Babys.« Da beugte sich der Junge weit über die Theke und schrie: »Hey, du! Du hast ja keine Ahnung von Jesus!«, dann stürmte er zur Tür hinaus und fuhr mit aufheulendem Motor davon. Einer der Kunden grinste und sagte:

»Das sind doch diese Jesuskinder, die auf den Straßen herumhängen und sich vom Staat versorgen lassen, in Miami haben sie so eine Art Lager. Die fahren voll auf Jesus ab, haben sich irgendwo im Norden angesteckt.«

»Hippies?«, fragte der Barkeeper.

»Nein, keine Hippies mehr. Das hier ist was anderes.«

»Krawall und Randale«, sagte der Barkeeper. »Der gleiche Krawall, nur auf andere Art.«

2

Über Mittag hatte Linda zwei Stunden für sich allein, die verbrachte sie meistens in ihrem Zimmer. Es war ein kleines, schönes Zimmer, weiß getüncht und durch das dichte Grün des Hinterhofes vor der Hitze geschützt. Über dem Bett hatte Joe den Altar angebracht und das Regal ordentlich festgedübelt, damit es gerade hing. Die Gottesmutter stand inmitten ihrer Plastikblumen und der kleinen Zucker-Totenköpfe aus Guadalajara, direkt darüber hatte er die Lampe angeschlossen. Joe respektierte die Madonna, interessierte sich aber mehr für Jesus, sie sprachen nicht oft über diese beiden, denn warum sollte man sich über Dinge unterhalten, die so selbstverständlich waren wie die Sonne und der Mond? Die Madonna lächelte ständig. Unter ihr war Miss Freys Klingel, daneben hingen die Schlüssel des Hauses.

Linda zog sich aus und legte sich nackt aufs Bett, in vollkommenem Frieden, die Hand unter der Wange. Es war ein gutes Bett mit robuster Federung. Schöne Bilder begannen vorbeizugleiten, eines angenehmer als das andere. Zuerst kam die Mama, dann Joe. Mama war groß und ruhig und arbeitete viel; um ihre Tochter, die es gut getroffen hatte, brauchte sie sich keine Sorgen zu machen. In ihrem schwarzen Kleid, den Korb auf dem Kopf, wanderte die Mama in Guadalajara hin und her, in den Marktschatten hinein und wieder in die Sonne hinaus. Sie sorgte für ihre Familie. Joe ging es gut, er hatte eine feste, anständig bezahlte Anstellung. Nachdem Linda an die beiden gedacht hatte, ließ sie Silver Springs näher kommen. Sie hatte Silver Springs noch nie gesehen. Dort gab es einen Dschungelfluss mit kristallklarem Wasser, und am Ufer hüpften Äffchen umher. Für einen Dollar konnte man an Bord eines Flussboots mit gläsernem Boden Fische beobachten, die über weißem Sand vorbeischwammen. Der Dschungel neigte sich zu beiden Seiten tief über den Fluss, ein weiches grünes Dach, das sich Hunderte von geschützten Meilen weit ins Innere Amerikas erstreckte, alles war vom Staat unter Naturschutz gestellt, dort gab es weder Schlangen noch Skorpione.

»Liebe Madonna«, flüsterte Linda, »lass mich Joe am Ufer des Dschungelflusses lieben. Danach, in deiner Gnade, waten wir hinaus ins Wasser und schwimmen langsam nebeneinander immer weiter weg.« Sie streckte den Arm hoch und knipste die Lampe der Madonna an, nicht um zu leuchten, sondern um die Madonna zu ehren. Dann legte sie sich die Hände auf den schönen Bauch und schlief ein.

Bounty-Joe weckte sie, er stand im Hof vor dem Fenster und rief: »Hi! Die haben mich vergessen, die haben es nicht ernst gemeint.«

Linda blieb still liegen und sah ihn an, sie sagte, man müsse Geduld haben. Ein Haus zu finden, das nichts kostet, könne lang dauern, und nicht in allen Häusern, die abgerissen werden sollten, dürfe man wohnen. Die Polizei in Miami sei gefährlich. Er kam herein und setzte sich, von ihr abgewandt, aufs Bett.

»Ich kann nicht mehr warten, und ich weiß nicht, wo sie sind. Die können überall sein, hierher kommen sie nie, hierher kommt überhaupt nichts. Vielleicht haben sie einen Platz gefunden, ein Lager, eine Höhle, einen Schuppen, was weiß ich! Sie haben es schon längst gefunden und vergessen, mir zu schreiben. Und du weißt«, fuhr er streng fort, »du weißt, sofort, wenn ich etwas von ihnen höre, fahre ich los, die Zeit wird knapp, ich verschwinde, egal, ob du mitkommst oder nicht!«

»Ich weiß«, sagte Linda.

»Und du bleibst.«

»Ich habe einen guten Job«, sagte sie. »Und Papiere, die gelten bis Weihnachten.«

»Weihnachten«, rief Joe aus. »Ist ja lächerlich. Er kann jeden Moment kommen, und du redest von Weihnachten und Verträgen! Es ist unerträglich, dich so reden zu hören, jetzt, wo alles passieren wird! Du hast die Chance, dabei zu sein, und vermasselst sie, ohne mit der Wimper zu zucken. Du könntest dabei sein und ihn empfangen!«

»Und falls er wirklich kommt«, sagte Linda, »falls er wirklich zurückkommt, woher willst du wissen, dass er nicht hierherkommt? Die Welt ist so groß, da könnte es doch genauso gut St. Petersburg sein wie Miami?«

Joe stand auf und lief im Zimmer auf und ab, er erklärte, es gehe darum, zusammen zu sein, eine große Gruppe zu sein und überzeugt an etwas zu glauben. »Es eilt«, sagte Joe. »Vielleicht kommt er schon in einer Woche zurück. Sie haben ausgerechnet, dass es genau jetzt passieren wird, genau jetzt muss man wissen, um was es geht und dass man gemeinsam auf ihn warten soll. Sie machen die ganze Zeit Musik. Während sie warten, musizieren sie und reden miteinander und tanzen. Allein kann man nicht warten.«

»Ja«, antwortete Linda. »Ich verstehe, dass es wichtig ist. Du musst dich nur vor der Polizei in Miami in Acht nehmen. Die kommen in ihren schwarzen Autos und fahren langsam am Sandstrand entlang und nehmen alle mit, die keinen festen Wohnsitz haben.«

Er sagte: »Du verstehst das nicht. Die warten alle zusammen am Strand, Tausende von ihnen! Die sind wie eine große Familie. Sie teilen alles.« Er riss seine Jacke auf und zeigte ihr das Jesus-Abzeichen an der Innenseite: *Jesus liebt dich* in Rot, Violett und Orange.

»Schön«, sagte sie, »aber das solltest du außen an der Jacke tragen.«

»Das werde ich! Ich werde es überall tragen! Auf dem Hemd und an der Badehose und überall, Hauptsache, sie schreiben mir! Hast du das Kreuz an meinem Motorrad denn nicht gesehen, begreifst du nicht, was los ist!«

Es war schwer zu verstehen, warum Joe so außer sich geriet, wenn es um Jesus ging. Vielleicht würde Jesus tatsächlich wiederkehren, dann musste er natürlich so gut wie nur möglich empfangen werden, Jesus war launisch und verwöhnt, und man konnte nie im Voraus wissen, was er vorhatte. Die Madonna dagegen gab keine unsicheren Versprechen, sie war einfach da, ständig, ewig, mit offenen Armen verströmte sie ununterbrochen ihre Wunder.

»Joe, Liebster«, sagte Linda. »Reg dich nicht über mich auf. Ich hoffe von ganzem Herzen, dass er kommt. Du musst Geduld haben. Sicher werden sie dir schreiben, wenn sie erfahren haben, wo genau er an Land steigt.«

Er betrachtete ihr Gesicht, das immer ganz ruhig war, und plötzlich kam ihm diese ergebene Gewissheit schrecklich vor. Er fragte: »Warum lächelst du immer?«

»Weil ich dich anschaue«, antwortete Linda. »Glaubst du, wir können noch nach Silver Springs fahren, bevor er kommt?«

Mr. Thompson hatte eine große Schwäche für Linda. Sie sprach nie über die Schachtel unter seinem Bett, die Pappschachtel, in der seine Bücher, der Kognak, die Knoblauchwurst und die Dose für die Zigarettenkippen versteckt waren. Im Zimmer war Rauchen verboten. Thompsons Zimmer war von einer Mischung aus Tabakgestank und Knoblauch imprägniert, mit einer Zusatznote von ungewaschenen Kleidern. Linda sagte nichts. Dass der Teppich zusammengerollt an der Wand lag, schien für sie selbstverständlich zu sein. Sie verstand, dass das Zimmer mit der Zeit den Charakter annehmen musste, der dem Lebensstil seines Bewohners entsprach. Mit leichter Hand und großer Rücksicht räumte sie auf und machte sauber, ohne seine Kreise zu berühren. Dieser Raum, dieser äußerst gemütliche, übel riechende Raum, der Thompsons letzte Verschanzung gegen die Welt bildete, war das billigste Zimmer in Butler Arms, ein schmales Rechteck, zum Teil unter der Treppe eingebaut, und mit übrig gebliebenen Möbeln eingerichtet. Quer durch das Rechteck hatte er den Bettüberwurf von Wand zu Wand aufgehängt und bewohnte hauptsächlich das Fensterende. Wenn er eintrat und die Tür hinter sich schloss, lag das Zimmer im Dunkeln. Die Dunkelheit grenzte sein aufgezwungenes Leben von seinem bewussten, privaten Dasein ab. Mit großer Ruhe wartete er auf das Vergessen und auf die Wiederkehr seiner Lust. Bilder und Gesichter verschwanden, und endlich verstummte das ganze Gerede.

Er stand still und wartete. Allmählich zeichnete sich an den Rändern des Überwurfs schwach das Tageslicht ab, da trat er vor, schob das Dunkel zur Seite und kam in seinen eigenen wesentlichen Bereich aus Bett, Lampe und Stuhl. Niemand ahnte, dass Mr. Thompson glücklich sein konnte, eine Tatsache, die er mit äußerster Sorgfalt geheim hielt. Frauen machten ihm Angst, diese allgegenwärtigen Frauen, die viel zu spät sterben. Im Laufe der Zeit hatten sie ihm das meiste gesagt, so wie Frauen das zu tun pflegen, und seine Stille geformt. Als er jetzt seinen innersten Bereich betrat, legte er das Geld von Peabody in die Dose für Privates. Dann setzte er sich auf den Stuhl, der dem Fenster zugewandt stand, und sah in dasselbe durchleuchtete Grün hinaus, das Lindas Schlaf beschattete. Beide lebten sie in einem Urwald, von allem abgeschirmt. Er drehte sich die erste Zigarette des Tages. Der Tabak war grobkörnig und landete beim Drehen oft auf dem Boden. Thompson schob die Tabakkrümel mit dem Schuh zusammen, um sie später zu beseitigen, leckte das Papier noch einmal ab und zündete die Zigarette an. Das Rauchen schenkte Mr. Thompson eine einsame Befriedigung, das rachsüchtige Glück des noch nie mit anderen geteilten Genusses. Keines dieser Verandaweiber, dieser Damen, Fräuleins, Tanten und unsäglichen Frauenzimmer wusste, dass er rauchte. Er entzog ihnen seine geheime Freude, er strafte sie, indem er ausschließlich in Einsamkeit rauchte.

Weil Mr. Thompson ein Frauenhasser war, dachte er oft an Frauen. Sein Freund aus San Francisco, Jeremiah Spennert, hatte nie freiwillig über Frauen gesprochen, aber wenn jemand sie versehentlich erwähnte, pflegte er nur mit einem traurigen Lächeln den Kopf zu schütteln. Damit wollte er vermutlich andeuten, dass Frauen nicht wussten, was sie taten, und daher nicht zur Verantwortung gezogen werden konnten. Die Frage, die Thompson für die Reflexion des Tages gewählt hatte, drehte sich um treffende Bezeichnungen für Frauen. Jeremiah Spennert zuliebe wollte er eine Bezeichnung präzisieren, die gleichzeitig Würde und Anmut ausdrückte. Die Ehrentitel ließ er ruhig links liegen, die bei sachlicher Betrachtung wegen Tabus und überladener Symbolik nicht infrage kamen, zum Beispiel Mutter, Königinmutter, Madonna oder ganz einfach Gattin, was in literarischem oder allgemein falschem Zusammenhang ein Euphemismus für »Frau« ist. Er verwarf poetische Arabesken, die nur den Kopf

verwirren und nichts mit der Wirklichkeit zu tun haben, wie
Nymphe, Muse, Dryade und Ähnliches, zögerte kurz bei dem
schönen Wort Geliebte und ließ dieses dann den anderen folgen. Von unten anfangend, schälte er alles weg, was irgendwie
Liederlichkeit und Hurerei ausdrückte, irgendwo in der Mitte
stieß er auf Schwestern, Tanten und Schwiegermütter und der-
gleichen, entfernte sie aber als zu sehr mit Komik behaftet, um in
eine Analyse wie diese hier zu passen. Neue Bezeichnungen für
weibliche Wesen drängten sich ihm auf, sie waren zu zahlreich,
viel zu zahlreich. Schnell kam Thompson zu dem Schluss, dass
nur eine Lady und eine Jungfrau als mögliche Verkörperungen
anmutiger Würde denkbar wären, zumindest als momentane
Arbeitshypothese. Er öffnete das Fenster, weil er Luft brauchte,
und überlegte. Dann verwarf er sowohl die Lady als auch die
Jungfrau. Die einzige wahre Frau war Linda. Linda war nicht
durch ihr Geschlecht verdorben, wie durch ein unerklärliches
Wunder war sie davor bewahrt worden.
Ein schwacher Blumenduft drang in Thompsons Zimmer. Die
Sonne hatte sich auf die Veranda zubewegt, schien aber noch
durch das Laubdach über dem Hinterhof, dessen große Blätter
in der zunehmenden Hitze ein unbewegliches Muster aus Licht
und Schatten bildeten. Der Vormittag war interessant gewesen.
Jedes Mal, wenn er den Tod erwähnte, benahm sich irgendeine
der Frauen irrational. Thompson dachte mit Vergnügen an die
beiden Frauen, die mit ihm bei Palmers ein Bier zu sich genommen hatten, die große Schweigende und die kleine Unsichere,
die ohne Kinn, Peabody. Er wünschte, Rubinstein wäre dabei
gewesen. Diesen Namen hatte er sich genau gemerkt und sich
tief und unerbittlich eingeprägt. Rubinstein hätte es gutgetan,
von seinem eisigen Schweigen ausgeschlossen, schräg hinter ihm
zu sitzen, unwesentliches Zeug flüsternd, diese Person mit ihrer

verächtlichen Stimme, die man unmöglich verstehen konnte, die selbstzufriedene Stimme einer dummen Weibsperson.

Im Hinterhof war es still. Johansons Garage und eine Ecke des Werkzeugschuppens schauten zwischen den Büschen hervor, aber Johanson selbst ließ sich nicht blicken. Er hat Angst vor mir, dachte Thompson. Gottvater Johanson hat große Angst vor mir! Die zweite Zigarette des Tages war geraucht, er versteckte die Kippe in seiner Dose unterm Bett. Jetzt kamen die Hinrichtungen an die Reihe.

Das Buch hieß *Neue Welten im All,* auf dem Buchumschlag unter dem Einband der Bücherei war eine typische Marslandschaft zu sehen. Thompson schlug die Seite auf, auf der er letztes Mal aufgehört hatte, und setzte seine mikroskopischen Anmerkungen am Rand fort. Seine Schrift, mit einem feinen Kugelschreiber geschrieben, war extrem winzig, als hätte ein Insekt die Beine in Tinte getaucht und wäre dann hastig übers Papier gekrabbelt. »Falsch!«, schrieb Thompson. »Auf S. 60 wird die Abwesenheit von Sauerstoff erwähnt. Aber hier findet eine (sowieso idiotische) Liebesszene statt, und zwar ohne die geringsten Atemprobleme. Auf den letzten vier Seiten kommt drei Mal flimmernde Hitze vor.« Er las weiter und unterstrich »das dunkelnde All«. »Dieser Autor«, notierte Thompson am Rand, »ist krankhaft fasziniert von dunkelnd, schimmernd (in gewisser Hinsicht glühend) sowie Dämmerung. Sämtliche männliche Personen grinsen, haben einen festen Blick und äußern sich entweder belustigt, trocken oder mit beherrschtem Zorn. Frauenzimmer dagegen keuchen und flüstern meistens, wenn sie nicht gerade schreien.«

Mr. Thompsons Kommentare hatten ihren fruchtbarsten Boden innerhalb der Science-Fiction gefunden. Als er noch jünger war, so um die fünfzig, hatte er sich an Lyrik vergriffen, diese literarische Gattung jedoch als wehrlos empfunden und eigentlich nicht kommentarbedürftig. Nach acht Seiten in den *Neuen Welten im All* legte Thompson seine Vormittagsbelustigung beiseite und griff zu einem Buch, das ihm sein Freund Jeremiah Spennert geschenkt hatte. In gelegentlichen Momenten der Verstimmtheit pflegte er einen Abschnitt in diesem umständlichen Werk von G. W. F. Hegel zu lesen, vor allem, um seinen Freund aus San Francisco zu ehren und seiner zu gedenken.

3

Es ließ sie bis zum späten Nachmittag nicht los. Miss Frey konnte ihre Niederlage auf der Veranda nicht vergessen – den kindischen, stillosen Auftritt, Mrs. Rubinsteins Augen und verächtliche Stimme und schließlich ihre eigene Flucht ins Vestibül und in den Glaskäfig. Ein gläserner Käfig für die Buchhaltung, von allen ignoriert, aber sie hatte weitergemacht, die letzten Zahlen sorgfältig eingetragen und ihre Belege geprüft und sortiert, bis alles seine Ordnung hatte. Dann legte sie die Abrechnungen der vergangenen Woche in eine Mappe und ging damit zu Miss Ruthermer-Berkeleys Zimmer. Unterwegs behielt sie Thompsons Tür unter der Treppe im Auge. Meistens stand er dort auf der Lauer, dieser alte Fiesling, um, wenn er ihre Schritte hörte, wie ein Schachtelteufel hervorzuschießen und irgendwas zu schreien, egal was, Hauptsache, sie erschrak, und das gelang ihm jedes Mal. Ich lebe in einem Kinderzimmer, dachte sie. Kein Mensch ahnt, wie grausam es in einem Kinderzimmer zugehen kann.

Sie näherte sich Thompsons Tür, starrte den Türspalt angespannt an und ließ mit rasender Geschwindigkeit alles Revue passieren, was man einem hinterhältigen alten Kerl sagen könnte, möglichst hochmütig, vernichtend und unberührt, doch diesmal blieb die Tür geschlossen und nichts geschah. Miss Frey ging weiter zum Eckzimmer. In einem plötzlichen Schwächeanfall lehnte sie die Stirn an die Wand und wartete. Dann klopfte sie an. Drinnen antwortete eine hohe, dünne Stimme, Miss Ruthermer-Berkeleys liebenswürdige, uralte Stimme.

Das Eckzimmer lag immer in gedämpfter Beleuchtung, dichte weiße Spitzenvorhänge ließen das Tageslicht vollkommen schattenlos ins Zimmer sickern. Unter dem Kronleuchter standen fünf Samtsessel aufrecht um den ovalen Tisch. Miss Frey trat rasch an den Tisch und erklärte, das hier sei die Abrechnung für diese Woche, nach bestem Vermögen erstellt, sachlich müsse alles seine Richtigkeit haben, obwohl die einzelnen Belege vielleicht nicht unbedingt in chronologischer Reihenfolge lägen. »Schön, liebe Miss Frey«, antwortete die Besitzerin von Butler Arms. »Verstehe. Sie kommen wieder mit Ihren Papieren zu mir. Wie lieb von Ihnen.«

Jede Woche ging die alte Dame diese Papiere durch, das war mehr oder weniger etwas wie eine höfliche Formsache. Zahlen ermüdeten sie, sie sagten ihr mittlerweile nichts mehr, und das wusste Miss Frey. Die Mappe wurde unter Schweigen geöffnet. Mit kleinen vertrockneten Händen, die dünn wie Laub waren, nahm Miss Ruthermer-Berkeley ein Blatt Papier nach dem anderen heraus, drehte sehr langsam eine Seite nach der anderen um und ließ sie wieder auf den Tisch sinken. Sie tut nur so, dachte Miss Frey, muss sie aber trotzdem durchsehen. Das muss sie. Die Hände der alten Frau zitterten ununterbrochen ganz leicht. Dreiundneunzig – wie ist es möglich, dass man so schrumpfen und so klein werden kann. Tote Vögel schrumpfen genauso und bleichen aus. Alles wird spröde, verkrümmt und dürr. Miss Frey fand, dass das schöne Eckzimmer im Laufe der Jahre die gleiche vertrocknete Zerbrechlichkeit angenommen hatte, die alten Möbel auf den schmalen Beinen, all diese gestärkte Spitze, die verschlissene Seide; sämtliche Farben waren verblasst und das Weiße war vergilbt.

»Alles korrekt«, erklärte Miss Ruthermer-Berkeley schließlich. »Miss Frey, darf ich Ihnen ein Gläschen Sherry anbieten?« Aber

Miss Frey wollte keinen Sherry. Ob sie noch etwas auf dem Herzen habe?

»Er hat seine Miete immer noch nicht bezahlt. Und Mrs. Rubinstein raucht im Fernsehzimmer.«

Miss Ruthermer-Berkeley seufzte. »Am besten entspannen wir uns einen Moment. Vielleicht brauchen wir eine Tasse Tee, ja, das ist genau das richtige Getränk für Ruhe und Überlegung. Linda kann uns einen Tee bringen.«

Schweigend warteten sie auf den Tee. Nachdem Linda ihnen eingeschenkt hatte, blieb sie auf der Schwelle stehen und umfing beide mit ihrem langen, strahlenden Lächeln, danach schloss sie unhörbar die Tür hinter sich. Miss Ruthermer-Berkeley gestand, Lindas Lächeln habe sie anfangs total verwirrt. Diese überwältigende Art zu lächeln sei ihr wie der Auftakt zu einer wichtigen Eröffnung vorgekommen, als würde es eine besonders überraschende, erfreuliche Mitteilung vorbereiten. Inzwischen sei ihr jedoch klar geworden, dass dieses Lächeln einfach ein Phänomen sei, das man genießen und betrachten könne, ungefähr so wie eine schöne Landschaft. Diese Einsicht mache keineswegs das Gefühl der Erwartung zunichte. »Erwartung, Miss Frey, wird mit der Zeit zu etwas Seltenem, das sorgfältig bewahrt werden muss.«

»Ja«, antwortete Miss Frey. »Natürlich.« Ihre Arbeit für Butler Arms war sinnlos, wenn niemand sie wahrnahm und sich dafür interessierte, wenn kein Mensch etwas kritisierte, lobte oder fragte. In der Bank war es genauso gewesen – eine Bankangestellte hinter einem Schalter, die nie einen Fehler machte, niemals auch nur einen einzigen Fehler.

»Nehmen Sie doch einen Keks«, sagte Miss Ruthermer-Berkeley. »Ja, wie eine schöne, in sich ruhende Landschaft, so sehe ich sie.«

»Ja, ja«, sagte Miss Frey, »sie ist schön. Der Wachmann auf der Bounty ist ihr Freund, er heißt Joe, ich habe ihn manchmal frühmorgens aus Butler Arms herauskommen sehen.«

»Bounty«, wiederholte die alte Dame nachdenklich. »Der Wachmann auf der Bounty? Brauchen die heutzutage einen Wachmann?«

»Wegen der Touristen!«, entgegnete Miss Frey gereizt. »Bounty, die historische Meuterei auf der Bounty, und jetzt ist es ein Filmschiff geworden, und da brauchen sie einen gut aussehenden Kerl an Bord. Jemand hat über die ganze Sache ein Buch geschrieben. Und der Kerl heißt Joe!«

»Das Buch wurde von Mr. Nordhoff und Mr. Hall geschrieben«, teilte Miss Ruthermer-Berkeley mit. »Bitte merken Sie sich, dass es zwei Herren waren, die *Die Meuterei auf der Bounty* geschrieben haben. Sie sind müde, Miss Frey, ich fürchte, Sie nehmen Ihre Verantwortung zu schwer. Hätten Sie vielleicht gern ein wenig Urlaub?«

Da brach Catherine Frey in Tränen aus, sie stützte die Ellbogen auf den Tisch, vergrub das Gesicht in den Händen und weinte. Und dann hörte sie genauso plötzlich wieder auf und war still.

»Ist es Mr. Thompson, der die meisten Probleme macht?«, fragte die alte Frau.

Miss Frey antwortete: »Ich weiß nicht. Alles.«

Miss Ruthermer-Berkeley erhob sich vorsichtig und ging, auf ihre Möbel gestützt, zum Eckschrank. »Was Sie jetzt brauchen«, sagte sie, »das ist eine kleine Pille. Diese Dose habe ich in meiner Jugend von einem Verehrer bekommen, der Medizin studierte. Soweit ich mich erinnere, habe ich nur eine Pille benutzt. Die meisten habe ich nach Bedarf verteilt, aber es sind noch vier übrig. Die schenke ich Ihnen, Miss Frey. Und ich möchte vorschlagen, dass Sie den Nachmittag Ihrem eigenen Wohlergehen widmen.«

Als Miss Frey gegangen war, schlug Miss Ruthermer-Berkeley ihre Französisch-Lehrbücher auf. Vor ihr lag ein langer, ungestörter Nachmittag. »Qu'est-ce que vous voulez?«, murmelte sie zärtlich. »Jamais. Jamais de ma vie. Toujours. Wie schön das ist. Und wie schön Frankreich sein muss.«

Erst nach ihrem neunzigsten Lebensjahr hatte Miss Ruthermer-Berkeley begonnen, sich zu fragen, ob sie in ihrem langen Leben nicht etwas versäumt hatte, was man früher als Herzenswunsch bezeichnet hätte. Eine allzu strikte Erziehung war vielleicht daran beteiligt gewesen, aber in der Hauptsache, das sah sie jetzt ein, war alles ihre eigene Schuld. Rücksichtslos und unüberlegt hatte sie Perfektion angestrebt und sich daher in ständiger Angst befunden, Angst vor all jenen Dingen, die sie am Tag zuvor unvollkommen zurückgelassen hatte – Pflichten, Taten, Gespräche –, und Angst vor dem kommenden Tag, der unbedingt so gestaltet werden musste, dass er ihren eigenen Wünschen und Vorstellungen entsprach. In Zukünftigem und Vergangenem verloren, war es ihr nicht gelungen, in ihrem eigenen Augenblick zu leben. Das war recht bedauerlich und ein Versäumnis, das wahrhaftig keinen Menschen froh gemacht hatte. Aber inzwischen waren alle gestorben, und sie selbst mochte keine Zeit darauf verschwenden, alten Irrtümern nachzutrauern, die dermaßen einfältig waren.

Also begann Miss Ruthermer-Berkeley nach ihren verdrängten Sehnsüchten zu suchen und konnte zufrieden feststellen, dass diese noch frisch und ungenutzt auf sie warteten, obwohl die Möglichkeiten, ihnen aktiv nachzugehen, inzwischen begrenzt waren. Die französischen Sprachstudien bereiteten ihr großes Vergnügen. Im Übrigen können Herzenswünsche durch Kleinigkeiten verwirklicht werden und mitunter auch dadurch, dass man etwas ausschließt, zum Beispiel eine Gewohnheit aufgibt oder sich den Luxus gestattet, eine sinnlose oder unangenehme Gedankenkette abzuschneiden. Miss Ruthermer-Berkeley entwickelte bereits im Laufe ihres zweiundneunzigsten Lebensjahres die nuancierte Fähigkeit, Erinnerungen und Beobachtungen zu kanalisieren. Durch ein kompliziertes Schleusensystem, das zum Teil von ihrem Unterbewussten gesteuert wurde, ließ sie das Lustbetonte und für sie Nützliche passieren, während ein großes fieberheißes Delta für alle Zeiten abgesperrt blieb. Sie gestattete sich immer öfter, neue, irrationale Gedanken zu hegen. Aber gleichzeitig akzeptierte die Besitzerin von Butler Arms auch mancherlei Normen, deren Berechtigung nur in ihrer Beständigkeit lag; anders ausgedrückt, jene Anhäufung von Traditionen, die ihre Vorfahren mitgeschleppt hatten, weil ihnen nie etwas Besseres eingefallen war.

Wie dem auch sei, sie genoss es, dass Hetze und Ängste ein Ende genommen hatten.

Der kühlste Ort im Haus war das Vestibül, wo Miss Frey ihren gläsernen Käfig hatte. Die Halle war fast immer leer, bis auf die Schwestern Pihalga, die hinter einer Säule nebeneinander zu sitzen pflegten. Die geräumige Halle war voller viereckiger weißer Säulen und musste auf dem Weg ins Obergeschoss, ins Fernsehzimmer und zur Veranda durchquert werden. Alles in der Halle war weiß, die Korbmöbel, Mrs. Higgins Lilien und die Rahmen der Fotografien, auf denen unergründliche Gruppenporträts von stehenden, sitzenden und liegenden Gestalten mit weißen Gesichtern zu sehen waren, lauter Senioren mit eigenartigen Kopfbedeckungen, die sich für die Aufnahmen aneinander gedrängt hatten. Links und rechts von diesen ängstlich zusammengepressten Gruppen hatte der Fotograf reichlich Platz für einen vagen grauen Hintergrund gelassen.

»Das hier ist ein ruhiger, schöner Raum«, bemerkte Fräulein Pihalga. Ihre Schwester nickte nur, ohne ihre Lektüre zu unterbrechen. Für einen kurzen Augenblick berührten sich die Hände der Schwestern.

Miss Frey mochte sie nicht. Immer, wenn sie von ihren Papieren aufsah, fiel ihr Blick auf diese beiden unglaublich mageren Gestalten, die, ihre Habichtsprofile über die Bücher geneigt, still dasaßen. Niemand wusste, was sie lasen. Irgendwann in den 1920er-Jahren waren sie aus dem Baltikum gekommen, mehr wusste niemand. Wenn die Veranda zu warm wurde, zogen sie sich regelmäßig ins Vestibül zurück. Zwei alte Krähenvögel, dachte Miss Frey, Unglücksraben mit langen grauen Gesichtern. Herrgott, der reinste Friedhof!

Weil die Schwestern Pihalga alle Erinnerungen, Ansichten und Gebrechen teilten, sprachen sie nicht viel miteinander. Das, was sie sagten, war eher eine Art friedliche Feststellung, dass die andere sich in der Nähe befand und dass das gut war. Sie lasen ständig. Manchmal, wenn eine von ihnen auf eine besondere Formulierung oder eine interessante Beobachtung gestoßen war, berührte sie leicht die Hand der Schwester, worauf diese das eigene Buch senkte, um die betreffenden Zeilen zu lesen. Danach lasen sie weiter, jede in ihrem Buch, die Stühle eng nebeneinander.

Nach einem Leben voller pausenloser Veränderungen, immer neuer Aufbrüche, immer neuer Menschen, die sie bedrängt hatten, ohne ihnen jemals nahezukommen, empfanden sie vielleicht dieses sanfte, langsame gemeinsame Altern als eine Belohnung, die ihnen zustand.

Es ist ungewiss, ob die übrigen Gäste in Butler Arms diese endgültige Art der Schwestern Pihalga, ihr Leben zu gestalten, respektierten, oder ob sie die beiden schlichtweg langweilig fanden, jedenfalls ließ man sie in Ruhe und kommentierte ihr Verhalten nicht. Vielleicht lag das an einer gewissen Angst, einer Art Unbehagen, etwas, das sich nicht in Worte fassen ließ. Die Schwestern waren offensichtlich ganz entsetzlich alt, vielleicht nicht so sehr an Jahren, sondern eher, weil sie sich nicht um das Vergehen und das mögliche Ende der Zeit zu kümmern schienen. Ihre Erscheinung und ihr Schweigen wirkten wie eine Mahnung.

Niemand fragte sie, was sie eigentlich lasen, die Schutzeinbände der Bücherei sahen immer gleich aus. Politik, vermutete Mrs. Rubinstein, doch das sagte sie wohl nur, um sich wichtig zu machen.

Miami, dachte Miss Frey. Einfach abhauen. Keine Unglücksraben in der Empfangshalle, kein alter Mistkerl in Zimmer vier, keine Veranda. Warmer Sand und das Hotelorchester, ich sitze auf der Terrasse und trinke einen Brandy Alexander ... Sie suchte nach dem Garantieschein für den Kühlschrank, zog eine Schublade nach der anderen heraus und durchwühlte sie unkonzentriert, schob sie heftig wieder zurück und fing wieder von vorne an, nein, nicht Miami. Junge schöne Menschen, die tanzen und am Strand Ball spielen, nicht Miami, ich fahre nirgends hin. Sie riss die oberste Schublade wieder auf, dort lag der Garantieschein, rief die Firma an, wo sich niemand meldete, und erinnerte sich daran, dass Sonntag war. Ein Tag der Erholung und Besinnung. Ohne den Glaskäfig abzuschließen, eilte sie ins Vestibül hinaus, überquerte den Hinterhof zu Johanson, trat ein, ohne anzuklopfen, und sagte: »Es geht um den Kühlschrank! Er funktioniert nicht. Hier ist der Garantieschein, morgen können Sie dort anrufen, Johanson.«

Johanson saß vor dem Fernseher. Er sagte: »Legen Sie den Zettel auf den Tisch.« Sie legte den Garantieschein auf den Tisch und dachte erregt: Irgendwann, wenn ich für nichts mehr Verantwortung trage, werde ich nie, nie mehr auch nur ein einziges Mal die Häuser anderer Menschen betreten! Werde nie in ihre Zimmer hinein- und auch nicht an ihren Zimmern vorbeigehen! Wenn die sich mit ihrem ganzen Krempel in ihren Löchern verkrochen haben, werden sie alle entsetzlich und unantastbar. Abwartend blieb sie hinter ihm stehen. Nach einer Weile sagte sie, der Rasen sei sehr schön gemäht.

»Hab ihn halt gemäht«, antwortete Johanson, ohne den Kopf umzuwenden.

Miss Frey verließ das Zimmer. Da steckte Thompson dahinter. Thompson hatte Johanson wieder einmal geärgert und wie ein böser Geist alles durcheinandergebracht, sie wusste Bescheid! Ein freundlicher Mensch wie Johanson wurde nicht plötzlich grausam, nur weil Sonntag war!

Der Hinterhof lag heiß und still zwischen den Mauern, sie trat ins Gebüsch, bis hin an Thompsons Fenster. Mit unverstelltem Gesicht starrte sie ihn frech an. Wie er dasaß, schief und krumm nach einem Schlaganfall, der ihn vor Urzeiten erwischt hatte. Mit seinen buschigen Augenbrauen erinnerte er an einen Affen. Catherine Frey trat noch näher. Ohne irgendeinen Vorwand sah sie ihn direkt an, unverwandt, so wie ein Tier seinen Feind ansieht, und in diesem Moment war sie Furcht einflößend.

Ein schwacher Windstoß bewegte die Blätter und veränderte die Schatten, kurz kam es Thompson vor, als hätte die Frau draußen vor dem Fenster die Zähne gefletscht. Oder vielleicht geweint. Er rückte seinen Stuhl weiter ins Zimmer hinein und versuchte weiterzulesen. Nach ein paar Minuten kehrte er zornig zum Fenster zurück, doch das dichte Grün war wie immer, unberührt und schön.

»Tigerinnen und weibliche Schakale«, murmelte er vor sich hin. »Ich wohne in einem Dschungel.«

Solange er sich in seinem Zimmer aufhielt, war Thompson eigentlich nicht besonders lästig, aber weil er sich nicht mit Johanson vertragen konnte, störte er die Harmonie in Butler Arms ganz empfindlich. Er brachte Johanson auf die Palme, und zwar mit Absicht, das war allgemein bekannt. Während der langen Stunden, die Thompson im grünen Dämmerlicht an seinem Fenster verbrachte, behielt er Johanson und dessen Treiben genau im Auge. Zwischen dem Laubwerk konnte man den Rasen und ein Stück von Johansons Haus erkennen, die Dachschräge, die sich an die Mauer zu Las Olas lehnte. Insgesamt war das Haus kaum mehr als ein langer Schuppen. Dort hatte Johanson seine zwei Zimmer, die Garage und einen offenen Werkzeugschuppen mit Gartengeräten und Getränkekisten. Johanson war Schwede, vor langer Zeit war er aus Göteborg herübergekommen, inzwischen war er fast einundsechzig und recht zufrieden mit seinem bisherigen und jetzigen Treiben. Schweigsam und ohne jemanden anzusehen, erledigte er alles, was auf Butler Arms erledigt werden musste, und führte alle Aufgaben in seinem persönlichen Tempo aus, manchmal nach einer kurzen Besprechung mit Miss Frey. Die beiden Zimmer waren sauber und unpersönlich, im einen nahm er regelmäßig fantasielose Mahlzeiten ein, im anderen schlief er und schaute fern, ohne sich über das, was er zu sehen bekam, jemals zu ärgern oder zu wundern. Für Butler Arms war es wichtig und tröstlich, dass es Johanson gab, er schien zu bestätigen, dass das Dasein eine normale Angelegenheit war, die sich in Ordnung bringen ließ. Obwohl man nicht viel mit ihm redete, war es beruhigend zu sehen, wie er am Haus herumhantierte und ohne Eile hin und her wanderte, immer irgendwohin unterwegs, wo etwas gerade nicht funktionierte, aber bald wiederhergestellt sein würde, ganz wie es sich gehörte. Dass Thompson sich so sehr über Johanson ärgerte, war unbegreiflich, sogar für ihn selbst. Monatelang saß er an seinem Fenster und folgte der ruhigen Wanderung zwischen Tischlerschuppen und Werkzeugschuppen, einem friedlichen Hin-und-Hertrotten mit Spaten, Rechen und elektrischen Kabeln, mit Farbdosen oder Fensterkitt, mit Pflanzendünger und Rattengift, immer waren es irgendwelche wichtigen Dosen, die auf wichtige Art herumgetragen wurden. Und im Lauf der Zeit regte Thompson sich immer mehr auf, ohne zu wissen warum. Irgendwann hatte er versucht, Johanson zu reizen, ihn zu provozieren oder zu schockieren, aber Johanson ließ sich durch nichts aus der Ruhe bringen, nicht einmal durch abfällige Bemerkungen über Göteborg. Doch dann, an einem unglückseligen Tag, hatte Thompson Johansons schwachen Punkt entdeckt: Johanson ertrug es nicht, dass man sich seine Sachen auslieh. Und er hatte viele Sachen. Er liebte sein Werkzeug, gut geordnet und geölt, die ständig sauber geputzten Gartengeräte, die geheimnisvollen Dosen, Kabel und Maschinen, ja, am meisten liebte er die Maschinen, und vor allem den Lieferwagen in der Garage, fleckenfrei und liebevoll umhätschelt wie ein Kind.

So fing es an. Johanson begann sich vor Thompson zu fürchten und verlor seine Ruhe. Das lief dann ungefähr so ab: Thompson kam auf ihn zugehinkt, schaute unter den Augenbrauen hoch. »Hast du eventuell«, sagte er und legte eine sadistische Pause ein, »hast du eventuell Zugriff auf ein kleineres Stemmeisen, ein möglichst scharfes?« Worauf Johanson sein Stemmeisen vor sich sah, zerstört in einer Konservendose steckend oder verbogen in einem Schloss, in weiß Gott was für entsetzlichen Situationen; er verzog schmerzlich das Gesicht und ging weiter.

Mit der Zeit wurde Thompson immer raffinierter. Er bat um einen Feinhobel, einen Präzisionsbohrer. Er wurde immer einfallsreicher, ausleihen durfte er nichts, aber seine Fragen brachten Ängste in Johansons Welt. Jede neue Frage erzeugte ein klares Bild von ruinierter Perfektion, und diese Bilder der Zerstörung verfolgten Johanson und vergifteten seine ruhigen Wanderungen rings um Butler Arms. Dieser Mistkerl, dachte Johanson, wenn dieser alte Mistkerl etwas über Präzisionsbohrer wüsste, würde er mich bitten, meinen Double Diamond leihen zu dürfen, meinen Stanley, und schon der bloße Gedanke daran fuhr ihm wie ein Elektroschock durch die Zähne.

Thompson saß am Fenster und reckte den Hals, um durch das Laubwerk zu sehen: Da geht er wie Gottvater in seinem Garten, bringt seine Sachen in Ordnung, weiß, wie alles zu sein hat, und besitzt für jedes Ding, das nicht funktioniert, ein ausgetüfteltes Spezialwerkzeug, ein Werkzeug, das nur für eine einzige verflixte Sache benutzt werden kann. Gottvater Johanson mit all seinen Hebeln und Trichtern!

Vor Kurzem war die Situation eskaliert und hatte sehr viel Ärger verursacht. Der hauseigene Hibiskusbusch war voll erblüht, da kam Thompson frühmorgens und pflückte sämtliche Blüten ab. In der Garage fand er Kontaktkleber, dann gelang es ihm irgendwie, in den Lieferwagen hineinzukommen, und dort, auf dem Armaturenbrett, hatte der alte Mistkerl auf jeden erreichbaren Schaltknopf und Hebel eine Hibiskusblüte geklebt, und was er sich dabei gedacht hatte, war total unbegreiflich. Johanson beschwerte sich bei Miss Frey, das hatte er bisher nie getan. Miss Frey wandte sich mit der Sache an Miss Ruthermer-Berkeley.

»Liebe Miss Frey, wir dürfen nichts überstürzen«, erwiderte die alte Dame. »Dieser Vorfall kann nicht direkt als geistige Verwirrung bezeichnet werden.« Dann betrachtete sie ihre Hände

wie so oft in Momenten schwerer Entscheidungen und erklärte,
die Grenze zwischen normaler Irrationalität und vollkommener
Umnachtung lasse sich nur schwer definieren. »Die Gedanken
und Vorstellungen alter Menschen sind nicht immer nachvoll-
ziehbar. Es ist durchaus möglich, dass es für die Kombination
Hibiskus – Armaturenbrett in Thompsons Kopf eine plausible
Erklärung gibt.« Damit wolle sie keineswegs behaupten, dass
Thompson nicht mit boshafter Absicht gehandelt habe. »Aber
geistige Verwirrung, Miss Frey, ist eine ernste Sache, eine Ankla-
ge, die wir nicht guten Gewissens erheben können.«
»Aber woher weiß man denn!«, rief Miss Frey aus. »Woher
weiß man, wo das eine aufhört und das andere anfängt? Eines
Tages fackelt er noch das ganze Haus ab!«
Miss Ruthermer-Berkeley erwiderte abschließend, absolutes
Wissen sei ein nicht denkbarer Begriff, und damit hatte die Angelegenheit ihr Bewenden. Hinterher dachte sie, wie richtig es
gewesen sei, kraft ihres hohen Alters und ihrer Einsicht unnach-
giebig zu bleiben. Sie wollte den irrationalen Überschuss verteidigen, der sich im Lauf eines langen Lebens ansammelt. In ihren
Augen war er das natürliche Produkt von erlebten Erfahrungen
und daher erklärlich und kein Anlass zur Aufregung. Es gibt
jede Menge Leute, die von Berufs wegen alles erklären. Für sie
war nur eins wichtig: »Unsere Gäste wohnen hier und haben das
Recht, Schutz zu erwarten. Außerhalb von St. Petersburg tobt
sich jede Menge von gefährlichem Irrsinn aus, dagegen können
wir nichts tun. Aber ich habe ein Haus über den unschuldigen
Irrsinn gebaut, und dort darf er in Frieden weitermachen, solange ich lebe.«

4

Oberhalb von Miss Ruthermer-Berkeleys Zimmer lag das Zimmer von Mrs. Morris. In der kurzen Dämmerung trat sie oft ans Fenster und sah, wie die Lichter am Meutererschiff Bounty angingen. Jeden Abend wurde die Takelage illuminiert – an jedem dieser tiefblauen warmen Abende, die so weit von Nebraska entfernt waren. Die Straße lag abends so leer da wie tagsüber, eine gerade, breite Esplanade, in Neonlicht getaucht. Manchmal erinnerte die Straße an ein Bühnenbild, direkt nachdem der Vorhang aufgegangen war. Das Schiff, das mit doppelten Reihen gelber Laternen in der Takelage am Pier vor Anker lag, bildete den Hintergrund. Jeder, der St. Petersburg besuchte, ging wie selbstverständlich als Erstes an Bord der Bounty, alle Bewohner von Butler Arms waren schon längst dort gewesen. Mrs. Morris zögerte noch, vielleicht war die Bounty von Weitem am schönsten. Sie wollte ihre eigene Vorstellung von einem großen schlafenden Schiff gern bewahren.

In der Abenddämmerung des Karfreitags wachte Elizabeth Morris fröstelnd auf, in der Meinung, es sei früh am Morgen. Als sie erkannte, dass es Abend war, wurde sie unerklärlich bedrückt. Es gab keinen Grund, bedrückt zu sein, jetzt nicht mehr, und das wusste sie. Es war keine Schande, mitten am Tag zu schlafen. Aber jedes Mal befiel sie dieses ängstliche Gefühl von verlorener Arbeitszeit, dieses schlechte Gewissen, das lange anhielt.

Das Haus war ruhig, nur unten lief der Fernseher, kaum hörbar. Mrs. Morris legte sich den Mantel um die Schultern, trat ans Fenster und sah das beleuchtete Schiff. Hintergrundmusik, dachte sie sachlich, zu Anfang des Films die beeindruckende Schiffssilhouette gegen den Abendhimmel, oder vielleicht am Ende. Dazu meine eigene ergreifende Musik. Übrigens habe ich sehr gute Musik komponiert.

Während sie die Girlanden aus leuchtenden Lampen betrachtete, verlor das Bild plötzlich seinen realen Inhalt, alle Abende ähnelten einander wie die Perlen einer Kette, und Mrs. Morris sah, dass diese Lichtpunkte genauso gut über einer Tankstelle hängen könnten. Ein interessanter Gedanke. Sie schälte das Schiff aus seinem Traumbild und stellte sich einen Rummelplatz am Meer vor, das war einfach, sie brauchte nur die Musik zu verändern. Dann dachte sie: Stille Nacht, und machte die Lampen zu einer Weihnachtsdekoration. Schließlich gab es kein Schiff mehr, die Hintergrundkulisse war völlig beliebig geworden. Elizabeth Morris verließ das Fenster, nahm ihren Stock und stieg so leise wie möglich die Treppe hinunter.

Sie saßen im Fernsehzimmer, das Osterprogramm war inzwischen bei Gethsemane angekommen, niemand wandte den Kopf, als sie vorbeiging und auf die Veranda hinaustrat. Eine Weile wurde sie noch von schluchzenden Orgeltönen verfolgt, danach hörte sie nur ihre eigenen breiten Schuhe auf dem Gehweg und im Dreivierteltakt dazu den harten Aufschlag des Stocks. Der Wind blies vom Meer, die Palmen raschelten, heute Abend war kein Mensch unterwegs. Am Stadtrand überquerte sie die Strandpromenade zu den Kais. Der Pier lag im Dunkeln, von hohen Werbetafeln umgeben, gigantische Plakatwände auf starken Beinen, mit Drahtseilen verankert, die den Blick aufs Meer versperrten. Mrs. Morris reckte den Hals und versuchte, diese riesigen Bilder und Buchstaben zu entziffern: Coca-Cola, Silver Springs, Zirkusmuseum Sarasota, Mondscheintour in Tampa ... Aloha! Der Traum von Tahiti – die Bounty, das Meutererschiff.

Das Schiff selbst war hinter einer Palisade aus glatten Holzstämmen verborgen, das Eingangstor und die geschlossene Kasse lagen weiter hinten. Innerhalb der Palisade schaukelten hohe, dunkle Bäume im Wind, ein Wald aus Zuckerrohr wiegte sich über den mit herabgefallenen Blüten bestreuten Boden. Hoch darüber schwankten die Topplaternen des vertäuten Schiffes. Eine Filmkamera hätte die Laternen einfangen können, hätte den Pier, die Stadt und die ganze Welt ausblenden können, um ausschließlich diese Laternen und die ständig wiederholten ruhigen Bewegungen der Mastspitzen vor dem Abendhimmel abzubilden. Ein Symbol für Meer, Schiff und Abenteuer, Hintergrundmusik, Fade-out.

Genau gegenüber, auf der anderen Seite des Piers, lagen eine Tankstelle und der Senior's Club, ein niedriges zementgraues Gebäude. Der riesige Parkplatz war leer. Im zunehmenden Wind wirbelten ein paar zerrissene Zeitungen im Kreis über den Asphalt, hielten an und wirbelten weiter. Es war kalt.

Kann man sich das Recht zugestehen, wie die Kamera abzuschirmen und zu verwerfen, ein Stück Schönheit auszuschneiden und den Rest wegzulassen? Ist das vorstellbar? Oh ja, dachte Elizabeth Morris. Das ist es durchaus. Aber auch absolut unmöglich.

Allmählich wurde ihr kalt. Auf demselben Weg, den sie gekommen war, kehrte sie zu Butler Arms zurück.

Bounty-Joe und Linda waren nach ihrem Samstagabend in der Stadt auf dem Heimweg. Ihre Schritte waren so leicht und sie gingen so eng nebeneinanderher, dass ihre gemeinsamen Bewegungen an einen geheimen, gut einstudierten Tanz erinnerten.

Joes Silbergurt hing ihm schwer über die Hüften, zwei nach unten gespreizte Hände bildeten die Schließe. Das Jesus-Abzeichen steckte am Innenfutter seiner Jacke, dort hatte er es nur für sich allein. Wenn sie zum Tanzen ausgingen, nahm er nie das Motorrad, Linda fürchtete sich davor. Jetzt redete sie wieder über Silver Springs, immer ging es um Silver Springs – der Fluss durch den Dschungel, Boote mit gläsernem Boden, am Ufer miteinander schlafen und hinterher schwimmen, der weiße Sand, das klare Wasser und das wunderbare staatliche Naturschutzgebiet, alles für einen Dollar, und wann würden sie hinfahren?

»Demnächst«, sagte Joe, »auf jeden Fall demnächst bald.«

»Schaffen wir das noch, bevor er kommt?«, fragte sie. Aber Joe wollte nicht mehr mit Linda über Ihn sprechen und auch nicht ihre vernünftigen, tröstenden Worte hören, er wollte seiner Sehnsucht lieber ungestört nachhängen. Linda verringerte seinen Kummer, ohne ihn leichter zu machen. Er wollte ihn so behalten, wie er war.

In allen Fenstern war es dunkel, nirgends schläft die Nacht so lang wie in St. Petersburg.

Silver Springs! Seine Flüsse suchten ihre Quellen nicht in staatlichen Naturreservaten, Seine Flüsse stürzten sich ins Meer! Der Atlantik war Sein Taufbecken, und die Heiligkeit des Wassers so groß, dass ein ganzes Schwimmbecken mit Kraft gesegnet werden konnte. Dort in Miami waten sie zur Taufe hinaus. Manche langsam, andere stürzen sich in die Brandung wie in eine Umarmung, und alle wissen, dass sie nie mehr einsam sein werden. Das Jesusvolk steht zu Tausenden am Strand und spielt auf Tausenden von Gitarren, in vollkommener, freier Erwartung.

Er sah sie vor sich! Sie standen still, aber der Wind ließ ihre langen Haare und ihre ausgefransten Gewänder wie zerfetzte Banner fliegen, die ganze Küste lang eine flatternde Flaggenlinie für Jesus! Im Wasser umarmten sie sich und liefen lachend ans Ufer, um endlich ihr Leben zu beginnen.

Linda dachte: Jetzt fährt er bald. Er gibt seinen großartigen Job auf. Ein jeder muss für sich selbst entscheiden, und wenn einer gehen will, soll man ihn nicht aufhalten. Eine Umarmung ist der Gnade der Madonna zu verdanken, aber nichts, was man behalten kann.

Wie immer trennten sie sich vor der Veranda, sie ging die Treppe hinauf und er weiter die Straße hinunter, an der Ecke legte er die Hand auf den Zaun und schwang sich mit leichter Bewegung hinüber, in ihren Garten hinein.

An einem späten Nachmittag, als der Himmel im Westen sich gelb färbte, ging Elizabeth Morris zum Meutererschiff Bounty zurück. Auf dem Weg hinunter zum Hafen sah sie Mrs. Higgins, die in die gleiche Richtung unterwegs war. Hannah Higgins hielt eine Plastiktüte in der Hand und schaute auf der Suche nach Eichhörnchen in die Palmen. Von hinten erinnerte sie noch mehr an ein Oval als sonst, ein schwarzes Oval, und ihr Kopf mit dem winzigen Haarknoten wirkte vollkommen rund. Sie sah wie eine Kinderzeichnung aus. Die Palmen waren auch von einem Kind gezeichnet: schiefe, flaschenförmige Stämme, von wirren Zotteln gekrönt. Jetzt trat Hannah Higgins hinter eine Palme und begann, in ihrer Tüte zu wühlen. Mrs. Morris ging schneller und versuchte, unbemerkt vorbeizukommen.

»Aha, du machst also auch einen Spaziergang«, sagte Mrs. Higgins. »Es fällt mir ein bisschen schwer, nach oben zu schauen, dann dreht sich alles. Sind heute irgendwelche Eichhörnchen da?«

»Nicht, soweit ich sehen kann«, antwortete Mrs. Morris und starrte in die Palme hinauf.

»Wirklich eigenartig. Aber wenn ich keine Nüsse dabeihabe, sind sie überall. Magst du Nüsse?«

»Nein, nicht besonders.«

»Nüsse bleiben in den Zähnen stecken«, stimmte Hannah Higgins herzlich zu. »Und dass sie auch im künstlichen Gebiss stecken bleiben, macht die Sache nicht besser.« Langsam trottete sie weiter, unentwegt redend: »Das hier ist eine komische Stadt, überall wimmelt es von alten Leuten. Ist doch eigentlich eine vernünftige Idee, uns alle an einem Ort zu versammeln, wo es uns gut geht und wir niemanden stören, oder? Hier gibt es so viel zu sehen, und alles ist leicht erreichbar. Letzten Sonntag war ich im Stadtpark und habe dem Kinderorchester bei einem Konzert zugehört, das sie für uns organisiert hatten. Magst du Musik?«

»Manchmal«, antwortete Elizabeth Morris.

»Ja, manchmal, nur manchmal, wie wahr. Musik ist etwas Wichtiges, und man kann nicht immer zuhören. Aber am allerschönsten ist die Trompete.«

»Tatsächlich?«, fragte Mrs. Morris erstaunt.

Hannah Higgins lachte, dieses frische Lachen, das so unglaublich viel jünger war als sie selbst, und erzählte dann, immer noch sehr ausgelassen, dass ihr Enkel Trompeter sei. Hätte er Saxophon gespielt, wäre das Saxophon das Allerschönste, so sei es eben hier im Leben!

An der Strandpromenade blieb sie stehen und sah nach links und nach rechts, aber kein Auto war in Sicht. »Jetzt können wir über die Straße«, sagte sie. Mrs. Morris erwartete, noch mehr über den Enkel erfahren zu dürfen, aber Mrs. Higgins bemerkte nur, der Himmel leuchte heute besonders gelb, und fragte, ob sie schon mal an Bord gewesen sei? Wenn nicht, solle sie es heute lieber allein machen. »Ich warte draußen auf dich«, sagte

Mrs. Higgins. »Da gibt es eine nette Bank, und daneben einen Käfig mit Äffchen.«

Sie bezahlten an der Kasse und traten in den tahitischen Traum ein, der klein, aber sehr romantisch war. Im dichten subtropischen Grün standen mit Palmenblättern gedeckte Hütten, wo sämtliche Andenken feilgeboten wurden, die eine falsch verstandene Sehnsucht nach Schönheit aus Muschelschalen und Korallen, aus Lava, Bambus oder Alabaster zu formen imstande war. Über der ganzen Gegend hing der süßliche, erstickende Geruch nach eingeöltem Holz. Halb verborgen zwischen den Büschen gab es Toiletten und Getränkestände, ein hübsches Mädchen in authentischer Gewandung bot kleine Piratenschiffe und Seejungfrauen aus Plastik zum Kauf an.

»Hier setze ich mich hin«, sagte Mrs. Higgins. »Lass dir Zeit, da gibt es viel zu sehen.« Die Affen in dem Käfig hatten kugelrunde weiße Gesichter mit schwarzen Augen und schwarzer Nase, kleine melancholische Totenköpfe. Mrs. Morris ging weiter, sie sah den Totempfahl und das Auslegerboot, das mit stachligen Tiefseemuscheln vollgeklebt war, und blieb vor *Du selbst in der Südsee* stehen, Herr und Frau Tahiti in natürlicher Größe, aus Sperrholz ausgesägt, er in blauer Uniform und sie im Bastrock, beide ohne Kopf. Für fünfzig Cent konnte man ihnen den eigenen Kopf aufsetzen und sich fotografieren lassen.

Und jetzt, erst jetzt, hob Elizabeth Morris den Blick und betrachtete die Bounty. Sie wusste nichts über Schiffe, sah aber, dass dieses Schiff prachtvoll war. Gold, tiefblau und schwarz, die Takelage ragte in makelloser Schönheit in den Himmel. Während Mrs. Morris auf das wartende Schiff zuging, verschwand das umliegende Ufer. Joe stand am Landungssteg, einen Kranz aus Plastikorchideen im Haar.

»Hi! Aloha!« Er begrüßte sie mit professionellem Lächeln und reichte ihr eine Hibiskusblüte. Die Blume war kunstfertig ausgeführt, lag aber hart in der Hand.

»Hi«, sagte Mrs. Morris. »Aloha, das sagt man doch eigentlich auf Hawaii, oder nicht? Begrüßt man sich auf Tahiti genauso?«

»Keine Ahnung«, antwortete Joe. »Ist das wichtig?«

Dies war also Joe mit dem Motorrad, Joe, der Linda liebte. Mrs. Morris nahm ihre Sonnenbrille ab und erklärte, er habe ganz recht. »Ein Gruß ist ein Wert an sich und braucht keine Übersetzung.« Dann ging sie an Bord.

Der Ausflugsbus aus Tallahassee war noch nicht eingetroffen, darum war außer ihr niemand auf dem Schiff. Das riesige, glänzende Deck erfüllte sie mit Bewunderung. Unglaublich, wie exakt die gewaltige, weich geschwungene Fläche geplant und wie perfekt alles zusammengefügt und ausgeführt war. Ringsum sah sie reine Zweckmäßigkeit, eine Welt aus absoluter Bedeutung – endlich. Hier war nichts zufällig, nichts unnötig. Fast andächtig stieg Mrs. Morris die Decktreppe hinunter. Die Sonne stand tief und füllte das Achterschiff mit dunklem, goldenem Glanz. Nirgends behandelt man die Umgebung, in der man lebt, so pfleglich wie auf einem Schiff, das wurde ihr hier klar. Jede Einzelheit war sorgfältig geformt, jede Fläche poliert und vollkommen sauber, Messing und Holz glänzten wie Honig und brauner Sirup. Die hohen Fenster warfen Rechtecke aus Licht bis an ihre Füße. Und wenn man stirbt, dachte Mrs. Morris mit plötzlichem Interesse, also wenn man sein Zimmer verlässt … Es wäre möglich, es wäre vielleicht vorstellbar, ein leeres, glänzendes Zimmer zu hinterlassen, sauber wie ein Deck, von allem befreit. Keine Schlacken, keine Unordnung, nirgends Spuren eines erschöpften Lebens. Gewohnheit und Vergesslichkeit, der Müll der Tage, die schändlichen Rückstände der täglichen Mühsal, alles wäre verschwunden. Auf einmal erinnerte sie sich: »Im Rumpf des Schiffes knirschte es leise«, vermutlich ein Satz aus einem der Abenteuerbücher, die sie so geliebt hatte. Sie ging weiter in den perfekten Raum hinein und sah den Kapitän. Über eine Karte gebeugt, die Hände auf den Tisch gestützt, bekümmert und regungslos stand er da. Er war aus Wachs.

»Nein«, flüsterte Elizabeth Morris, kehrte um und eilte verlegen davon, weiter durch das schummrige Schiff, wo sie die übrigen fand, einen nach dem anderen, erstarrt in Gebärden der Wachsamkeit, der Angst oder des Zorns, all diese längst verstorbenen Herren, jetzt indiskret ausgeliefert in Wachs. Sie erschrak, lief durch den Laderaum und konnte die Treppe nicht finden. Über ihr erwachten die Lautsprecher an der Decke zum Leben, schmachtende Ukulele-Klänge tropften unerträglich sanft in den Raum. Plötzlich kam sie in blau fluoreszierendes Licht, und da lag er in seiner Koje, von einem eigenen Scheinwerfer beleuchtet: ein einsamer sterbender Mann, die Augen aufgerissen, mit offenem Mund. Ein Arm hing über den Rand der Koje, ein unheimlicher gelber, schwarz behaarter Arm. Man hatte ihm eine Flasche aus der Hand fallen lassen, und eine dunkle Flüssigkeit ergoss sich täuschend echt über den Boden. Mrs. Morris kehrte um und fand die Treppe. Oben auf Deck trat sie an die Reling, stützte die Stirn in die Hände.

»Aloha«, sagte Bounty-Joe. »Alles in Ordnung?«

»Mir geht's gut«, antwortete Mrs. Morris. Sie hielt Ausschau nach Hannah Higgins und der Bank neben dem Affenkäfig, aber vom Pier strömten Menschenmengen herein und verdeckten die Sicht.

»Die alte Dame fühlte sich nicht wohl«, sagte Bounty-Joe. »Sie ist nach Hause gefahren. Ich habe ihr ein Taxi bestellt.«

»War es sehr schlimm?«

»Ich weiß nicht. Sie wollte mich nicht dabeihaben. Ich hätte sie gern begleitet, das mache ich oft. Solche Sachen passieren ehrlich gesagt immerzu, das dürfen Sie mir glauben.«

»Das glaube ich wohl«, sagte Mrs. Morris. »Aloha.« Auf dem Rückweg sah sie eine Menge Eichhörnchen. Die Veranda war fast voll besetzt.

»Nichts Ernstes«, teilte Miss Frey mit. »Es geht ihr besser, und sie hat alles, was sie braucht. Aber lange Spaziergänge sind unvernünftig, ich habe doch gesagt, Sie sollen zum Park gehen und nicht an den Strand, das ist zu weit!«

Mrs. Morris stieg die Treppe nach oben und klopfte an die Tür. »Ich bin's nur«, sagte sie.

»Hereinspaziert«, antwortete Hannah Higgins. Sie lag unter der Bettdecke und war um die Augen herum ganz weiß. Daran seien die Palmen schuld gewesen. »Man soll nicht nach oben schauen, das ist nicht gut. Ich weiß, dass es nicht gut ist. Aber inzwischen habe ich mich ein wenig übergeben, das hat wohlgetan. Wie hat dir das Wachsfigurenkabinett gefallen?«

»Es war sehr gekonnt gemacht.«

Mrs. Higgins legte sich bequemer hin und sah an die Decke. »Komische Astlöcher da oben«, bemerkte sie. »Das Wachskabinett hat mir auch nicht gefallen, aber das Schiff selber dafür sehr.«

Mrs. Morris ging langsam durch das Zimmer. So viele Fotos und so viel Schnickschnack, allzu viele Reiseandenken und tropischer Kitsch, und mitten an der Wand ein großes Bild aus Samt, Delphine im Sonnenuntergang, mit Glitzerstaub besprüht. Es war kaum anzunehmen, dass Mrs. Higgins alle diese Dinge selbst angeschafft hatte. Einer ihrer Enkel spielte Trompete, vielleicht gab es noch einen Enkel, der Seemann war.

»Vierzehn Enkelkinder«, sagte Mrs. Higgins von ihrem Bett aus.

»Auf den Fotos kannst du sie sehen, ihre Eltern auch. Aber es würde dir nicht viel sagen, wenn ich erklären würde, wer von ihnen wer ist. Sie sind alle gut geraten.« Dann fügte sie hinzu: »Der Seemann bereitet sich auf die Prüfung zum Kapitän vor.«

Mrs. Morris ging weiter von Bild zu Bild, und schließlich kam sie an das Fußende des Bettes und fragte, was denn der Trompeter so spiele.

»Rock«, erwiderte Hannah Higgins erschöpft. »Progressiven Rock.« Sie schloss die Augen. Bald darauf ging Elizabeth Morris in ihr eigenes Zimmer, wo sie neues Blau auf ihre Augenbrauen auftrug, noch blauer als sonst.

5

Mrs. Rubinstein saß beim Friseur unter der Trockenhaube, ihr weißes Haar war zu einer komplizierten Krone hochgesteckt. Sie füllte den ganzen Stuhl, wie ein Walross nach oben hin schmaler werdend, Brust und gerundeter Rücken bildeten einen langen wogenden Umriss. Sie war sehr stattlich. Ihre Gedanken, groß und dunkel, wandten sich der Vergangenheit zu und kreisten wie immer um die Familie, ihre riesige, ferne Familie. Mrs. Rubinstein war eine starke Frau, sie hatte ihre Angehörigen bis ins zweite und dritte Glied dominiert, inzwischen lebten alle selbstständig und schienen gut klarzukommen, da sie so selten von sich hören ließen. Es sei denn, sie verschwiegen alles, was schieflief. Egal, was sie trieben, in Mrs. Rubinsteins Augen waren sie immer eine planlos agierende Masse vor einem dunklen Hintergrund, wie auf den alten Stichen in der Bibel voller Nacht und starker Lichtkontraste, wo die Kinder Israels zu sehen sind, die durch die Wüste strömen, um das Goldene Kalb tanzen oder sich am Lande Kanaan erfreuen.

Sie dachte an die langen Jahre, in denen sie mit ihrem Willen und ihrer Intelligenz sowohl neue Rubinsteins geformt hatte als auch die Personen, die sie heirateten oder auf die sie verzichten mussten. Als sie Zeit und Wirkung in Betracht zog, die Kettenreaktion auf ihre persönliche Ausstrahlung und dazu die Vorliebe ihrer Familie, in fremde Länder aufzubrechen, in immer fremdere und fernere Gefilde, um dort die Samen ihrer Ahnfrau weiterzuverbreiten, kam es Mrs. Rubinstein vor, als trage sie den ganzen Erdball wie eine schwere Kugel mit sich herum. Ein Glück, dass sich im Laufe der Zeit die Einzelheiten zu einem Ganzen zusammenfügten. Ereignisse, Gesichter und Worte glitten ineinander und gingen in der großen krabbelnden Masse der Nachkommen auf, welche die Erde erfüllten. Allein Abrascha war absolut deutlich. Abraschas Kindheit, Jugend und Mannesalter, die verblassten nie.

»Es ist zu heiß«, sagte Mrs. Rubinstein. Die Friseurin schaltete die Trockenhaube auf die Hälfte herunter und brachte Zeitschriften. Auf dem obersten Titelbild war eine Badenixe zu sehen. Die Badenixe hüpfte durch eine Welle, hatte lange schwarze Haare, eine Menge weißer Zähne und einen runden kleinen Bauch, der mit der Zeit groß werden konnte, womöglich eine neue Rubinstein, dachte die alte Frau, die sind inzwischen ja überall. Sie steckte sich eine Zigarette an und sah durch den Rauch blinzelnd in den Spiegel, anerkennend, aber mit einer gewissen Melancholie.

Gegen Abend begann es zu regnen, leise, aber stetig und beharrlich, ein richtiger Frühlingsregen, der vielleicht die ganze Nacht anhalten würde. Die Luft wurde rein und lieblich, vom Duft des Gartens erfüllt. Längs der Straße gingen Lichter auf den Veranden an, die Bewohner kamen heraus, setzten sich in ihre Stühle und sahen dem Regen beim Fallen zu. In der Ferne grollte der Donner, über der Bounty flammten ein paar Blitze auf. Evelyn Peabody saß still da, die Hände im Schoß, der Geruch nach nassem Gras und das Rauschen des Regens trugen sie weit zurück, die Erinnerungen kamen, ohne wehzutun. Wie immer dachte sie an ihren Vater. Sie liebte ihn. Sonntags nahm er sie alle mit, eifrig, erregt und viel zu redselig. Die reine Idee des Ausflugs fand er faszinierend, aber organisieren konnte er nicht.

Wir waren zu viele, dachte Peabody, und zu klein, und Mama hat sich immer geängstigt, es könnte ja Schlangen und Zecken geben, das Wetter könnte umschlagen … Aber Papa rannte umher und sorgte für uns. Einmal, als es kalt und windig war, fand er eine Scheune. Und einmal versuchte er, aus Tannenreisig eine Hütte für uns zu bauen, aber das hat nicht geklappt. »Meine liebe Familie! Wir befinden uns hier im Schoß der Natur. Lasst euch im Gras nieder, im grünen Schatten der Bäume!« So redete er mit uns, wenn wir einen Ausflug machten. »Geliebte Kinder, ich habe schon immer eine echte Waldquelle gesucht, ich wüsste nicht, was ich euch Schöneres zeigen könnte und wie sehr mich das beglücken würde. Zu meinem großen Schmerz habe ich bisher keine Quelle gefunden. Könnt ihr mir verzeihen?« Und dann fing es an zu regnen. Er versammelte uns unter einem großen Baum, und Mama sagte, wenn jetzt ein Gewitter kommt, ist ein großer Baum der gefährlichste Platz, den es gibt! Einmal versuchte ich ihr zu erklären, wir würden das Gefährliche doch lieben, aber wahrscheinlich hat sie gar nicht gehört, was ich sagte. Auf dem Heimweg war Papa oft melancholisch. Wie ist es nur möglich, dass sie alle tot sind!

Die Schwestern Pihalga kamen auf die Veranda und schlugen ihre Bücher auf. Miss Frey brachte ihre Schachtel mit den Perlen heraus und fädelte eine blaue, eine weiße und zwei rosarote auf.

Einmal hat er einen Außenbordmotor angeschafft, einen ganz kleinen, der ist fast nie angesprungen. Wir wollten mit dem Ruderboot eine Ausfahrt auf dem Fluss machen, aber der Motor streikte. Gut, dann rudern wir, sagte Papa. Rudern ist sowieso viel persönlicher. Mama sagte, wenn man einen Motor hat, ist es lächerlich zu rudern, und da ließ er den Motor einfach fallen und im Fluss versinken. »Das viele Geld!« – »Ja«, antwortete

Papa und lachte aus vollem Hals, »da liegt es nun auf dem Grund des Flusses, und wir können nach Herzenslust rudern!« Ganz plötzlich vermisste Miss Peabody ihn so sehr, dass sie sich vor Schmerz nach vorn krümmte, über ihre geballten Fäuste.

»Ist Ihnen nicht gut?«, fragte Mrs. Morris.

»Keine Sorge, mir fehlt nichts«, antwortete Peabody abweisend und richtete sich kerzengerade auf. Ha, mit blauen Augenbrauen herumlaufen, aber einem nie in die Augen schauen! Und auch noch Angst haben vor Musik!

Mrs. Morris bemerkte: »Der Regen tut gut, nicht wahr«, aber die kleine Spitzmaus schwieg und begann zu häkeln. Als Mrs. Morris fragte, was es denn werden solle, erhielt sie keine Antwort. Habe schon wieder zu lange geschwiegen, dachte Elizabeth Morris, schloss die Augen und lauschte dem Regen. An ihrer anderen Seite gab Thompson einen fürchterlichen Furz von sich.

»Das eben war ein gutes Zeichen«, bemerkte Hannah Higgins. »Er hat seit einer Woche Verstopfung und will keine Tabletten einnehmen, sagt Linda. Ich glaube, ein Wetterwechsel würde uns allen guttun.« Das Gewitter zog grollend näher, und Frey kam auf Taifune zu sprechen, insbesondere den im Jahr neunundsechzig, entlang der halben Strandpromenade hatte er den Palmen sämtliche Zweige abgerissen, und als die Flutwelle sich zurückzog, standen da nur noch klägliche Stümpfe, und man weiß ja, wie lange es braucht, bis Palmen sich wieder erholen!

»Wie wahr!«, kam es von der schaukelnden Mrs. Higgins. »Und dann dieses bedauernswerte Hotel!«

»Man hat sie rechtzeitig gewarnt.«

»Ja, stimmt, sie wurden gewarnt.«

»Und hinterher, als das Wasser sich zurückzog!« Mrs. Higgins hörte auf zu schaukeln und wartete betrübt.

»Und hinterher! Weiter oben im Land! Dort wurden die Senioren leblos in den Bäumen gefunden ...«

»Waren sie in Stücke gerissen?«, fragte Thompson. »Waren sie zerfetzt oder noch ganz? Wie konnten sie überhaupt in den Palmen hängen bleiben?«

»Sie waren tot«, versetzte Miss Frey kurz.

»Regen!«, rief Miss Peabody plötzlich aus, »Regen, das ist ein schlechtes Zeichen, da kann der Taifun jederzeit hier sein!« Sie redete sehr schnell. »Ja, ja, Mrs. Morris, Sie wissen nichts über Florida, das hier ist ein gefährlicher Ort, wenn man sich nicht auskennt, ich habe einen Taifun mitgemacht und weiß, was da los ist! Einmal bin ich zu Leuten gerannt, die kein Radio hatten und nicht Bescheid wussten, und hab sie gewarnt, dadurch wurden dreißig Menschenleben gerettet!«

»Was erzählst du da!«, rief Frey aus. »Das ist doch nicht wahr, das hast du mir noch nie erzählt! Du kannst ja gar nicht rennen!«

»Ich hab das Fahrrad genommen! Und wenn du meinst, ich hätte dir mein ganzes Leben erzählt, dann irrst du dich! Das da ist lange her, das war vierundfünfzig!«

»Da warst du noch in Tennessee und hast Hohlsäume genäht«, sagte Frey.

»Kinder, Kinder«, sagte Hannah Higgins, und Thompson wiederholte: »Wie haben sie ausgesehen? Waren sie zerstückelt? Wie konnten sie in den Palmen hängen bleiben? Ha, sie wurden in der Mitte aufgespießt!«, fuhr er triumphierend fort. »Ich kann es mir deutlich vorstellen, wie es aussieht, wenn ein Rentner auf einer kahlen Palme aufgespießt wird. Surrealistisch!«

»Absolut phänomenal«, bemerkte Mrs. Rubinstein.

Thompson hielt sich die Hand hinters Ohr und quengelte: »Was hat sie jetzt wieder gesagt, was hat sie gesagt?« Miss Frey fuhr hoch, dass die Perlen über den ganzen Verandaboden hüpften, und rief: »Phänomenal! Dass es phänomenal ist, wie Sie es schaffen, uns an den Tod zu erinnern. Dass Sie es komisch finden, wenn Menschen in Stücke gerissen werden! Sie finden tragische Dinge komisch!«

Mrs. Rubinstein bemerkte, das alles habe sie nicht gemeint, es sei nur ein Kompliment an Mr. Thompsons barbarische Vorstellungskraft gewesen. Insgeheim erwog sie, ob eine kleine Schlüpfrigkeit in Bezug auf nackte Palmenstämme, die in den Himmel ragen, angebracht wäre, unterließ es dann aber, vielleicht nicht ganz der passende Moment.

»Hier ist eine weiße«, sagte Mrs. Higgins. »Die ist bis vor an den Rand gerollt.«

Peabody half Frey, die Perlen einzusammeln. Sie flüsterte: »Kümmer dich nicht um ihn. Wegen so einem armen alten Mann darf man nicht gleich die Nerven verlieren ... Man muss Verständnis haben ...«

»Nerven!«, fauchte Frey. »Verständnis! Du bist wohl jedermanns kleine Freundin, was?«

Es regnete immer noch, nach und nach verzogen sich alle ins Haus. Nur die Schwestern Pihalga blieben sitzen und lasen in dem schwachen Licht weiter.

Später in der Nacht stand Thompson vor Lindas Tür und rief: »Linda? Ist Joe bei dir im Zimmer?«

»Ja«, antwortete sie.

»Dann komm ich nicht rein«, sagte Thompson. »Ich wollte dir nur erzählen, dass ich diese Pille dann doch genommen habe, und das hat großartig geklappt! Gerade eben erst!«

»Wie schön«, sagte Linda. »Das ist eine erfreuliche Nachricht, Mr. Thompson.«

»Ja«, sagte er. »Ich hab mir gedacht, dass dich das freut. Gruß an Joe.« Dann ging er in sein Zimmer zurück.

Der nächste Tag war unfassbar schön. Obwohl die Sonne bereits am Himmel stand, hing der nächtliche Regen noch im grünen Laubwerk zwischen den Gebäuden, und kein Wind schüttelte die Tropfen aus den Bäumen. Als Frey ihren Glaskäfig aufschloss, kam Peabody mit der Miete in der Hand angelaufen und rief: »Hi! Bist du heute besser aufgelegt?« Sie zeigte die Vorderzähne in einem hastigen kleinen Lächeln, das Frey jedes Mal an Micky-Maus-Filme erinnerte, und blätterte ihre Scheine hin. »Ist doch komisch, ich bin immer die Erste mit der Miete, ich vergesse sie nie! Wer hätte das gedacht!«
Und während Frey ihre Schubladen herauszog und die Quittung schrieb, begann Peabody ihre hastige, halb atemlose Beschreibung, wie es gewesen war, wie es sich abgespielt hatte und wie es sich anfühlte, damals, als sie in der staatlichen Lotterie gewonnen hatte und es einfach nicht glauben konnte und beim Radio angerufen und immer wieder nachgefragt und vor Glück geweint hatte – »oh, Catherine, ich konnte es erst glauben, als ich es schriftlich bekam und das Geld in der Hand hielt. Aber da war Papa natürlich schon lange tot und all die anderen auch.« Ihre Augen, die so schnell weinten, füllten sich erneut mit Tränen, und Frey sagte: »Sehr schön. Ich weiß. Hier hast du deine Quittung.«
Peabody versuchte, durch das Schalterfenster hineinzuspähen. »Bist du mir böse?«, fragte sie.
»Nein, nein, das war alles sehr schön, einfach fantastisch.«
»Ja, fantastisch«, wiederholte Peabody nachdenklich. »Catherine? Was hast du mit deiner Bemerkung gestern gemeint? Hab ich etwas gesagt, das du nicht … ich meine, was hab ich denn gesagt? Ich bin stundenlang wach gelegen, stundenlang!«

»Weiß nicht«, sagte Frey. »Es war nichts.«

»Ganz sicher?«

»Es war nichts.«

»Wirklich? Sei dir nicht so sicher.« Peabody stützte ihre Arme auf den Fensterrahmen und dachte über die Formulierung »eine Laune des Zufalls« nach.

Nach einer Weile bemerkte sie, das Beste von allem sei das Gefühl von Gerechtigkeit gewesen. »Die Letzten werden die Ersten sein, so ist es doch, oder nicht?« Sie war in ihren kindlichen, klagenden Tonfall übergegangen, und als Frey nicht antwortete, wiederholte sie: »So ist es doch? Ist es nicht so? Die Letzten werden die Ersten sein?«

»Evelyn, bitte«, sagte Frey, »vielleicht ja und vielleicht auch nicht, aber jetzt muss ich diese Abrechnung fertig machen.«

Peabody schwieg. Schließlich sagte sie: »Catherine? Du siehst nicht gesund aus. Du solltest dich durchchecken lassen, in deinem Alter ist das ganz normale Routine, überhaupt solltest du mehr an dich selbst denken. Viele hier haben schon gemerkt, dass du nicht gut in Form bist, und ich mache mir oft Sorgen um dich.«

»Tatsächlich? Du machst dir um mich Sorgen? Liegst du nachts wach und denkst: meine arme Freundin Catherine, wenn ich ihr nur helfen und sie verteidigen könnte!«

Peabody wurde rot und versetzte: »Du brauchst gar nicht so ironisch zu sein, ich verteidige dich öfter, als du glaubst! Ich bin immer loyal und sage, du bist okay, das sind nur die Nerven, sage ich, ich verteidige dich gegen sie alle!« Das schmale kleine Mäusegesicht presste sich ans Glas des Schalterfensters, dann fuhr die kindliche Stimme fort: »Das ist nichts als die Wahrheit! Ich will, dass du die Wahrheit erfährst, du hast das Recht, die Wahrheit zu erfahren!«

»Was haben sie gesagt?«, flüsterte Catherine Frey. »Was haben sie denn gesagt? Und wer hat es gesagt?«

»Das kann ich dir nicht verraten, dazu habe ich nicht das Recht! Ich kann sie nicht bloßstellen, das musst du verstehen. Ich fand nur, dass du das Recht hast, die Wahrheit zu erfahren.«

»Das Recht!«, rief Miss Frey aus und stand auf. »Das Recht! Die Wahrheit! Und wer zum Teufel hat dir das Recht gegeben, über die Wahrheit zu reden!«

Peabody schlug sich die Hände vor den Mund und floh in die Halle hinaus, stieß gegen eine Säule und schwankte dann zur Treppe. Sie war erschrocken, die Tränen strömten wieder, und der schöne Tag war gleich von Anfang an ruiniert. Auf ihrem Bett, allein mit ihren geliebten Fotos, versuchte sie, zu verzeihen und zu vergeben. Catherine Frey war sehr bedauernswert. Misstrauen ist ein Gift, das einen schrumpfen und jeglichen Kontakt mit dem wirklichen Leben verlieren lässt.

6

Am Montag hatte Abrascha wieder geschrieben. Er war ein Pedant, alle seine Briefe wurden jeweils an einem der drei ersten Tage des Monats abgesandt, je nachdem, an welchem Tag seine Geschäfte ihm genügend freie Zeit gelassen hatten. Jeder Brief enthielt eine Zeichnung, angefertigt vom begabtesten der Enkelkinder, wobei Mrs. Rubinstein diese Begabung anzweifelte, zumindest in künstlerischer Hinsicht. Sie bewahrte die Zeichnungen genauso wenig auf wie die Briefe. Die Briefe lauteten jedes Mal ähnlich. Libanonna bekam Klavierunterricht. Die Geschäfte hatten eine Krise durchgemacht, und Abrascha war, was dies oder jenes betraf, zuversichtlich, das Wetter war entweder so oder so, sie erwarteten Gäste, eine Konferenz, einen Feiertag, oder sie hatten Gäste, eine Konferenz, einen Feiertag gehabt, mit sehr herzlichen Grüßen Dein Dich liebender, und immer an einem der ersten drei Tage im Monat abgeschickt. Mrs. Rubinstein wusste, dass ihre eigenen Briefe genau gleich waren, ekelerregend gleich.

Eines Tages, als ein kleiner Taifunableger ganz St. Petersburg ins Haus verbannte, bekam Mrs. Rubinstein plötzlich Lust und begann einen Brief an ihren Sohn. »Geliebter Abrascha, mein schrecklicher Sohn«, schrieb sie. »Wir sind uns sehr ähnlich, obwohl die Intelligenz im weiteren Sinne nicht an Dich überging, jedenfalls solltest Du nach einem langen, anstrengenden und aufmerksamen Leben in Gesellschaft Deiner Mutter dahintergekommen sein, dass ich banale Nachrichten mehr als

Schweigen verabscheue und halbherzig unpersönliche Kommentare mir mehr zuwider sind als brutale Wahrheiten. Bist Du noch nie auf die Idee gekommen, dass diese Klavierstunden, diese geplanten Konferenzen, Ausflüge und Geschäftsessen mit einflussreichen Persönlichkeiten, so wie Du sie zu erwähnen pflegst, für mich nichts als Blätter im Wind sind, für mich, Deine Mutter, Rebecca Rubinstein? Gib mir einen Beweis, dass meine Enkelin ein Genie ist, und nicht nur ein Lockenköpfchen, das die Gäste mit uninteressanten Darbietungen quält. Schreibe klar und in deutlichen Ziffern, was Du geleistet hast, erzähle unverblümt, wen Du hereingelegt hast und wer Dich betrogen hat, chaloshes, zeige mir keine angedeutete Sonntagsmalerei, sondern Farbe! Einflussreiche Persönlichkeiten, na so was! Wer, welche? Warum hast Du sie getroffen? Was hast Du Dir erhofft und was ist dabei herausgekommen? Hast Du keine Fantasie – und wenn Du sie hast, warum nützt Du sie nicht? Warum redest Du nie von der Ehefrau, die ich, Deine Mutter, für Dich ausgesucht habe? Gibt es jemanden, der Dich so sehr verstehen und wertschätzen kann wie ich, Deine Mutter? Es wird Dir unangenehm sein, es zu hören, aber kein Mensch auf Erden kann die Nuancen Deines Lebens, Deiner Versäumnisse und Erfolge so deutlich erkennen und so nachempfinden wie ich. Fällt es Dir schwer, das zu verzeihen? Habe ich Dir zu eindeutige Möglichkeiten geschenkt, kannst Du mir den Ertrag, den Dir meine Saat bringt, nicht verzeihen? Bist Du überhaupt ein Erfolg? Ich weiß nichts. Du zählst Namen auf, die Namen unbedeutender Verwandter. Je weiter sie sich von der Urquelle entfernen, desto blasser werden sie. Warum berichtest Du mir davon, wie farblos sie werden? Erinnere mich nicht an diese Peinlichkeit, an diesen ständigen Mangel an Vitalität. Schweigen ist besser. Denk Dir neue Worte aus, um Deine Sorge um meine Gesundheit auszudrücken, und reduziere Deine Adjektive auf ein Format, zu dem Du stehen kannst.

Mein geliebter Sohn, Sehnsucht ist eine seltene Gabe, dieser besondere Schmerz ist uns nicht zuteilgeworden. Abrascha, bedenke, dass ich Eure Leben einst in dem Bewusstsein geformt habe, dass ich die Einzige bin, die Eure Richtung kennt. Warum darf ich nicht erfahren, wie Ihr Euch weiterentwickelt? Entwickelt Ihr Euch überhaupt?

Sholem! Schreibe mir nie, weil es der Tag für einen Brief ist!

Deine Dich liebende Rebecca Rubinstein«

Sie las den Brief sorgfältig durch, fügte da und dort ein Komma ein, nickte anerkennend und zerriss ihn in möglichst kleine Fetzen.

7

Elizabeth Morris kehrte nicht zum Schiff zurück, aber abends saß sie oft am Fenster und betrachtete die beleuchtete Takelage. In Gedanken beschäftigte sie sich leicht zerstreut mit einem neuen, amüsanten Spiel: Sie stellte sich vor, wie es wäre, Gespräche durch das geschriebene Wort zu ersetzen und schweigend Zettel mit schriftlichen Nachrichten auszutauschen.

Schon allein eine solche Nachricht zu überreichen, würde Respekt ausdrücken, wie eine japanische Verbeugung, die anzeigt, dass man sich den Kreisen des Gegenübers mit Rücksicht nähert. Eine Stimme, die aus einem Gesicht hervorbricht, kann erschreckend aufdringlich sein – unüberlegte, spontane Worte, die eine sofortige Antwort verlangen.

Es muss, überlegte Mrs. Morris, es muss doch immer die Möglichkeit geben, vorher nachzudenken. Die Zeit, welche die Schrift für eine stumme Benachrichtigung erfordert, könnte für Reflexion Platz lassen. Fast alles, was wir uns sagen, ist von Hast und Gedankenlosigkeit geprägt, von Gewohnheit, Angst und dem Bedürfnis, Eindruck zu machen. So viele unnötige Banalitäten, Übertreibungen und Wiederholungen, so viele würdelose Missverständnisse.

Mrs. Morris blickte auf das Schiff und setzte ihr Spiel fort. Überschrift: Gespräche auf einer Veranda. Disposition: Spannung, Planung und Stil. Wie in einer Schachpartie, nur mit mehr Platz für Unvorhergesehenes. Sie hatte nichts gegen starke Gefühle, Hauptsache, sie wurden angemessen formuliert und kommentiert. Dann konnte man sich am nächsten Tag wieder gegenübertreten, ohne sich schämen zu müssen.

Überhaupt, wer hinderte einen denn daran, einfach zu schreiben: »Schau mal, es regnet!« Oder: »Hab jetzt keine Lust zu reden.« Oder: »Ist mir alles scheißegal!«

Die einzige würdige Spielgefährtin, die Mrs. Morris sich vorstellen konnte, war Mrs. Rubinstein. Diese scharfsinnige Dame hatte ihren Platz jedoch am anderen Ende der Veranda und war dadurch unerreichbar. Den Schaukelstuhl zu wechseln ist in St. Petersburg ein unverzeihliches Vergehen. Als Neuankömmling weiß man nicht, wie wichtig die Schaukelstühle sind; der Platz, der einem zugeteilt wird, ist endgültig. So nach und nach lernt man die ungeschriebenen Gesetze des Gästehauses kennen und folgt ihnen unverbrüchlich. In St. Petersburg kann allein der Tod die Schaukelstühle umplatzieren, in ganz sachlicher Hinsicht.

Mrs. Morris stellte sich vor, ihr Platz wäre neben Hannah Higgins gewesen, ein betörender Gedanke, doch dann wäre das neue Spiel natürlich total unnötig geworden. Bedauerlicherweise fiel ihr Gedanke nicht auf Thompson. So entdeckten die beiden nie, was für ein grimmiges Vergnügen sie einander hätten bereiten können.

Als Ostern näher rückte, wurde Elizabeth Morris rastlos und dehnte ihre Spaziergänge auf entlegene, fremde Teile der Stadt aus. Sie hatte kräftige Beine und benutzte ihren Stock eher aus Koketterie, schwang ihn im Takt ihrer Schritte rhythmisch vor und zurück. Der Stock funktionierte vor allem als Provokation, nie als Bitte.

Sie suchte stark befahrene Straßen aus und Zeiten, in denen die Leute von der Arbeit nach Hause hasteten. Die Menschen strömten ihr entgegen und wichen ihr zu beiden Seiten aus, es war, als würde sie Stromschnellen durchqueren. Manchmal begnügte sie sich mit jeweils nur einer Straße. Die Fußgänger-überwege waren problematisch. Angestaut vor dem Rotlicht, standen die Autos, jederzeit sprungbereit, und stürzten los, bevor man die andere Seite sicher erreicht hatte. Sie machten ihr Angst. Die Augen fest auf die Ampel gerichtet, überquerte sie die Straße, wobei die Ampellichter viel zu schnell wechselten, Grün hüpfte fast sofort auf Gelb, und jedesmal wurde sie wütend und gekränkt, ihr Stock scharrte auf dem Asphalt, sie fühlte sich wie ein ängstliches Huhn mit zerzausten Schwanzfedern.

Auf ihrem Weg durch die fremde, pulsierende Stadt wurde Mrs. Morris pausenlos von Musik begleitet, die werktätige Bevölkerung ließ permanent Musik laufen, die Leute gossen Wasserfälle von Musik aus, sie trugen Musik mit sich herum: Ein in der Hand gehaltenes Kofferradio kam die Straße herabgedudelt und traf auf ein anderes, das sich soeben entfernte, manchmal spielten sie ein und dasselbe, dann wieder Chaos. Aus Autoradios rauschte Musik über die Straße, um gleich wieder im Aufheulen der Motoren unterzugehen, wenn die Ampel auf Grün umschaltete! Aus offenen Fenstern, aus den Jukeboxen, aus den Lautsprechern der Kaufhäuser, überall strömten Musik und das gesprochene Wort brutal über die Straßen.

Die Kopfschmerzen hatten etwas später eingesetzt als erwartet. Inzwischen wurden sie ihr unerbittlich immer tiefer in den Nacken hineingehämmert, sie ließ den Schmerzen ihren Lauf und schritt weiter durch einen Sturm aus wilder, unbeherrschter Musik, ein Sturm, den sie durchqueren musste. Manchmal wurde sie müde. Hier gab es keine Bänke, keine Parks, also setzte sie sich auf eine Treppe oder auf einen Bordstein. Niemand nahm von ihr Notiz.

Mrs. Morris hörte eine ganze Woche lang zu. Sie wartete geduldig, voller Neugier. Dann entdeckte sie die Steinbohrer.

Die Steinbohrer gab es an den Stadträndern längs der noch unbebauten Küste. Manchmal nahm sie ein Taxi zu einem Schuttabladeplatz oder zu einer Straßenbaustelle. In ihrem hellen Kostüm, das Haar von einem dünnen Tuch bedeckt, beobachtete sie die Steinbohrer und die langsam vorwärtskriechenden, unmerklich die Richtung ändernden Bagger, die das Maul aufsperrten und etwas verschlangen, um es in einer Wolke aus Staub wieder auszuspeien, dazu die Lastwagen, die ankamen und wegfuhren, ununterbrochen. Die Arbeiter am Kai gewöhnten sich an den Anblick der aufmerksamen alten Dame. Der Kai wuchs in großen, gekonnt aneinandergefügten Blöcken, ein neues Fundament für neue Häuser in St. Petersburg.

Eines Tages, als Elizabeth Morris am Strand saß und den Steinbohrern zuhörte, spürte sie, dass etwas Wichtiges abgeschlossen war. Sie stand sofort auf und trat vor zu einem Lastwagen, der soeben seine Last abgekippt hatte und bereit war, wieder wegzufahren. Auf ein Blatt ihres Notizblocks schrieb sie: »Ich heiße Morris und ich bin müde. Meine Adresse ist: Butler Arms, Zweite Avenue. Wären Sie so freundlich, mich dort hinzubringen?« Der Fahrer beugte sich aus seinem hohen Fahrerhaus herunter und las, dann sagte er: »Na klar, Omi, hüpfen Sie rein«, und dachte wohlwollend: Die Alte kann nicht sprechen, und jetzt hat sie sich auch noch verirrt.

Begleitet von plärrender Popmusik aus dem Autoradio, fuhren sie stadteinwärts. Mrs. Morris wusste, in diese Straßen würde sie nicht zurückkehren, und auch nicht zu den Steinbohrern. In eine große Ruhe eingehüllt saß sie da, eine Ruhe, die selbst die Popmusik nicht zu stören vermochte. Sie fühlte sich bereit für eine eigene Stille, die nicht mehr von Geräuschen geplagt werden konnte. Genau in diesem Moment geschah etwas, das sie sehr glücklich machte. Klar wie eine Quelle sprang ein Klarinettensolo aus dem Radio des Lastwagens hervor, »Petite fleur«, in fast unerträglicher Reinheit, langsam und voll leidenschaftlicher Unschuld. Mrs. Morris holte ihren Notizblock hervor und schrieb glücklich bewegt: »Sidney Bechet, Klarinette!«

Der Fahrer las es und fragte: »Wohnt der auch in Butler Arms? Ein guter Freund von Ihnen?«

»Die Musik!«, schrieb Mrs. Morris. »Hören Sie!« Doch da wurde Werbung eingeblendet und schnitt das Programm ab. Sie fuhren die Zweite Avenue hinauf, und der Fahrer bemerkte, Freundschaft sei eine feine Sache, das habe er schon immer gesagt. Der Laster hielt vor Butler Arms, sie berührte den Arm des Fahrers und lächelte.

»Na, wer sagt's denn. Da sind wir ja schon«, sagte der Fahrer. »Alles wird gut. Ein kleines Nickerchen auf der Veranda, und Sie sind wieder wie neu.«

8

Es war kurz vor dem Frühlingsball, als eine der Schwestern Pihalga eines Nachmittags gegen vier plötzlich heftig erkrankte und von einem lautlosen Krankenwagen davongeführt wurde. Am Abend kam ihre Schwester aus dem Krankenhaus zurück, sie stieg die Treppe zur Veranda hoch und blieb auf der obersten Stufe stehen. Alle saßen in der kühlen Abendluft wartend da.

Sie sagte: »Ich bringe einen Gruß von meiner Schwester. Meine Schwester hat euch grüßen lassen. Wir müssen jetzt alle unsere Bücher in die Bücherei zurückbringen. Die Bücher müssen zurückgegeben werden. Wir haben immer sehr gut auf die Bücher aufgepasst, die wir ausgeliehen hatten.«

Fräulein Pihalga sah sich um, als würde sie auf ein Meer hinausschauen, danach ging sie ins Haus.

Peabody begann über die armen einsamen Schwestern wehzuklagen, doch davon nahm niemand Notiz.

Dann kam Fräulein Pihalga mit einer Tasche voller Bücher wieder auf die Veranda und ging damit die Straße hinauf zur Bücherei.

»Die schließen um halb neun«, flüsterte Miss Frey.

Heute Abend lag absolute Stille über der Stadt, die Stille eines Reservats. Unendlich fern ließ sich ein Echo des Verkehrs auf den großen Schnellstraßen vernehmen, fast nur wie ein Vibrieren. Ein paar der Schaukelstühle bewegten sich langsam, aber niemand sagte etwas. Nach einer halben Stunde begab sich Miss Frey in ihren Glaskäfig, um die Bücherei anzurufen. Dann kam sie wieder auf die Veranda heraus und stellte sich mit dem Rücken zum Geländer hin, das sie mit beiden Händen fest umklammerte. Sie teilte mit, dass Fräulein Pihalga die Bücher zurückgebracht habe und danach gestorben sei, genau wie ihre Schwester. »Was haben sie gelesen?«, fragte Thompson. Miss Frey erklärte, es sei ein Verlust für sie alle. Die alten Schwestern hätten so lange hier in Butler Arms gewohnt. Sie fügte hinzu: »Wir haben so nah mit ihnen zusammengelebt.«

»Das haben wir keineswegs«, sagte Thompson.

»Und nun ist es meine Pflicht, Miss Ruthermer-Berkeley so schonend wie möglich mitzuteilen, was geschehen ist. Wie Sie wissen, ist sie sehr betagt.« Als Miss Frey ins Haus trat, schoss eine Flut aus Leben in ihr hoch und verlieh ihren Wangen Farbe. Sie zitterte am ganzen Leib.

Die Besitzerin von Butler Arms nahm den doppelten Todesfall ruhig auf. Sie bemerkte, ihrer Meinung nach hätten die Schwestern beschlossen, das Leben auf äußerst diskrete Weise zu verlassen, und durch die fast mysteriöse Gleichzeitigkeit habe das Ereignis einen ganz eigenen Stil erhalten. »Ich glaube«, sagte Miss Ruthermer-Berkeley, »allmählich glaube ich, dass man tatsächlich vor Trauer sterben kann. Unser Dilemma, meine liebe Miss Frey, liegt darin, dass uns diese Möglichkeit des Abgangs nicht mehr vergönnt ist. Trauer, Miss Frey, ist etwas sehr Reines und Starkes und setzt eine große Liebe voraus. Es ist nicht dasselbe wie unglücklich sein.«

Frey fand, die alte Frau rede zu viel. »Na ja, sie sind halt gestorben, da kann man nichts machen.«

»Ja, da kann man nichts machen. Nichts kann ungeschehen gemacht oder verziehen werden.«

Da fragte Miss Frey, ob das ein Vorwurf sei, und Miss Ruthermer-Berkeley antwortete: »Nein, kein Vorwurf, eher eine Mahnung. Keiner von uns hatte die beiden gern, und keiner wollte etwas von ihrem Leben wissen. Das sollte eine Mahnung zur Achtsamkeit sein. Es ist allzu einfach, die eigenen Erinnerungen zu vergiften.«

Miss Frey ging wieder auf die Veranda hinaus, wo Thompson sie sofort mit der Frage empfing: »Was haben sie gelesen? Wie ist die Sache mit den Büchern ausgegangen? Konnte sie die Bücher noch abgeben?« Miss Frey erwiderte, morbide Details könnten das Geschehene jetzt auch nicht ändern.

»Hören Sie mal, wie Sie auch heißen mögen«, sagte Thompson, »ich will gar nicht wissen, ob sie einen Herzstillstand hatten oder ob das Gehirn aufgehört hat oder was in ihren bedauernswerten Mägen los war, ich will wissen, welche Bücher sie in die Bücherei zurückbrachten, weil ich das wichtig finde!«

Gegenüber im Friendship's Rest ging der Plattenspieler los, Operettenmusik aus den Dreißigern, wie immer. Frey stieg die Treppe hinunter und überquerte die Straße. Die Musik verstummte.

»Und was machen wir jetzt?«, flüsterte Peabody. »Werden die beiden Schaukelstühle entfernt? Darf man den Platz wechseln oder sollen wir auseinanderrücken? Und gehört es sich, so kurz danach den Frühlingsball zu besuchen?«

Hannah Higgins antwortete, die Anzahl der Schaukelstühle bleibe immer gleich und das sei ein großer Trost. Im Übrigen solle sie sich nicht im Voraus Sorgen machen, denn in der Schrift stehe, jeder Tag habe genug an seiner eigenen Plage.

Als Joe an diesem Abend in Lindas Zimmer kam und die Lampe am Altar aufleuchtete, sah er sofort, dass Linda die Madonna schwarz angemalt hatte – das ganze Gewand und auch der Schleier um den Kopf waren schwarz. Sie erklärte, das sei Fahrradlack, den sie von Johanson bekommen habe.

»Aber warum?«, fragte Joe. »Warum muss sie schwarz sein? Das sieht doch unmöglich aus! Hast du das gemacht, weil diese alten Damen gestorben sind?«

»Nein«, versetzte Linda. »Beerdigungen sind weiß. Die sind immer weiß.« Sie habe die Madonna schwarz angemalt, weil ihr danach gewesen sei, einfach so.

Dann zog sie sich aus und legte jedes einzelne Kleidungsstück auf dem Stuhl zusammen, nur das Kleid drapierte sie vorsichtig über dem Fußende des Bettes.

»Du trägst immer Schwarz«, sagte Joe, und unwillkürlich musste er wieder an Lindas Mutter denken, die Mutter, die stets in der Nähe war, die Mutter, die Schwarz trug. Schwarz, das war eine Farbe, nach der alle in Mexiko verrückt waren. Der Mund der Mutter sah garantiert wie ein Strich aus, ein zusammengepresster Mund, so wie ein Mund wird, wenn man zu viel schluckt und den eigenen Willen nur verstohlen durchsetzen kann. Eine große Märtyrerin, Lindas Mutter.

»Willst du dich nicht ausziehen?«, fragte Linda.

Schwarz, die waren wie verrückt nach Schwarz. Sie hätte in leuchtenden Farben zu ihm kommen können, es gab so viele, Rot, Gelb, Rosa und Hellgrün und all die anderen verlockenden Farben, mit denen sich zum Beispiel Vögel füreinander schmücken, doch im Lauf der Zeit hatte er sich daran gewöhnt, und schließlich war Schwarz die Farbe des Begehrens geworden. Er begehrte Linda in Schwarz.

Jetzt sagte er: »Immerhin hab ich das Licht für dich repariert.«

»Kommst du nicht ins Bett?«, fragte Linda.

»Und für wen brennt das Licht, das ich repariert hab? Für die Madonna, für uns oder für deine Mutter?«

»Für alle«, erwiderte Linda. »Wenn du noch ein bisschen wartest, wird alles gut.« Als sie lächelte, sah sie an ihm vorbei, weit weg, und ihre Augen waren wie die Augen eines Engels und wie die einer Hetäre. Bounty-Joe warf sich neben sie aufs Bett und flüsterte, fast rasend: »Jesus liebt dich!«

»Natürlich.« Linda nickte mit ernstem Gesicht. »Das tut er bestimmt.«

Es gab eine Madonna in Schwarz, Linda kannte sie gut. Die schwarze Mutter Gottes erhörte Gebete sehr viel besser als irgendeine andere Madonna. Ihr Haus war immer voller Betender. Am meisten lagen der Schwarzen Madonna die jungen Menschen am Herzen, und dass deren kindliche Wünsche nicht immer die besten waren, das wusste sie. Darum hörte sie in weiser Voraussicht zu und gewährte eine Gebetserfüllung, die man vielleicht nicht sofort verstand, die aber unfehlbar war. Und nun hatte Linda ihr die Fürsorge um den Brief, den Joe erwartete, übergeben.

Um Mitternacht kam Miss Peabody ins Zimmer Nummer sechs und fragte Mrs. Morris, ob sie ihr eine Schlaftablette hätte. Ihre eigenen seien zu Ende. Mrs. Morris erklärte, sie habe keine. Wenn sie nicht schlafen könne, lese sie ein Buch oder setze sich ans Fenster.

»Ich muss immerzu an die beiden denken«, sagte Peabody. »Es tut mir ehrlich gesagt richtig weh. Wir haben uns nie um sie gekümmert, kein bisschen, überlegen Sie mal, wir wissen gar nichts, nur dass sie aus dem Baltikum kamen, irgendwo in Europa. Was sagt das schon, gar nichts! Wir kannten nicht mal ihre Vornamen.«

»Nein«, antwortete Mrs. Morris. »Und jetzt haben wir ein mieses Gefühl. Das geht vorüber, Miss Peabody, das geht vorüber.«

»Ich weiß nicht«, flüsterte Peabody. »Ich weiß nicht, ob das jemals vorübergeht.« Sie trug ein Nachthemd mit Rüschen, etwas Farbloses, Undefinierbares, ein typisches Peabody-Nacht-gewand. Elizabeth Morris zog die Bettdecke an sich und sah auf die Uhr.

»Tod und Leiden«, seufzte ihr Gast und setzte sich aufs Sofa. »Nie hat man seine Ruhe. Mal ist es das eine, dann wieder das andere. Mrs. Morris, ich bin so erschöpft. Allen Menschen geht es immer nur schlecht, und jedes Mal denke ich hinterher, bestimmt hätte man irgendwas ändern können.«

Mrs. Morris bemerkte, vermutlich hätte man das gekonnt, aber es sei doch einfacher, sich mit dem offensichtlichen Wunsch der Schwestern Pihalga zu trösten, in Ruhe gelassen zu werden.

»Ohnehin rennt man zuerst zu denen, die am lautesten schreien, und vergisst alle, deren Leben in Stille verläuft.«

Peabody starrte sie an. »Mir geht es nicht gut«, sagte sie. »Ich habe Angst. Man kann ja nie wissen, wann es passiert. Es kann jeden Moment sein!«

»Na klar«, antwortete Mrs. Morris verärgert. »Man kann jeden Moment sterben, das ist schließlich auch kein Drama.«

Ihr Gast begann zu schluchzen.

»Liebe Miss Peabody, lassen Sie das bitte! Wenn ich sage, das ist auch kein Drama, dann ist das so! Es hört einfach auf, und im Hinblick auf unser fortgeschrittenes Alter dürfte das wohl nicht allzu lange auf sich warten lassen.«

»Wirklich nicht?«, flüsterte Peabody. »Wie lange? Sagen Sie noch mehr. Seien Sie mir nicht böse ...«

»Das hier«, sagte Elizabeth Morris, »das hier ist ein dummes, unsachliches Gespräch. Es ist spät. Aber meiner Meinung nach sollte man sich nur um eine Sache Sorgen machen – man sollte seine Mitmenschen möglichst nicht ängstigen, wenn man stirbt, und ihnen kein schlechtes Gewissen machen. Wenn man bedenkt, was für ein Spektakel wir aus unserem Leben machen, könnten wir wenigstens versuchen, eine gewisse Würde zu wahren, wenn das Ganze zu Ende geht. Miss Peabody, Sie können unbesorgt schlafen. Bitte löschen Sie das Licht, wenn Sie das Zimmer verlassen, der Schalter ist links von der Tür.«

Evelyn Peabody stand sofort auf. Als das Zimmer dunkel war, fragte sie: »Und dann? Gibt es dann nichts mehr?«

»Oh doch«, antwortete Mrs. Morris. »Jede Menge. Die ganze Ewigkeit. Sie werden staunen, Miss Peabody.«

9

Joe war gerade dabei, den Affenkäfig mit dem Schlauch auszuspritzen. Er sah, dass Linda an der Kasse stand und wartete, ließ sich aber nicht stören und winkte ihr auch nicht. Als der Käfig sauber war, legte Joe eine neue Kassette in den Rekorder ein, drehte ihn auf volle Lautstärke und rief der Kasse zu: »Ich hau mal für eine halbe Stunde ab. Wenn Leute kommen, gebt jeder Dame einen Hibiskus!«

Mit dem Kassettenrekorder in der Hand ging er an Linda vorbei und dann auch am Motorrad, das an seinem üblichen Platz stand. Es war sehr heiß. Er wanderte neben Linda auf den Pier hinaus, dabei ließ er The Electric Prunes mit unverminderter Lautstärke den Kopf leer hämmern. Zu Fuß bis ans Ende des Piers zu laufen, das dauerte hoffnungslos lang, mit der Honda wären sie in einer Minute dort gewesen. Nein, noch schneller! Bei starkem Wind fuhr er manchmal hinaus, erst eine Runde über die Kaianlagen, um ordentlich Tempo zu gewinnen, dann die ganze Strecke mit Vollgas, die Honda in den Wind gelehnt, er selber gerade aufgerichtet, dann abbremsen und mit dem Vorderrad dicht an der Pierkante stoppen, die Füße auf dem Asphalt, zack! Speed, Tempo, das war etwas Absolutes, das war sich selbst genug, war ganz rein, wie Jazz. So selbstverständlich wie Atmen. Speed, Jazz, Jesus. Das war das Beste, was man einer Person geben konnte, die bereit war, es anzunehmen, und Verständnis dafür zeigte.

Sie erreichten das Ende des Piers, setzten sich hin und ließen die

Beine über den Rand baumeln. Inzwischen hatten The Electric Prunes einen Wahnsinnsdrive drauf, einfach unglaublich.

»Willst du Senf oder lieber nur Ketchup?«, schrie Linda, sie hatte ein Taschentuch auf dem Boden ausgebreitet und Coca-Cola und Hotdogs hervorgezaubert.

»Was hast du gesagt?«, schrie Joe. »Sprich so, dass man dich hört!«

»Senf! Möchtest du Senf?« Typisch Linda. Ein normaler Mensch, der Jazz grässlich fand, hätte geschrien: »Mach das aus, stell es leiser, da wird man ja verrückt«, aber Linda nicht, oh nein! Sie schwieg und litt und fragte, ob man Senf haben wolle. Und wenn man mit ihr in der Disco war, hörte sie höflich zu, nickte und lächelte anerkennend – ein Monument der Selbstbeherrschung. Tausend Meilen von ihm entfernt, tausend Jahre! Wie ihre Mutter. Unerreichbar.

Er wandte den Kopf und sah, dass Linda dasaß und lachte. Ihr Gesicht strahlte vor Freude, sie konnte nicht aufhören zu lachen, umarmte ihn und schrie: »Es gibt gar keinen Senf! Ich hab ihn vergessen! Ist das nicht komisch!« The Electric Prunes waren beim letzten Schlagzeug-Crescendo angelangt, darum rief er, so laut er konnte: »Ich liebe dich!«, und genau da schaltete die Kassette ab und die drei Worte flogen in absolute Stille hinaus und wurden riesig, größer als das Meer. Er lag neben ihr und flüsterte, sie könne alles haben, dürfe sich im Souvenirladen aussuchen, was sie wolle, wenn es nur nicht zu groß sei.

»Ich will dich lieben«, sagte Linda. »Jetzt gerade würde ich dich gern lieben.«

»Aber man kann uns sehen.«

»Ach was! Wir sind nur zwei Pünktchen weit draußen auf dem Pier. Kein Mensch kann erkennen, ob die Pünktchen nebeneinander liegen oder aufeinander.«

»Was du alles daherredest«, sagte Joe. Er setzte sich auf, sah die Hotdogs auf dem Taschentuch an und kam sich albern vor. Linda wollte einen mit Ketchup und sah in den Himmel hinauf, während sie aß.

»Okay«, sagte sie. »Dann erzähle ich dir stattdessen etwas. Soll ich von Mr. Thompson erzählen?«

»Nein, nicht von Thompson.« Er wusste alles über Thompsons Kiste unterm Bett, Thompsons Verstopfung und Thompsons sanfte Umgangsformen. Alles über Lindas reizende Greise in Butler Arms. »Bitte jetzt keine Hundertjährigen, irgendwas anderes.«

»Gut, dann erzähl ich dir von Musik«, sagte sie. »Sie spielen jeden Abend im Park, kurz vor Anbruch der Dunkelheit, wenn die Luft kühl und angenehm ist. Alle Mütter kommen zum Musikpavillon und bringen die Kinder mit, und alle Liebenden kommen dorthin. Die Kirchenglocken läuten und der Himmel ist gelb. Die Bäume sind voller schwarzer Vögel.«

»In Guadalajara, meinst du.«

»Ja. In Guadalajara.«

Dieser ferne, vertraute Name, Guadalajara, der Name seiner hilflosen Eifersucht und der Name von Lindas geheimem Leben – unterwürfige, beinharte Jahre mit der schweigenden Mutter, während fünf der jüngeren Geschwister starben. Er konnte die Namen auswendig, fünf kleine Totenschädel aus Zucker, alle aus Guadalajara.

»Sie spielten Abendmusik«, sagte Linda. »Der Musikpavillon ist sehr schön.«

Jetzt gab es kein Entrinnen, das ganze Elend musste wieder von vorn durchgenommen werden – die Mutter, die nie mitkommen konnte, weil immer irgendjemand krank war oder gerade starb, und der Vater, der unter den Arkaden lag und schlief, und Linda und die Mutter, die schon draußen auf dem Kirchenvorplatz mit der Kriecherei anfingen, zwischen ihnen das kranke Kind, und die Kirchentreppe hinaufkrochen und weiter bis zum Altar, er seufzte und sagte: »Und dann hattet ihr weiße Ballons.«

»Nein«, antwortete Linda. »Die waren bunt. Die ganze Kirchendecke war voller bunter Ballons. Ein krankes Kind darf die Farbe selbst aussuchen. Weiß sind sie erst bei der Beerdigung.«

»Und wenn schon? Warum müssen wir über das alles reden?«

»Aber ich rede gar nicht über die Kirche«, wandte Linda ein, »ich rede über den Musikpavillon. Bevor die Musik anfängt, rennen die Kinder herum und jagen schreiend hintereinanderher, die Mütter rufen sie, die Kleinsten bekommen Milch. Es wird immer dunkler, und schließlich werden die Lichter angemacht.«

Sie schloss die Augen, um den Musikpavillon sehen zu können, das hohe, gewölbte Dach, von Frauen aus Stein getragen und geschmückt mit Vögeln, die Parkbäume voller pfeifender Vögel, die man erst sah, wenn sie ihre Schlafplätze aufsuchten, schwarz in den schwarzen Bäumen, die Baumwipfel bewegten sich flügelflatternd gegen den gelben Himmel. Der Marmorbrunnen war weiß wie Schnee, dann gingen die Lichter an, in langen Bögen unter dem Dach des Pavillons, und die Musiker begannen zu spielen.

»Wir müssen los«, sagte Joe. »Der Bus aus Tampa kann jeden Moment ankommen. Und? Was hat man in diesem Pavillon gespielt?«

»Abendmusik.«

»Mochte sie Musik?«

»Das weiß ich nicht«, antwortete Linda.

»Hat sie gelacht? Weinte sie? Hat sie geweint, als die Kleinen starben?«

»Nein.«

»Was hat sie denn dann gemacht, was hat sie gesagt?«

»Sie sagte nichts. Was sollte sie sagen?«

»Ich verstehe einfach nicht«, bemerkte Joe, »also, ich kapiere nicht, warum du immer über alte Menschen und Leute, die sterben, reden musst, obwohl jetzt gerade so vieles passiert, das wichtig ist. Ich finde das idiotisch. Es macht mich traurig, hören zu müssen, wie erbärmlich es euch in dieser Stadt da ging.«

»Aber es ging uns doch gut«, entgegnete Linda erstaunt. »Wir waren nicht unglücklich.« Sie gingen auf dem Pier zurück, und unterwegs suchte Joe vergeblich etwas, das er sagen könnte.

Als sie bei der Bounty ankamen, lächelte Linda und blieb wie immer noch kurz stehen, während er zum Schiff zurückkehrte, als kleine Geste der Höflichkeit.

10

Rebecca Rubinstein fuhr immer mit dem Taxi. Sie hatte schwache Beine und viel Geld. Täglich nahm sie einen Wagen zu ihrem Speiselokal, einer gottverlassenen Gaststätte, die am nördlichen Highway lag, weit entfernt von Butler Arms. Ohne sich um die normalen Essenszeiten zu kümmern, nahm sie ihre Mahlzeit eigensinnig dann ein, wenn die Lokale menschenleer waren. Mrs. Rubinstein hatte festgestellt, dass gutes Essen mit den Jahren wichtiger wird, eine schwerwiegende, einfache Freude, wobei sie gleichzeitig der Ansicht war, Essen, bewusstes, genussvolles Essen, sei ein verächtliches Vergnügen, ein streng privater, intimer Vorgang. Irgendwann hatte sie von einem Nomadenstamm gelesen, vermutlich Araber, die ihre Nahrung ausschließlich in Abgeschiedenheit zu sich nahmen. Nur mit bedecktem Gesicht gaben sie dem unästhetischen Bedürfnis des Essens nach – vielleicht wandten sie sich auch voneinander ab, taktvoll kauend, ein jeder mit dem Blick auf einen eigenen Horizont gerichtet. Dieses Bild fand sie amüsant. Die Kinder Israels dagegen hatten mit Sicherheit gemeinsam und mit gesundem Appetit in biblischem Gewimmel gegessen. Mrs. Rubinstein war leidenschaftliche Zionistin, diskutierte jedoch immer nur mit sich selbst darüber. Darum trug sie im Inneren ihren eigenen Araber mit sich herum, dem sie mitunter einen Pluspunkt zugestand. In diesem Fall durfte er den Horizont behalten.

Ihr eigenes Mittagessen erhielt seine Berechtigung durch auferlegte Strafen. Von allen wirklich hässlichen, klinisch unpersönlichen Lokalen hatte sie das schlimmste ausgesucht. Sie aß nur einmal täglich. Das Taxi ließ sie draußen warten. Während sie in dem leeren Raum saß und ein Teller nach dem anderen unter höflichem Schweigen vor ihr platziert wurde, war sie sich des Taxameters stark bewusst, das tickend ihr Geld Cent für Cent in sich hineinkaute. Das war eine erlesene Bestrafung, die der Mahlzeit gleichzeitig eine gewisse verstimmte Festlichkeit verlieh.

Wenn der Fleischgang aufgetragen wurde, dachte sie meistens an Abrascha. Automatisch erinnerte sie sich dann an das dicke, schweigsame Kind, dem sie aus Liebe viel zu viel zu essen gegeben hatte. Seine Art, unter gesenkten Augenwimpern gierig das dampfende Beefsteak zu betrachten, gierig und gleichzeitig hasserfüllt. Iss, mein Schatz, damit du groß und stark wirst, stärker noch als deine Mama. Als Teenie wurde er dann schlank wie eine Gazelle, mager aus Trotz, und sehr schön. Später wurde er wieder dick. Ein dicker, ängstlicher Geschäftsmann.

Rebecca Rubinstein schnitt ihr Kotelett auf, dabei rutschte das Messer aus, das Fleisch glitschte auf die Tischdecke und hinterließ eine breite Spur aus fettigen Soßenaugen, die über den Tellerrand troffen. Blitzschnell schob sie das Fleischstück zurück und versuchte, die Tischdecke und den Teller zu säubern, der Ober hatte nichts gesehen. Die Leinenserviette war groß und unhandlich, sie landete immer wieder im Essen und tropfte, wurde abscheulich klebrig und braun. Zitternd vor Unbehagen hielt Mrs. Rubinstein das verschmierte Ding unter den Tisch. Sie musste es verstecken, irgendwo weiter weg, vielleicht hinter dem Vorhang am Fenster. Mühsam erhob sie sich, die Serviette hinterm Rücken verborgen, aber schon kam der aufmerksame Kerl aus seiner Ecke angerannt! Sie rief ihm zu, es sei zu heiß, das sei ja nicht mehr auszuhalten, man müsse ein Fenster öffnen!

»Bedauere«, antwortete der Ober, »die lassen sich nicht öffnen, aber nur einen kurzen Moment …!« Und schon blies ein feuchter Luftstrom von der Decke herab und ließ die Bänder an Mrs. Rubinsteins Hut flattern. Schritt für Schritt bewegte sie sich rückwärts zum Tisch zurück und tastete mit der freien Hand nach dem Mantel, der über der Stuhllehne hing.

Oh nein, jetzt ist er schon wieder hinter mir her und muss mir den Mantel umhängen und mir den Stuhl unter den Hintern schieben, was für ein Schmegegge, einfach unerträglich …

»Danke«, sagte sie, »sehr freundlich.« Vielleicht hatte er nichts gemerkt. Die Serviette befand sich unter dem Mantel, sie klemmte sie mit dem Ellbogen fest. Als der Ober sich entfernt hatte, schob Mrs. Rubinstein den verdammten Lappen in die Handtasche, wutentbrannt flüsternd: »Mechuleh! So ein Chozzerai …«

Der Nachtisch wurde gereicht, aber sie saß immer noch regungslos da, angefüllt von Ekel. Sie war schrecklich müde. Ihre Beine würden sie nie bis zum Taxi tragen. Und vom Rauchen wurden die Beine auch nicht besser, das setzte sich in die Waden. Na, wenn schon, irgendwo musste es ja sitzen.

Ein Motorrad hielt vor dem Lokal. Es war Bounty-Joe. Mit lockerem Gang kam er geschmeidig an die Theke geglitten, oy, oy, schlank wie eine Gazelle, Mrs. Rubinstein machte eine heftige Geste, saß dann wieder still. Ja, da kam er, mit vorgetäuschter Nonchalance, und doch schrecklich bewusst, der junge Abrascha, der ein Zimmer betrat. Die gleiche Haltung von Schultern und Kopf. Jetzt bestellte er einen Hamburger und Kaffee, sie beobachtete ihn scharf.

Sie sind anständig, dachte Rebecca Rubinstein, hinter der Nonchalance verbirgt sich Aufrichtigkeit und viel Anstand. Sie sind auf alles vorbereitet und auch bereit, es anzunehmen. Sie sind großzügig. Und haben Angst. Wir haben auch Angst, zeigen es aber nicht und liefern uns nicht aus. Unser Körper drückt nichts mehr aus, wir müssen mit Worten klarkommen, mit nichts als Worten. Ohne Worte haben wir keinerlei Charme, die Gazellen sind schon längst vorbeigeeilt.

Sie schob den Teller über den schlimmsten Soßenfleck und rief Bounty-Joe zu sich her, nur ein leichtes Fingerschnippen in dem stillen Raum.

»Sie sind Bounty-Joe, nicht wahr?«, sagte sie. »Mein Name ist Rubinstein. Wir in Butler Arms stellen regelmäßig die Uhr nach Ihrem Motorrad.«

»Tatsächlich? Freut mich zu hören«, antwortete Joe. Seine Hamburger lagen dampfend zwischen den dicken weißen Brotscheiben, er übergoss alles mit Tomatensoße und aß. Er schien Mrs. Rubinstein als eine Art freundliches Phänomen zur Kenntnis genommen zu haben und widmete sich in aller Ruhe seinem Essen.

Ganz schön unverfroren, dachte Mrs. Rubinstein, immerhin bin ich Furcht einflößend, um nicht zu sagen überwältigend. Er fragte nicht einmal, ob sie sich in St. Petersburg wohlfühle, versuchte nicht, höflich zu sein, aß nur. Essen kann eigentlich ein ganz einfacher Vorgang sein – Abbeißen und Schlucken ebenso selbstverständlich, wie wenn das Meer sich ein Stück feuchten Strand abschneidet. Warum nicht? Alles hat seine Zeit und seinen Ort, dort, wo es hingehört. Das sind so schöne Worte. Und was ist dann mit uns?, dachte Rebecca Rubinstein mit plötzlicher Verbitterung. Wo sind wir gelandet? Unverdientermaßen direkt in der Pisse, mitten in diesem Elend, wo alles hässlich wird. Wir dürfen nicht einmal in Ruhe essen! Wenn dem Jungen das Fleisch vom Teller rutscht, käme er nie auf die Idee, nach einer frischen Tischdecke zu fragen, so wenig bedeutet das! Wir dagegen müssen uns höllisch vorsehen, für uns bedeutet es

Schande, wenn wir uns bekleckern, das hat dann sofort mit unserem Gebiss zu tun oder damit, dass wir vergessen haben, wie man sich anständig benimmt! Ha!

Sie sagte: »Den Nachtisch möchte ich nicht.«

»Aber das ist doch Schokoladentorte!«, sagte Joe. »Und bezahlt ist sie auch?«

»Das will ich meinen«, antwortete Mrs. Rubinstein und steckte sich eine Zigarette an. »Alles ist bezahlt.«

Sie beobachtete genau, wie er den Nachtisch aß und anschließend Tomatenketchup auf fünf Brotscheiben drückte, die er ebenfalls vertilgte. Manchmal warf er ihr einen Blick zu und lächelte kurz mit schief gelegtem Kopf, da erinnerte er wieder an Abrascha. Hunde, die einem alles recht machen wollen und zu begreifen versuchen, was man von ihnen will ... Ich will nur eins: diesen Ort verlassen und den abscheulichen Lappen in meiner Tasche loswerden ...

Das Taxameter draußen tickte hörbar, es tickte wie eine Uhr durch das geschlossene Fenster, hartnäckig und fordernd.

»Hat sehr gut geschmeckt«, sagte Joe. »Vielen Dank!«

»Das da draußen ist mein Taxi«, teilte Mrs. Rubinstein provozierend mit. »Ich habe es eine Stunde warten lassen. Vielleicht zwei Stunden! So viel Zeit von einem Menschen zu beanspruchen und so viel Geld unnötig zu verschwenden, das ist unverzeihlich. Nicht wahr?«

»Kann ich nicht finden«, antwortete Joe. »Geld bedeutet so wenig, und Zeit auch.« Er sah, dass die alte Frau verärgert war und Angst hatte, also fügte er beruhigend hinzu: »Das ist nicht wichtig.«

»Warum?«, fragte Mrs. Rubinstein, und als er nicht antwortete, beugte sie sich über den Tisch vor und wiederholte: »Warum? Warum ist das nicht wichtig?«

»Jetzt nicht mehr«, sagte Joe und lächelte sie an. Rebecca Rubinstein sank in ihren Stuhl zurück. Klar, natürlich, jetzt war nichts mehr wichtig. So tröstet man jene, die nicht mehr zählen; jetzt nicht mehr …

»Warum regen Sie sich über mich auf?«, fragte er. »Habe ich etwas Dummes gesagt?«

»Seien Sie bitte nicht naiv«, sagte sie. »Ich bin mir vollkommen darüber im Klaren, dass inzwischen nichts mehr von größerer Bedeutung für mich sein kann. Die Sache interessiert mich nicht, ich muss gehen, es ist schon spät.«

Joe war aufgestanden, jetzt starrte er in das große, regungslose Gesicht und rief: »Aber so habe ich das gar nicht gemeint: Ich meinte, jetzt braucht kein Mensch mehr zu warten, und niemand braucht irgendwelches Geld, alles wird gut!«

»Tatsächlich«, sagte Mrs. Rubinstein. »Was für eine erstaunliche Behauptung. Können Sie das näher erklären?«

Bounty-Joe schwieg ziemlich lang. Sein Gesicht färbte sich allmählich rot, und er wiederholte mürrisch: »Alles wird gut.«

»Mish-mosh«, murmelte Mrs. Morris ungeduldig. »Wo ist mein Mantel, ich begreife nicht, was die mit meinem Mantel angestellt haben …«

Dieses Lokal war unmöglich, eine Futterbaracke, eine stinkende Fressbude. Der Junge schämte sich und wollte etwas Freundliches sagen, aber jetzt gerade war er ihr zu anstrengend, sie war wirklich erschöpft. Und so kam es, dass Rebecca Rubinstein ihre hinterfragende Intelligenz abschaltete und in das wartende Taxi stieg. Bevor er die Wagentür schloss, sagte sie: »Du warst sehr lieb, aber jetzt brauche ich meine Ruhe. Pass auf dich auf, Abrascha, und lass dich nicht reinlegen.« Das Auto fuhr los, zurück in die Stadt.

Bounty-Joe ging zu seinem Motorrad und blieb daneben stehen.

»Ich bring es auf hundertachtzig. Ich fahr wie der Henker, ich fahr das verfluchte Ding zur Hölle, verdammt noch mal! Jetzt habe ich IHN schon wieder verleugnet.«

11

Genau da, in der Zeit zwischen dem Tod der Schwestern Pihalga und dem Frühlingsball, erfuhr Miss Peabody, dass Tim Tellerton in die Stadt kommen würde. Es war beim Friseur, die alte Mrs. Bovary verkündete mit Entschiedenheit, dass der große Showstar im Friendship's Rest ein Zimmer gebucht hatte. Das wühlte Miss Peabody heftig auf. Wie seltsam das Leben doch war. Er hätte überallhin reisen können, überallhin in dem riesigen, unermesslichen Amerika, und kam ausgerechnet nach St. Petersburg in die Zweite Avenue. Sie erinnerte sich an ihn, als wäre es gestern gewesen, seine berühmten dunkelblauen Augen und das Lächeln, das auf dem ganzen Kontinent geliebt worden war.

»Catherine!«, rief sie und blieb vor Miss Freys Glaskäfig stehen. »Tim Tellerton kommt in die Stadt, er wird im Friendship's wohnen! Ob er wohl im Stadtpark auftreten wird, was meinst du?«

»Kaum«, bemerkte Mrs. Rubinstein, die auf ihre Quittung für die Miete wartete. »Ich vermute, selbst der göttliche Tellerton wird ein wenig unter dem Lauf der Zeit gelitten haben. Ich möchte seine berüchtigte Virilität nicht infrage stellen, aber der Grund seines Besuches in St. Petersburg unterscheidet sich vielleicht nicht allzu sehr von dem unsrigen.«

Peabody starrte sie verständnislos an und wandte ihre ängstlichen Augen dann Miss Frey zu. Diese übersetzte verärgert: »Er ist alt, darum kommt er hierher.« Warum wollten die einfach nie begreifen, dass sie arbeitete, wenn sie im Glaskäfig saß. Sie arbeitete und sonst nichts. Hier in ihrem Glaskäfig war sie tabu.

Schafe, dachte Mrs. Rubinstein, lauter einfältige Schafe, alle miteinander. Mich eingeschlossen. Sie drückte ihre Zigarette aus und verließ das Vestibül.

»Aber er ist so schön«, sagte Evelyn Peabody verunsichert. »Er ist ein großer Künstler.«

Im Friendship's erfuhr sie, dass er mit dem Drei-Uhr-Bus erwartet wurde. Niemand wusste, ob er vom Bus abgeholt werden sollte oder ob jemand Blumen besorgt hatte. Nach zwei Uhr nahm die Hitze zu, die Veranda von Butler Arms lag in der prallen Sonne. Peabody saß an dem einen Ende und Miss Frey am anderen.

»Komm her und setz dich in Pihalgas Stuhl«, rief Frey. »Von hier aus hast du eine bessere Aussicht.«

Aber Peabody wollte nicht in Pihalgas Stuhl sitzen, stattdessen ging sie langsam auf der Veranda auf und ab und sah zu, wie Frey ihre Perlen auffädelte, Reihe für Reihe im selben Muster. »Warum stellt ihr die Schaukelstühle nicht weg?«, fragte sie. »Oder darf man sich vielleicht einen anderen Platz aussuchen? Wenn man zu lang wartet, wird es immer schwieriger, man will ja niemanden verletzen.«

»Und wen hättest du gern neben dir?«, fragte Frey. »Das dürfte eine schwierige Entscheidung sein, weil du ja alle Menschen gernhast.« Peabody antwortete nicht, durch die plötzlichen Fragen wurde sie verwirrt, und jetzt gerade fiel es ihr schwer, sich an alle Namen und die Sitzordnung auf der Veranda zu erinnern, die Hitze machte sie müde.

Zehn nach drei bog das Taxi um die Ecke und hielt direkt vor Friendship's Rest. Frey ließ ihre Handarbeit in den Schoß sinken. Sie sahen, wie der Fahrer zwei Koffer und eine Tasche aus dem Kofferraum hob. Dann stieg Tim Tellerton aus dem Auto. Er musterte das Haus, in dem er wohnen würde, und ging hinauf

auf die voll besetzte Veranda. Peabody konnte sein Gesicht nicht sehen. Bitte, begrüßt ihn!, dachte sie voller Angst. Geht ihm entgegen und heißt ihn willkommen! Tut etwas!

Endlich kamen sie auf die Beine, und für kurze Zeit war die Veranda voller Bewegung, der Fahrer trug das Gepäck ins Haus, und dann war alles wieder wie zuvor. Das Auto fuhr ab, und die Bewohner saßen im nachmittäglichen Schatten auf ihrer Veranda aufgereiht.

»Noch einer!«, bemerkte Miss Frey und knarrte vor und zurück. Sie nahm ihre Perlen wieder in Angriff und fädelte weiter. Peabody ließ sich vorsichtig in Mrs. Higgins' Stuhl nieder. Ob man ihn wohl über den Frühlingsball informiert habe? Hoffentlich würden sie das mit der Anmeldung nicht vergessen, die sei ja so wichtig. Aber natürlich, jemand wie Tim Tellerton sei überall willkommen, für den Senior's Club wäre es sowieso die größte Ehre ...

Miss Frey schaukelte schneller und schwieg, jetzt hatte sie schon wieder Bauchschmerzen, sie sollte sich untersuchen lassen ... Aber vielleicht hörte es ja wieder auf ...

Im Profil vor der Sonne erinnerte sie stark an eine Eidechse, mit ihrem mageren, faltigen Hals und den schnell zwinkernden Augen. Peabody spürte, dass das Schweigen ablehnend war, und sah weg, auf die breite Straße hinaus, die in der Sonne vor sich hinschmorte. Nach einer Weile bemerkte sie sentimental: »Wir sind wie getrennte Welten oder wie Boote, die einfach vorüberfahren.«

»Was?«, sagte Miss Frey.

»Boote. Flussboote, die einander nicht begegnen können. Jede Veranda ist einsam und ganz für sich allein.«

»Was hindert dich denn?«, versetzte Miss Frey gereizt. »Du kannst doch hinüberrudern. Oder hinpaddeln und fragen, ob er Lust hat, dich zum Frühlingsball zu begleiten.«

Evelyn Peabody zuckte zusammen, als hätte man sie geohrfeigt, und sah zu Boden. Das Unverzeihliche war ausgesprochen worden. Eine ganz junge Miss Peabody hätte es wohl schwer gekränkt, dass ihr Schamgefühl infrage gestellt wurde, für eine alte Peabody war es eine doppelte Kränkung, denn sie deutete an, Schamgefühl sei in ihrem Fall nicht mehr nötig.

Freys Magen verkrampfte sich schmerzhaft. Sie rief aus: »Operetten! Fernsehen! Vormittagsshow für die Hausfrau! Das ist alles lange her! Dann wurde er zu alt und fett. Und geheiratet hat er nie.«

»Er hat für seine Kunst gelebt«, erwiderte Peabody steif.

»Was heißt schon Kunst«, sagte Frey, beugte sich vor, als wollte sie etwas Vertrauliches mitteilen, und presste ihre Hände an den Magen. »Privat kann man ja tun, was einem passt«, erklärte sie langsam. »Aber er hat immer dafür gesorgt, überall bei den richtigen Anlässen gesehen zu werden, und zwar mit den richtigen Personen, er wusste genau, was sich gut macht! Wenn ich Personen sage, meine ich Damen, es waren immer Damen, du verstehst schon ...«

»Nein!«, rief Evelyn Peabody.

»Er war schlau, konnte sich kein Getratsche leisten. Hausfrauen, die sind ein wichtiges Publikum.« Über ihren grauenvollen Magen zusammengeknickt, flüsterte Miss Frey: »Aber es gab Gerüchte. Trotzdem gab es Gerüchte. Und willst du wissen, was behauptet wurde?«

»Nein!«, rief Peabody aus, »das will ich nicht! Ich will es nicht wissen!« Sie fuhr hoch, zog sich, über die Kufen der Schaukelstühle stolpernd, Schritt für Schritt rückwärts zum Vestibül zurück und starrte dabei unverwandt Freys Mund an, der inmitten unzähliger feiner Runzeln redete und redete, ein schrecklicher Mund, der schreckliche fremde Worte äußerte, und schließlich schrie sie: »Sei still! Du bist eine gemeine Person, und dumm bist du auch!«, und blieb vor Entsetzen über sich selbst wie erstarrt stehen.

»Nur damit du's weißt«, sagte Frey langsam. »Und ich weiß jetzt endlich, was du von mir hältst.«

Mrs. Rubinstein war auf die Veranda herausgekommen. »Glückwunsch«, sagte sie und sah dabei Peabody an. »Endlich haben Sie eine eigene Meinung geäußert und eine Feindschaft riskiert.«

»Es ist wahr«, antwortete Peabody mit steifen Lippen. »Es ist schrecklich, aber wahr. Und Sie, Mrs. Rubinstein! Ich habe Sie bewundert, aber Sie sind eine harte, gefährliche Frau!«

»So, finden Sie?«, sagte Rebecca Rubinstein ruhig. »Das mag ja sein. Ich bin nicht besonders nett, und das ist Frey auch nicht. Sparen Sie sich Ihre Bewunderung, meine Liebe, was haben Sie schon erwartet?« Sie gab Peabody einen leichten Klaps auf die Schulter und kehrte ins Vestibül zurück, gefolgt von Frey, deren Perlen wie Gallensteine rasselten. Peabody blieb mit ihrer ersten offen ausgesprochenen Feindschaft allein zurück. Sie hatte weder gesagt: »Entschuldige, das ist die Hitze«, noch: »Mach dir nichts draus, ich hab es nicht so gemeint«, oder auch nur: »Tut mir leid.« Sie hatte nichts gesagt. Und ihr Gewissen schwieg. Ihr ständig mahnendes Gewissen schwieg in wundervoller Erleichterung, für einen Augenblick von Qual befreit.

In dieser neuen Leere trat Peabody ans Geländer der Veranda und betrachtete Friendship's Rest, ein Fenster nach dem anderen. Ohne Verlegenheit oder irgendwelche Erwartungen überlegte sie, ob man ihm ein nettes Zimmer gegeben hatte und ob er sich wohl einsam fühlte.

Er war sehr erschöpft. Es war falsch gewesen, mitten am Tag anzukommen, er hätte einen Nachtbus nehmen sollen. Sich einfach durch die Nacht tragen lassen, ab und zu schlafen, die immer gleichen Aufenthalte an namenlosen Busstationen, unwirkliche, anonyme Wartesäle für Mahlzeiten und Toiletten, Leute, die aus- und zustiegen, wie ferne Schatten, und bei der Ankunft an der letzten Busstation ein Taxi, ein Schlüssel und ein Bett. Das hier war ein Fehler gewesen. Eine idiotische professionelle Geste der Freundlichkeit, um ihnen die Chance für einen festlichen Empfang zu geben. Üblicherweise pflegte das den kleineren Städten Vergnügen zu bereiten. Die Ankunft in St. Petersburg hatte ihn erschreckt – alle diese alten Menschen, die sich aus ihren Schaukelstühlen erhoben hatten, um zu gaffen und im Weg herumzustehen, sich verwirrt vorzustellen und ihn über preiswerte Speiselokale, tropfende Warmwasserhähne und einen Frühlingsball zu informieren – und dann saßen sie plötzlich wieder in ihren Schaukelstühlen und starrten in die Luft, während er das Haus allein betrat.

Tim Tellerton liebte Menschenmengen, Scharen, Gruppen von Menschen, die erwartungsvoll und begeistert um ihn herumwimmelten. Er hatte Verständnis für ihre Verwirrung und ihr Unvermögen, sich auszudrücken. Diese alten Leute dagegen verstand er nicht. Sie fuhren hoch wie ein Vogelschwarm, flatterten kurz und ließen sich dann wieder nieder – mit ihm hatten sie nichts zu tun. Er war irgendein beliebiges Ereignis, aber Tim Tellerton war er nicht.

Tellerton hatte sich an Bewunderung gewöhnt, im Lauf der Jahre war sie vielleicht ein wenig seltener geworden, aber wenn sie ihm entgegenschlug, empfand er sie stets als eine Art Verantwortung, die er mit Stolz annahm und als natürlichen Bestandteil seines Berufs betrachtete. Die Sehnsucht, jemanden verehren zu dürfen, ist unerhört stark, das war ihm klar, und selbst die größte

Ergebenheit verbirgt unerbittliche Ansprüche – Bewunderung ist mit einem selbstverständlichen, fast grausamen Besitzanspruch verbunden. Tim Tellertons Lächeln, seine freundliche Aufmerksamkeit, das gehörte zu dem schönen Bild, das er seinen Verehrern zugestand, war Teil seines Schutzschildes. Doch dahinter hielt er sie insgeheim auf Distanz, was aber selten wahrgenommen wurde. Hinterher erinnerte man sich an Tellertons angenehme warme Stimme, aber nicht daran, was er gesagt hatte. Man trug Tellertons Hoffnung auf ein baldiges Wiedersehen mit nach Hause, aber nicht seine Adresse. So gelang es Tellerton, aufrichtige Zuneigung und Dankbarkeit am Leben zu halten, während es gerade die Menge seiner Verehrer war, die jenes abgegrenzte Refugium schützte, das ihm allein vorbehalten war.

Das Zimmer in Friendship's Rest war hell und angenehm unpersönlich. Tim Tellerton nahm ein Bad und begann dann die lange, ruhige Arbeit an seinem eigenen Gesicht. Es gibt alte Gesichter von atemberaubender Schönheit, einer von Einsicht geformten Schönheit beispielsweise, aber die Schönheit kann auch rein skulptural sein. Tellertons Knochenbau war erlesen schön. Jetzt, während er langsam die anmutige Wölbung von Wangen und Stirn massierte und sich dabei in die leuchtend blauen Augen sah, kehrte die Ruhe zurück. Klar, er war zu dick. Man musste wählen. Entweder man war schlank und verlor das Gesicht – oder man behielt das Gesicht und wurde zu dick. Soweit er wusste, veränderte sich das Skelett ausschließlich durch Schrumpfen.

Das Zimmer, in dem er sich befand, kam ihm allzu sorgfältig eingerichtet vor: die makellosen Spitzenbezüge, der regelmäßige Faltenwurf der Vorhänge, die in gleichmäßigen Abständen arrangierten hübschen Kleinigkeiten – eine liebenswürdige Leere.

Die meisten Zimmer sind wie Regenmäntel, ein Schutz, mehr nicht. Er legte sich aufs Bett und schlief sofort ein. Sein Beruf hatte ihn gelehrt, schnell und total zu verschwinden, wenn Erschöpfung, Zeit und Ängste zusammentrafen. Im Schlaf wurde er noch schöner.

Am Abend wurden Blumen gebracht. Rosa Rosen, laut der Karte von einer gewissen Miss Peabody: Willkommen in St. Petersburg, mit aufrichtigster Verehrung. Aber im Friendship's Rest wohnte keine Peabody, und niemand hatte je etwas von ihr gehört.

Am Morgen des großen Frühlingsballs wachte Evelyn Peabody spät auf. Sie hatte leichte, sanfte Träume gehabt, und ihr Gewissen war von keinerlei Fehlverhalten belastet. In ihre eigene Wärme eingerollt, dachte sie intensiv an Miss Frey. Mit einer ganz neuen, fast verspielten Grausamkeit setzte sie Catherine Freys Gesicht starkem Tageslicht aus und sah es zum ersten Mal ohne den kleinsten Anflug von Mitleid an. Dieses nackte Gesicht war nicht organisch von jenen Falten und Runzeln gezeichnet, die die ausdrucksvolle Schrift der Zeit bildet. Hier lief der Text kreuz und quer, widersprüchlich und hilflos, ein bloßes Konzept, das später vielleicht deutlicher, aber nicht besser werden würde. Während Peabody so an Freys Gesicht dachte, vergiftete sie ihre erste ehrlich geäußerte Feindschaft, doch tat sie das in gutem Glauben. Eigentlich hatte sie nie etwas gegen Frey gehabt, nie irgendjemanden gehasst. Es war doch meistens ganz einfach, mit den Menschen zurechtzukommen. Man konnte sie ignorieren oder Mitleid mit ihnen haben. Wenn man es sich überlegte, hatte ein jeder auf seine eigene Weise recht. »Es ist immerhin möglich«, murmelte Evelyn Peabody auf der Schwelle zum Schlaf, »es ist immerhin möglich, dass ich die anderen auch nicht so besonders gerngehabt habe. Aber wer von ihnen hat jemals gemerkt, wie sehr ich danach strebe, gerecht und aufrichtig zu sein, wer kann den Preis für mein Mitgefühl ermessen?« Plötzlich konnte sie sich nicht mehr daran erinnern, was Frey gesagt hatte und warum sie selbst so außer sich geraten war. Es würde guttun, noch ein Weilchen zu schlafen.

Um zwölf Uhr rief Frey draußen vor der Tür: »Bist du krank, oder was ist los?«

»Ich schlafe«, teilte Peabody mit. Frey ging weiter. Es gehörte zu ihren Aufgaben, alle Gäste regelmäßig durchzuzählen und zu überprüfen, wo sie sich gerade aufhielten. Inzwischen fühlte sich ihr Magen wieder normal an, vielleicht war es doch nicht nötig, einen Arzt aufzusuchen, man weiß nie, was die alles finden. Übrigens hatte sie keine Zeit. Also ehrlich, diese Peabody! Das kleine Fräulein Dornröschen mit dem empfindsamen Herzen!

Als sie am Fuß der Treppe um die Ecke bog, schoss Thompson aus seiner Tür und schrie: »He, altes Haus!«, ihr direkt ins Ohr. »Schämen Sie sich!«, rief Fey, rannte in ihren Glaskasten und schmetterte die Tür klirrend hinter sich zu. Kurz blieb sie stehen und zwinkerte mit erhobenem Kinn, um die Wimperntusche nicht zu verschmieren.

»Kindisch!«, flüsterte sie. »Entsetzlich kindisch, einfach entsetzlich«, und ließ alle Linien ihres Gesichts fallen, Linien der Erschöpfung und Enttäuschung sanken von den Augenwinkeln, Nasenwinkeln und Mundwinkeln herab und gruben sich tiefer ein.

Die Papiertaschentücher waren alle. Außerdem müsste man Seife und neue Broschüren besorgen. Sie setzte sich an ihren Tisch und begann zu notieren: »Broschüren, Seife« – aber ihr Stift brachte nur winzig kleine, ungenaue Striche aufs Papier. Irgendwann sah sie, was die Striche darstellten: Thompsons Haare.

Sie verlieh ihm noch Augenbrauen in einem schiefen dreieckigen Gesicht, eng zusammenstehende Augen und einen aufgerissenen schwarzen Mund. Schließlich verpasste sie ihm zwei große Hörner, an jeder Seite eins, zerknüllte den Zettel zu einem Ball, rannte ins Vestibül hinaus und schrie: »Linda! Lüften Sie sein Zimmer aus! Das ganze Haus stinkt nach Knoblauch und Tabak! Warum darf sein Zimmer wie ein Schweinestall aussehen!«

»Ja, Miss Frey«, antwortete Linda und sah sie an, als wäre sie ein fremdes nervöses Tier, das nicht anständig behandelt worden war.

Frey rannte die Treppe hinauf zur Nummer fünf und rief:

»Mrs. Higgins, sind Sie da, sind Sie in Ihrem Zimmer? Welche Glühbirne ist kaputtgegangen? Die der Deckenlampe oder die der Nachttischlampe? Ich kann erst mit Johanson reden, wenn ich weiß, welche davon ersetzt werden muss!«

»Die in der Nachttischlampe«, antwortete Hannah Higgins verblüfft. »Aber ich glaube, beide Glühbirnen sind gleich groß.« Sie wartete kurz und fügte hinzu: »Geht es dir nicht gut? Hat Thompson dir wieder zugesetzt?«

»Er ist ein Teufel«, sagte Frey.

»Sind das nicht etwas starke Worte für einen kindischen alten Mann?«

Catherine Frey begann zu zittern. »Kindisch!«, rief sie aus. »Er ist genauso wenig kindisch, wie Peabody engelhaft ist!« Ja, so war es. Der Teufel konnte ein Kind sein, voller vererbter Bosheit, und seine Engel versteckten sich mitunter hinter allen Tugenden der Welt …

Sie wiederholte: »Ein Teufel.«

»So, so«, entgegnete Mrs. Higgins. »Mag ja sein.« Sehr behutsam schraubte sie die kaputte Glühbirne aus der Nachttischlampe. »An den Teufel zu glauben«, fuhr sie fort, »ist mir schon immer schwergefallen. Engel kann man sich schon eher vorstellen. Aber eins ist mir unbegreiflich, nämlich, warum sind die Predigten von Pfarrer Grimley nur so verflixt langweilig? Er ist doch ein hochgebildeter Mann, nicht wahr?«

»Ja«, antwortete Miss Frey mit schwacher Stimme und ließ sich auf einen Stuhl sinken. Hannah Higgins redete weiter – über Grimley und den Frühlingsball – und holte dann ihr Abendtäschchen, das mit schwarzen funkelnden Jetperlen bestickt war, und zeigte es Frey. »Der Seemann«, bemerkte sie, »weiß, was elegant ist.« Miss Frey drehte die glitzernde Tasche in den Händen hin und her, verzweifelt blinzelnd. Sie hörte Mrs. Higgins im Badezimmer rumoren und wieder herauskommen, immer noch über den Ball redend. Catherine solle zu dem Ball keine Hosen tragen, sondern sich hübsch und feminin kleiden, und die Perücke solle auch verschwinden. »Nimm die Perücke ab, Liebes, dann schauen wir mal, wie dein eigenes Haar aussieht.« Catherine Frey nahm die Perücke ab. Mrs. Higgins musterte sie lange durch ihre starken Brillengläser, von oben, von unten und von der Seite, und schließlich erklärte sie, hier sei professionelle Hilfe erforderlich, und zwar schnell.

Die Straßen von St. Petersburg lagen menschenleer in der nachmittäglichen Hitze. Hunderte von alten Damen saßen unter den Trockenhauben, die bereits fertig Frisierten erwarteten den Abend bei sich zu Hause. Catherine Frey hastete durch die Stadt, straßauf und straßab waren die Friseursalons voll belegt. Angstgetrieben begann sie auf gut Glück herumzuirren und geriet so in Salons, wo sie bereits gewesen war, und wohin sie auch kam, dröhnten die Trockenhauben unerbittlich besetzt, und überall saßen lange, geduldige Reihen wartender Frauen, die alle einen festen Termin hatten. So viel altes Haar, das gewaschen und in Locken gelegt, gefärbt, besprüht und toupiert wurde, so viele weiße und graue Flaumfederchen, die über lichter werdende Scheitel hochgebürstet wurden! Während sie vergeblich von einem Friseursalon zum anderen stürzte, vergaß Miss Frey allmählich ihre Kümmernisse und wurde stattdessen von der geheimnisvollen Besessenheit erfasst, mit der sich die Weiblichkeit der eigenen Haarpflege widmet, etwas, das sie mit großer Ruhe erfüllte. Weit entfernt von Butler Arms fand sie schließlich eine Zuflucht. Konzentriert flüsternd beriet sie sich mit der Friseurin und versank dann unter Plastikumhängen tief in feuchte Frotteetücher und die summende Treibhauswärme der Trockenhauben, in eine Welt, die für mehrere friedliche Stunden Vergessen verhieß. In dem überfüllten Raum war alles rosafarben, sogar das Telefon, ein abgeschirmtes weibliches Reservat, wo Miss Frey, abschließend mit Silver Spray Number Five besprüht, einschlief.

Die letzten Damen eilten nach Hause, die Frisur unter leichten Seidentüchern verborgen. In der Stadt herrschte vollkommene Stille. Bei Anbruch der Dämmerung hatte Linda eine kalte Mahlzeit ins Fernsehzimmer gestellt, Pappkartons mit Hühnchen und Kartoffelsalat aus The Garden. Alles war anders, provisorisch, eilig, wie vor einer Reise. In einer halben Stunde würde Johanson den Wagen vorfahren. Hannah Higgins und Peabody saßen einander gegenüber, die Abendtäschchen neben sich auf dem Tisch. Peabody war nervös, das war deutlich erkennbar, sie sah abwechselnd zur Tür und zum Fernseher und rutschte auf dem Stuhl hin und her. Wenn man vor einem Fest sehr aufgeregt ist, sollte man lieber kein Hühnchen essen, dachte Mrs. Higgins, das ist ein unpraktisches Gericht, das jede Garderobe ruinieren kann.
Jetzt kam Catherine Frey hereingerauscht, ganz in Taft. Mrs. Higgins legte ihre Gabel aus der Hand und sagte: »Lass

dich mal anschauen! Komm her, Catherine, meine Liebe, und zeig uns deinen Kopf – ja, sehr hübsch, silbergrau!« Peabody lachte, ein kurzes Kläffen, das nicht freundlich klang, und Frey floh wie von der Tarantel gestochen zum Fernseher, wo sie ihnen den Rücken zuwandte und angespannt auf den Bildschirm starrte. Ein Waldarbeiter aus Kanada wurde interviewt, er antwortete nur mit Ja und Nein und machte ein wütendes Gesicht. »Wie bei einem Picknick«, bemerkte Peabody. »Ist doch nett, aus Pappkartons essen zu dürfen!«

»Psschht!«, zischte Frey. »Ich möchte die Sendung sehen!«

Aber Peabody fuhr mit lauter Stimme fort, so ein Ball sei doch ein großes Erlebnis, und erkundigte sich, ob jemand den Hut von Mrs. Rubinstein schon gesehen habe? Der solle ja immer eine besondere Überraschung sein.

»Warum sprichst du so unnatürlich?«, fragte Hannah Higgins. »Habt ihr euch gezankt?«

»Psscht!«, wiederholte Frey, trat dicht vor den Bildschirm, um deutlich zu machen, wie sehr sie sich gestört fühlte, und rief aus: »Diese Bäume sind so groß! Man kann mit dem Auto durch sie hindurchfahren! Schaut mal, schaut sie doch an!« Aber als sie hinschauten, war immer noch das wütende Gesicht des Waldarbeiters zu sehen, bis er von einer Werbung ausgeblendet wurde.

»Ja«, sagte Hannah Higgins, »so einen großen Baum sehen und sogar durch den ganzen Baum hindurchfahren zu dürfen, das wäre schon interessant ...«

»Idiotisch«, bemerkte Peabody heftig und warf sich auf dem Stuhl zurück.

»Iss dein Hühnchen auf«, sagte Mrs. Higgins streng. »Die Welt ist größer, als du glaubst.« Im Zimmer war es schon schummrig, abendliche Kühle kam durch das offene Fenster herein. Sie hörten den Lieferwagen unterhalb der Veranda vorfahren. Miss

Frey lief schnell an ihnen vorbei, hinaus ins Vestibül, und Peabody flüsterte: »Die Ärmste.«

»Spar dir deine Worte«, sagte Hannah Higgins. »Voreilige Worte sind wie dürres Laub im Wind. Bedauern bedeutet verstehen, und wenn man versteht, liebt man auch.«

»Nein, nein«, flüsterte Peabody ängstlich, »alles ist verändert, wir sind jetzt Feindinnen!« Mrs. Higgins seufzte leicht und bemerkte, man sei entweder das eine oder das andere, man müsse nur wissen, was man wolle. Dann nahm sie ihre Tasche und verließ das Zimmer.

Unten auf der Straße begaben sich festlich gekleidete Menschen in Richtung Hafen, in Gruppen oder paarweise. Alle Gewänder waren bodenlang und heller als die Dämmerung, sie hoben sich deutlich von dem Grün der Gärten ab. Mehrere Autos fuhren die Zweite Avenue hinunter, zum Meer und zum Senior's Club.

Zerstreut, aber doch sorgfältig hatte Elizabeth Morris sich festlich gekleidet, jetzt saß sie am offenen Fenster, sah den Menschen und Autos zu, die erwartungsvoll auf das erleuchtete Schiff zuströmten, und verspürte eine unwiderstehliche Lust, einfach zu Hause zu bleiben, nur mit sich selbst als Gesellschaft. Dieser neue Wunsch weckte in Mrs. Morris ein heiteres Gefühl von persönlicher Freiheit, sie richtete sich auf dem Stuhl auf und zog langsam den einen langen blauen Handschuh an.

Peabody scharrte an der Tür und fragte, ob sie fertig sei und ob sie sich inzwischen endlich bei Senior's angemeldet habe? »Ja«, antwortete Mrs. Morris. »Keine Angst. Alles ist in Ordnung.« Worauf Peabody die Treppe hinunterhuschte und auf die Straße hinaushüpfte, die leer war. Johanson war schon abgefahren. Sie lief ein Stückchen auf die Straße hinaus und wieder zurück; unter ihrem grauen Schal gekauert, erinnerte sie mehr denn je an eine Maus, herumschnuppernd, ständig auf der Flucht, ständig aus neuen Löchern hervorflitzend. Thompson hinkte an ihr vorbei, zu Palmers. Er trug seinen schwarzen Anzug und einen Hut, der irgendwie seltsam aussah. Mrs. Morris hörte ihn sagen: »Peabody. Beeil dich. Wir haben noch Zeit für ein Bier, bevor es losgeht. Soll Gottvater Johanson doch mit seiner heiligen Kutsche fahren, wohin er will.«

Die Bar war verändert, blendend hell und voller Leute, die alle die Musik zu übertönen versuchten. Peabody erschrak und blieb auf der Schwelle stehen.
»Peabody!«, schrie Thompson. »Komm herein und setz dich hin!« Dann rammte er seinem linken Nachbarn den Ellbogen in die Seite und stieß ihn vom Stuhl. Mit langem Rock auf den Barhocker zu klettern, war äußerst peinlich und schwierig. Gleichzeitig versuchte sie, sich zu entschuldigen: »Tut mir leid, das war Ihr Platz«, doch der große Kerl hörte nicht, was sie sagte, sondern beugte sich über die Theke und schrie: »Hey! Einen Planter's Punsch für Omi hier!« Ein großes Glas kam über das Zinkblech auf sie zugeschlittert, der Mann zwinkerte respektvoll und fragte: »Wie geht es denn dem kleinen Aloha? Haben die Jesus-Freunde schon geschrieben?«
»Leck mich«, sagte der Barkeeper.
Thompson saß ganz still da, wie in der Kirche. In der starken Beleuchtung wirkte er erstaunlich klein und sehr staubig. Peabody erklärte, sie kenne Bounty-Joe nicht persönlich, aber niemand hörte zu. Aus Höflichkeit leerte sie zuerst das große Glas und trank dann das Bier, sie stützte die Arme auf die Theke und spürte, wie gut das dem Rücken tat. Hier drinnen waren lauter Freunde, alle redeten erregt und begeistert durcheinander, und keiner ließ sich vom anderen von irgendetwas überzeugen.

Längs der ganzen Theke sah sie lebhaft gestikulierende Hände, sah Nacken und Profile, die sich durcheinanderbewegten, Männer, die sich über die Theke beugten und sich mit gereckten Hälsen lachend wieder zurückwarfen, ab und zu trat einer an die Jukebox und ließ Musik laufen.

Palmers, das wusste sie, Palmers war ein Ort, wo man seine Ruhe wiederfand, sie schob Thompson einen Schein unter den Arm, worauf er noch zwei Bier bestellte. Die Bar verströmte das Gefühl totaler Geborgenheit, unerklärlich, aber überzeugend.

Warum, überlegte Peabody, warum kann man mich nicht einfach nett sein lassen? Immerhin bin ich doch eine ungewöhnlich nette Person. Evelyn Peabody versenkte sich im Barspiegel in den Anblick ihres eigenen Mitgefühls, sah, wie aus ihrer aufrichtigen Freundlichkeit mitunter lange Nadeln aus Hass herausschossen wie Dornen an einer Rose. Wie ist das nur möglich?, dachte Peabody und wurde kurz von Schmerz durchzuckt. Was geschieht mit mir? Niemand hat so ein schlechtes Gewissen wie ich, niemand macht sich so viele Gedanken wie ich. Mein Gewissen drückt mich zu Boden, ja, es macht mich dem Erdboden gleich. Und nicht einmal ein noch so kleiner Feind wird mir gegönnt.

»Hey«, sagte Thompson. »Schläfst du, Peabody?«

Einer nach dem anderen bezahlte und ging, plötzlich wurde die Bar leer.

»Warum gehen die alle?«, fragte Peabody ängstlich.

»Sie gehen zum Abendessen nach Hause.«

»Kommen sie nicht zurück?«

»Sie kommen zurück«, versicherte Thompson. »Früher oder später kommen sie alle zurück. Keine Angst.«

Die Straße war still und leer, wie wenn man aus dem Kino kommt. Alles war falsch. Sie gingen auf den Kai zu. Thompson erläuterte ihr, dass Palmers, genau genommen, nicht besonders viel hermachte. Die Bars in San Francisco, die hätte sie mal sehen sollen! Inzwischen war Wind aufgekommen, ein kühler stetiger Wind. Nachdem sie zwei Blocks zurückgelegt hatten, erwähnte Peabody die Hutparade und Mrs. Rubinsteins Hut.

»Peabody«, sagte Thompson. »Wovon sprichst du? Etwa über Hüte?«

»Ja«, antwortete sie unsicher.

»Hüte! Hüte auf den Köpfen von großen, einfältigen Frauen – was für ein Anblick! Ein Anblick, den ich viel zu oft gesehen habe!«

»Natürlich«, bemerkte Peabody verständnisvoll, »da oben im Norden ist es ja kalt. Meinen Sie vor allem die Hüte oder die Frauen?‹«

»Beides«, sagte er. »Sei lieber still, Peabody.«

Langsam setzten sie ihren Weg durch die leere Straße fort, hinunter zu der beleuchteten Takelage der Bounty.

Nach beendeter Toilette besuchte Mrs. Rubinstein Miss Ruthermer-Berkeley, um ihren Hut vorzuführen. Sie trafen sich nicht oft, hegten aber einen distanzierten und faszinierten Respekt voreinander. Jedes Jahr vor dem Frühlingsball hielten sie regelmäßig eine kleine Konferenz. Die Lichter des Kronleuchters und der Lampetten leuchteten, Mrs. Rubinstein wurde erwartet. Im Bewusstsein des Vergnügens, den ihr Auftritt bereiten konnte, blieb sie für einen Moment auf der Türschwelle stehen, um sich bewundern zu lassen. Diesmal war die große, majestätische Frau in schwarze Pailletten gekleidet – ein funkelndes anliegendes Gewand folgte Mrs. Rubinsteins üppigen Kurven vom weißen Dekolleté über die kräftigen Arme und den muskulösen Leib bis hinab zum Boden, wo es sich in einer rasselnden Schleppe ausbreitete. Mrs. Rubinstein stützte sich mit der einen Hand an den Türpfosten, während sie mit der anderen ihren wagenradgroßen Hut leicht berührte. Dieses Jahr war der Hut rot, dunkelrote Seide mit violetten Rosen, ein paar davon überraschend blau. Eine der blauen Rosen fiel wie zufällig über ihr rechtes Auge, das linke starrte schwarz und triumphierend, fast berechnend unter dem Hutrand hervor.

»Mrs. Rubinstein, Sie sind grandios«, kommentierte Miss Ruthermer-Berkeley. »Darf ich Ihnen ein Gläschen Sherry anbieten?«

Die Kristallkaraffe stand mit zwei wartenden Gläsern auf dem ovalen Tisch. Mrs. Rubinstein schenkte beiden ein und äußerte, ihrer wohlüberlegten Meinung nach müssten die Traditionen des Senior's Club erneuert werden. Während sie noch im Vorstand gewesen sei, habe sie ihr Möglichstes getan, sei aber ausmanövriert worden, bevor irgendetwas Wesentliches erreicht worden sei.

»Vermutlich waren Sie zu dominant«, erwiderte Miss Ruthermer-Berkeley. »Alte Leute halten an ihren Gewohnheiten fest, da ist nichts zu wollen. Hätten Sie vielleicht gern eine Zigarette?«

Mrs. Rubinstein lehnte höflich dankend ab: »Ich weiß«, sagte sie. »Ich mache ihnen Angst. Wenn man genau sieht, was verändert werden müsste und wie es getan werden könnte, ist es schwierig, nicht zu heftig vorzugehen. Stellen Sie sich vor, jemand versucht, einen schweren Gegenstand einen steilen Hang hinaufzubefördern, zum Beispiel mithilfe eines Hebels, und Sie sehen, dass die Balance nicht stimmt. Da fällt es wirklich schwer, nicht hinzurennen und darauf hinzuweisen, wo der Hebel angesetzt werden muss, um die gewünschte Wirkung zu erreichen und eine Katastrophe zu vermeiden. Die meisten Leute wissen herzlich wenig über Organisation.«

Miss Ruthermer-Berkeley hörte aufmerksam zu. »Das ist wahr«, sagte sie. »In diesem Zusammenhang möchte ich übrigens erwähnen, dass ich seit Langem mit dem Gedanken spiele, ausgerechnet Sie, Mrs. Rubinstein, könnten Butler Arms modernisieren und das Haus mit neuem Leben und Sinn erfüllen. Das ist, leider, nur ein Gedankenspiel. Vereinbarungen und Loyalität sind wichtige Dinge, und bisweilen muss Kompetenz die schöpferische Fantasie ersetzen.«

»Sie ist erschöpft«, sagte Mrs. Rubinstein schnell und unüberlegt.

»Ja, momentan ist sie erschöpft. Aber in ein paar Jahren wird sie sich wieder gefangen haben. Dann hat sie ein Alter erreicht, in dem man neue Ideen bekommt und unbrauchbare Vorstellungen aufgeben kann. Das einzig Richtige ist, abzuwarten, was die Zeit bringt. Das ist nur gerecht. Mrs. Rubinstein, ich wünsche Ihnen viel Erfolg bei der Hutparade. Es würde mich nicht wundern, wenn Sie auch dieses Jahr den Preis wieder nach Butler Arms brächten.« Sie führte das unberührte Glas an die Lippen, dann verabschiedeten sie sich für den Abend.

Draußen vor der Tür zündete Mrs. Rubinstein sich eine Zigarette an und dachte: Erschöpft? Ha! In Freys Alter war ich nie erschöpft, nie! Frey ist ohne Vitalität auf die Welt gekommen und kriegt auch keine, wenn sie alt wird.

Linda bestellte ein Taxi, und Mrs. Rubinstein kam genau im richtigen Moment im Senior's Club an – die Parade stand bereit und wartete auf die Musik. Die Türen wurden geöffnet, worauf Mrs. Rubinstein den Ballsaal langsam durchquerte und ihren Platz an der Spitze der wartenden hutgeschmückten Damen einnahm.

12

Als Peabody und Thompson ankamen, war nur ein unwichtiges Häuflein im Eingangsflur übrig: die Unsicheren, die Verspäteten und ein paar verwirrte alte Fräuleins von Las Olas. Thompson suchte so lange nach seiner Brieftasche, bis Peabody einen Schein zückte und beide an der Tür zum Ballsaal ihren Einlass-Stempel erhielten. Miss Frey rauschte hastig vorbei, sie befand sich ständig in Eile, als müsste sie einen Termin einhalten oder irgendwo eine drohende Gefahr abwenden. Thompson bemerkte, ältliche Fräuleins mit neuen Gesichtern seien ein bedrückender Anblick, obwohl sie eigentlich genauso aussähen wie zuvor. Plötzlich fühlte er sich melancholisch.

Gerade wurde ein langsamer Walzer gespielt. Der Ball war wie üblich mit einer spritzigen Nummer eröffnet worden, danach wurde die Musik immer ruhiger, bis gegen Mitternacht nur noch sanfter Blues erklang. Der Kotillon bildete natürlich die große Ausnahme, er wurde noch unverändert so gespielt wie um die Jahrhundertwende.

Sie versuchten, zu den Bänken zu gelangen, gerieten aber sofort in die Masse der tanzenden und schubsenden Menschen. Thompson hielt Peabody am Rock und folgte ihr mit gesenktem Kopf, sie wurden in einen Alkoven gedrängt, der einigermaßen ruhig war, und dort versank Thompson in sein übliches Verandaschweigen. Auf der gegenüberliegenden Seite des Saals standen reihenweise hölzerne Bänke, alle voll besetzt mit Damen, die in regelmäßigen Abständen in rotierendes Scheinwerferlicht getaucht wurden. Die Hutparade war beendet, und die riesigen, selbst gemachten Hüte ruhten auf der Orchester-Estrade, lauter Blumenbeete und Hochzeitstorten, alle hemmungslos romantisch. Mrs. Rubinstein tanzte mit dem Bürgermeister, sie trug ein grünes Band über dem Busen.

»Sie hat schon wieder den ersten Preis bekommen!«, rief Peabody Thompson ins Ohr, aber er hörte nicht zu, er war unerreichbar, durch seine Verachtung geschützt. Niemand sonst von Butler Arms befand sich auf der Tanzfläche, nur die fantastische Mrs. Rubinstein. Evelyn Peabody war stolz auf sie. Kurz traten ihr Tränen in die Augen, wie sonst nur beim Hissen des Sternenbanners. Ein Frühlingsball war etwas Wunderbares. Alle Damen in großer Garderobe, Federbüsche und Schwanendaunen wehten anmutig im Takt des Walzers wie auf sommerlichen Wiesen. Was für ein Aufwand um der Schönheit willen! Viele Damen hatten schleierdünne Tücher am Handgelenk befestigt, und diese Schleier wogten in langen Arabesken rundherum im Kreis, in sämtlichen Farben des Regenbogens. Die tanzenden Frauen hatten die weiblichen Erfahrungen eines ganzen Lebens auf den Frühlingsball verschwendet, alles, was sie je über die Verführung des Auges gelernt hatten. Die Herren hielten die runzligen Rücken der Damen ächzend umfasst, die meisten im Anzug.

Zwischen den Fenstern hingen die Anschläge des Vorstands. »Sie tanzen auf eigene Verantwortung!«, stand da mit großen, deutlichen Buchstaben. Aber immerhin trug die Krankenschwester draußen im Flur keine Uniform, wenigstens das hatte Mrs. Rubinstein durchgesetzt, bevor sie aus dem Vorstand gedrängt worden war. Jetzt horchte sie aufmerksam auf die Atemzüge des Bürgermeisters, nach der ersten Runde schlug sie eine Zigarettenpause im Eingangsflur vor, im Übrigen hatte sie keinerlei Interesse daran, zu tanzen. Es war sehr warm. In dem geräumigen Saal hing ein eigenartiger Geruch, abgestanden und süßlich, die Fenster durften jedoch nicht geöffnet werden, wegen des Durchzugs. Mrs. Rubinstein nahm einen tiefen Zug von ihrer Zigarette und sah den Bürgermeister durch den Rauch mit zusammengekniffenen Augen an. Er war viel kürzer als sie und schien nicht ganz bei der Sache zu sein. »Ich habe eine Idee«, sagte sie. »Ein kleines Präsent für den Vorstand. Wie wäre es, den Raum so aufzuteilen, dass er der Kondition der Mitglieder entspricht? Also ein Ballsaal für Besucher, die keine frische Luft vertragen, und ein anderer für alle, die gegen Rauch allergisch sind? Ein Ballsaal mit langsamem Tango und schwacher Beleuchtung für Herzfehler und runzlige Dekolletés und ein anderer mit Neonlicht und Popmusik für alle, die schlecht sehen und hören?«

»Sie belieben zu scherzen«, antwortete der Bürgermeister, ohne zu lächeln. Vielleicht würde es ihm gelingen, sich schon gegen neun nach Hause zu verdrücken, ohne dass es auffiel. Doch das war vermutlich zu viel gehofft. Das Fräulein an der Kasse kam zu ihnen her. »Entschuldigung, aber Gnädigste haben vergessen, Eintritt zu bezahlen, das macht zwei Dollar.« Plötzlich wutentbrannt, versetzte Mrs. Rubinstein: »Der Chauffeur bringt es morgen vorbei!« Ihre Schleppe raschelte, als sie sich heftig umdrehte, das grelle Licht verließ und durch das Café in den Hinterhof hinausging, der zum Meer hin offen war. Dort blieb sie stehen und wartete, bis sich ihr Herz beruhigt hatte.

»Ich gehe kurz an die frische Luft«, sagte Peabody, etwas lauter diesmal, aber Thompson war weit weg in seinem extra negativen Refugium und antwortete nicht.

Tim Tellerton war nicht gekommen, er war nirgends zu sehen,

also hatte ihm niemand etwas vom Frühlingsball gesagt. Irgendjemand musste ihn anrufen, noch war es nicht zu spät.

Hier ist der Senior's Club, wir feiern gerade ein kleines Fest. Wir haben gehört, dass Sie St. Petersburg besuchen, und es wäre eine so große Ehre ...

Sie brauchte ihren Namen nicht zu erwähnen, nur sagen, dass es der Senior's Club war. Heftig erregt begann Peabody, ihre Lesebrille zu suchen, doch dann fiel ihr ein, dass die in ihrer anderen Handtasche lag. Sie nahm das Telefonbuch mit zum Fräulein an der Kasse und sagte: »Bitte, ein sehr wichtiger Anruf an Friendship's Rest, aber meine Brille ist zu Hause geblieben, die hier ist nur für die Fernsicht.« Das Kassenfräulein schlug es auf und sagte: »643162.«

»Dummerweise habe ich auch keinen Stift dabei. Könnten Sie so freundlich sein und es mir aufschreiben?«

»Ich hab keinen Stift«, sagte das Mädchen. »643162.«

»War es 643632?«

Das Kassenfräulein ging zum Telefon, wählte die Nummer und sagte: »Jetzt können Sie sprechen« und kehrte an ihren Tisch zurück.

»Aber es ist besetzt«, flüsterte Peabody. »Es ist die ganze Zeit besetzt!«

Die Musik hörte auf und die Leute strömten in den Flur, um zu rauchen. Frey hastete mit abgewandtem Gesicht vorbei. Zwei Herren standen in der Nähe und unterhielten sich über Hunderennen, einer von ihnen hatte einen Füller in der Brusttasche.

»Entschuldigung«, sagte Peabody, »könnten Sie mir vielleicht Ihren Füller leihen, nur ganz kurz?«

»Tut mir leid, ich habe Sie nicht verstanden«, sagte der mit dem Füller.

»Könnten Sie mir bitte Ihren Füller leihen?«

»Aber ich habe gar keinen Füller, leider.«

»Da!«, sagte Peabody verzweifelt. »In Ihrer Brusttasche!«

»Das ist eine Zigarre«, erklärte er. »Bedaure.«

Sie kehrte zu Thompsons Ecke zurück, setzte sich neben ihn und legte die Hände in den Schoß. Nach einer Weile begann er zu schnarchen. Er kippte langsam nach vorn und fuhr dann mit einem Ruck wieder hoch. Die Krawatte war verrutscht. Und am Revers seiner Jacke hing ein sehr kleiner schwarzer Kugelschreiber.

Sie bemühte sich, leise und sachlich zu sprechen, so unpersönlich wie möglich.

»Äußerst liebenswürdig von Ihnen«, antwortete Tim Tellertons angenehme, professionelle Stimme. »Senior's Club, gegenüber der Bounty.« Er war es gewohnt, Nachrichten schnell zu erfassen und sich an Namen zu erinnern, das gehörte zum Beruf. »Ich freue mich über Ihre Einladung und werde sie gern zu einem späteren Zeitpunkt annehmen.«

»Nein, nein«, flüsterte Peabody. Sie hatte mit allen erdenklichen Schwierigkeiten gerechnet, aber nicht mit einer Absage.

»Hallo? Sind Sie noch da?«

»Ja«, antwortete sie.

Nach längerem Schweigen fragte er: »Mit wem habe ich die Ehre?«

»Peabody, Miss Peabody.«

»Miss Peabody. Endlich habe ich die Möglichkeit, Ihnen für den schönen Strauß zu danken. Diese Aufmerksamkeit habe ich sehr zu schätzen gewusst.«

Hinter ihr stand jemand, der telefonieren wollte, sie presste den Hörer an die Lippen und hauchte: »Das war so wenig, nur eine Winzigkeit ...«

»Miss Peabody, ich hoffe, wir lernen uns bei Gelegenheit kennen.«

»Ja«, antwortete sie überstürzt, »das ist ganz einfach, Sie brauchen nur ein Taxi zu nehmen, das hier ist der einzige Ball im ganzen Frühjahr, es wäre doch schade ... Ich meine, wir wären so enttäuscht, wir haben einen kleinen Empfang vorbereitet ...«

»Vielen Dank für Ihre Liebenswürdigkeit«, antwortete Tim Tellerton kühl. »Ich werde sehen, was ich machen kann.«

Peabody legte den Hörer auf und wurde von Panik gepackt. Sie hatte wieder mal geflunkert, es gab keinen Empfang, keine Blumen, rein gar nichts, sie stürzte zum Kassenfräulein und erklärte, sie hätten einen Ehrengast, hören Sie, einen Ehrengast, Tim Tellerton!

»Wer?«

»Tim Tellerton, der große Showstar!«

»Noch nie etwas von ihm gehört«, sagte das Kassenfräulein.

»Ich weiß, ich verstehe«, sagte Peabody, »Sie sind zu jung, Sie können nichts von ihm gehört haben, das ist ganz natürlich. Aber er ist sehr berühmt und kommt jetzt gleich hierher. Hier sind zwei Dollar für den Eintritt, anmelden kann er sich ja später?«

»Ich glaube, das geht nicht«, sagte das Kassenfräulein. »Er muss sich vorher in der Verwaltung als Mitglied eintragen.«

»Aber ich bitte Sie, er kommt jetzt gleich! Ein berühmter Revuestar!«

»Tut mir sehr leid«, sagte das Kassenfräulein, »aber der Vorstand hat das so bestimmt.«

Die Musik setzte wieder ein und der Flur leerte sich. Nur Mrs. Rubinstein stand auf der Schwelle des Cafés, ihr großes Gesicht war auffallend weiß. Sie sagte: »Um was geht es? Miss Peabody?«

Peabody lief zu ihr hin und flüsterte aufgeregt: »Sie ahnen ja nicht, Sie ahnen nicht, was passiert ist! Tim Tellerton kommt hierher, er kann jeden Moment kommen, und wir haben keinen Empfang für ihn, und ohne Mitgliedsausweis wird er nicht einmal hereingelassen!«

Mrs. Rubinstein wedelte das alles mit einer kleinen Geste beiseite und sagte: »Fakten, bitte! So kurz wie möglich. Sie haben ihn gebeten, herzukommen?«

»Ja.«

»In Ihrem eigenen Namen oder in dem des Vereins?«

»In dem des Vereins«, flüsterte Peabody.

»Gibt es sonst noch etwas, das ich wissen muss?«

»Ich habe ihm Rosen geschickt, er wirkt genervt, und ich hab gesagt, wir hätten einen Empfang vorbereitet!«

Mrs. Rubinstein drehte sich zur Kasse um und sagte: »Junge Dame, Sie machen keinerlei Schwierigkeiten, wenn Tellerton ankommt. Er ist Gast des Vorstands.« Sie trat in den Ballsaal und gab dem Dirigenten des Orchesters einen Wink. »Mr. Ogden, wir bekommen einen Ehrengast. Ich bitte um Ihre Aufmerksamkeit. Wenn Sie mich mit einem älteren korpulenten Herrn an der Tür stehen sehen, unterbrechen Sie die Musik. Sie lassen eine Fanfare spielen und gehen dann zu Tim's Twinkle über. Ist das klar?«

»Das Stück kenne ich aber nicht.«

»Na, dann nehmen Sie eben nur die Fanfare. Irgendjemand aus dem Orchester reicht mir danach meinen Hut, den ersten neben der Tür, danach ein langsamer Walzer, nur eine Runde.«

»Okay«, sagte Mr. Ogden. »Aber holen Sie den Herrn nicht herein, bevor wir mit den Zwanzigerjahren fertig sind, sie wartet hinter der Bühne.«

Mrs. Rubinstein nickte und ging hinaus auf die Straße. Neben dem Eingang stand eine Gruppe Lederjacken, lauter schlanke Jünglinge mit gewaltigen Mähnen. Sie trat auf sie zu und sagte: »Guten Abend. Ich brauche Ihre Hilfe.«

Die jungen Männer fuhren herum und starrten sie an, einer von ihnen war Bounty-Joe. Sie fuhr fort: »Nachher kommt ein alter Mann in einem Taxi hier an. Er war einmal ein großer Showstar und heißt Tim Tellerton. Tim Tellerton. Und jetzt möchte ich Sie bitten, irgendeine Art von Begeisterung zu zeigen, wenn er ankommt.«

Sie ist wie eine Gallionsfigur, dachte Joe. Eine prächtige Gallionsfigur. Seit letztem Mal ist sie gewachsen.

Er trat auf sie zu und sagte: »Geht in Ordnung, Mrs. Rubinstein. Das kriegen wir schon hin.« Die Gruppe hinter ihm rührte sich nicht, ihre Zigaretten glühten bewegungslos in ihren Händen. Sie starrten Mrs. Rubinstein an wie ein Wesen aus einer anderen Welt. »Joe«, sagte sie, zögerte kurz, wusste aber nicht, was sie hinzufügen sollte, und kehrte wieder zum Senior's Club zurück.

Mr. Ogden stand mit ausgebreiteten Armen an der Rampe. »Die Zwanzigerjahre!«, rief er. »Begleiten Sie uns in die unwiderstehlichen Zwanzigerjahre! Lassen Sie sich zurücktragen, erinnern Sie sich für einen kurzen Moment an Ihre ganz eigenen, wunderbaren Zwanziger!« Und mit erhobener Stimme: »Ich bitte um einen Applaus für – Miss – Alicia – Brown!«

Und da kam sie schon, zum hundertsten Mal, spritzig und witzig, voller kitzelndem Lampenfieber, gehüllt in schwarze Duchesse, na so eine Überraschung, früher hieß das Satin und war sowohl glänzender als auch billiger, in der einen Hand einen langen Zigarettenhalter, die andere an der mageren Hüfte – so steppte sie steifbeinig, aber routiniert auf die Mitte der Bühne und begann zu singen: »Delphin, Koala und die kleine Miss

Maus, die spielten Poker in Koalas Haus, alle waren blau und hatten kein Geld, oh Baby, oh Baby, wir tun, was uns gefällt!« Nicht schlecht, sie war ein Profi. Immer noch mit einem gewissen Stil. Fast siebzig. Die Beine waren an den falschen Stellen mager geworden, aber solange sie einigermaßen still stand, war es erträglich. Das Scheinwerferlicht kam von oben, verschonte den Hals. Das Gesicht war immer noch herzförmig und mit erstaunten Augenbrauen dekoriert.

»Delphin und Koala riefen, uns ist alles einerlei, wir spielen nur noch Poker, und das bis nachts um zwei!«

Hannah Higgins saß in einer der Bankreihen, nickte im Takt zur Musik und erinnerte sich an diese unschuldigen Verse, die so vergnügt klangen. Man geht sehr höflich mit uns um, dachte sie, die Zwanzigerjahre kamen doch viel später. Allerdings wäre es natürlich nett, wenn sie etwas aus der Zeit singen würde, als wir tatsächlich jung und die Kleider der Menschen noch schön waren.

»Die kleine Miss Maus war traurig, sie wohnte bei der Mama, und wenn sie da zu spät kam, gab's jedes Mal ein Drama ...« Danach spielte das Orchester allein weiter, und Miss Alicia Brown wurde zu einer Stummfilmfigur in Schwarz-Weiß, regungslos starrte sie in die Dunkelheit des Festsaals hinaus.

»Oje, die Ärmste«, flüsterte Mrs. Higgins, »jetzt hat sie den Text vergessen«, und Mrs. Rubinstein dachte: Aphasie. Blackout.

Mr. Ogden fing bei »wenn sie da zu spät kam« wieder neu an, aber Miss Brown blieb immer noch stumm, sie hob die gekreuzten Arme vors Gesicht, eine Bewegung voller Scham, und breitete sie dann wieder aus, in der entwaffnenden Überzeugung, dass man ihr vergeben würde. Und die Vergebung kam umwendend, ein Beifallssturm setzte ein, St. Petersburg liebte Miss Alicia Brown und hatte für alles Verständnis. Mr. Ogden fing wieder von vorn an, aber langsam diesmal, ganz langsam, fast wie in einer Romanze kamen der Delphin, der Koala und die kleine Miss Maus auf sie zu, und alle sangen mit, immer wieder sangen sie die erste Strophe zusammen mit Miss Alicia Brown. Ogden war nicht dumm, er beherrschte sein Handwerk.

Zeit seines Lebens war Tim Tellerton von Damen fasziniert gewesen, die älter waren als er selbst, Damen, die einen möglichst erfreulichen Anblick boten und dazu geistreich waren, ohne aufdringlich zu werden. Er hielt viel von Freundschaften, die nicht von dem Verhängnis der Intimität getrübt wurden, aber dennoch einen Funken Verheißung enthielten, eine angedeutete, nie ausgesprochene Möglichkeit. Nur sehr wenige Frauen konnten diese feine Distanz über längere Zeit genießen und bewahren, sie besaßen selten einen Sinn für Nuancen und Ausgewogenheit. Nach und nach gestatteten sie dem Alter, sowohl ihre Weiblichkeit als auch ihren Stolz zu vernichten, vor allem den Stolz darauf, alt zu sein, dieses würdevolle Wissen darüber, wie man, königinnengleich, mit Anmut altert.

Die Veranda von Friendship's Rest hatte ihm Angst eingejagt, die ganze Stadt beunruhigte ihn. Eine gebrechliche weißhaarige Dame zu betrachten, hatte in Tim Tellerton immer starke, schöne Gefühle geweckt, aber Hunderte von ihnen zu sehen, das berührte ihn unangenehm.

Während er sich umzog, sagte er sich, Miss Peabody sei gewiss eine weitere dieser Frauen, die nie die anmutige Verfeinerung des Alters erreicht hatten. Sein eigenes Zugeständnis an die Einladung war nur seinen guten Manieren zu verdanken, die er nie vernachlässigt hatte.

Der berühmte Mond von Florida war aufgegangen und hing in seiner ganzen Vollendung über der Bounty. Der Taxifahrer bemerkte, es sei heiß für die Jahreszeit. Nächstes Jahr werde er sich auch bei Senior's eintragen, er spiele gern Bridge.

»Ein intelligentes Spiel«, erwiderte Tellerton.

Der Pier lag in blauem Mondschein. Als der Wagen anhielt, kam eine Schar junger Menschen langsam auf ihn zu und rief etwas, das Tellerton nicht hören konnte. Der Fahrer warf die Wagentür auf und schrie: »Aus dem Weg mit euch! Macht ja keine Scherereien!« Da begannen sie halb singend zu rufen: »Tim Tellerton Tim, Tim Tellerton Tim« und stampften dazu im Takt, einer von ihnen kniete auf dem Asphalt und reichte ihm eine Blume.

»Hippies«, sagte er sich. »Hippies sind freundlich, sie wissen, wer ich bin.« Er stieg aus dem Taxi, wandte sich zu ihnen um und versuchte verzweifelt Worte zu finden, Worte für einen Hippie ... Mit der Blume in der Hand rief er: »Love! Was für eine schöne Nacht!« Sie antworteten mit einem lang gezogenen Aufheulen. Dann kam eine große, korpulente Frau auf ihn zu, Mrs. Rubinstein, sie hieß ihn im Namen des Clubs willkommen. Er wurde in einen trostlosen Raum geleitet, der unangenehm roch. Plötzlich stimmte das Orchester eine Fanfare an. Im nächsten Moment stand die Frau neben ihm, einen riesigen Hut auf dem Kopf. Er tanzte mit ihr einen langsamen Walzer durch ein Meer aus alten Menschen, die ununterbrochen die Farbe wechselten, von Rot nach Grün und von Grün nach Rot. Der Hut war sperrig. Tim Tellerton hielt immer noch die Blume in der einen Hand, unter der anderen spürte er einen starken, schaukelnden Rücken und harte Pailletten.

»Die Ehre Ihrer Einladung weiß ich sehr zu schätzen!«, sagte er. »Mir ist klar, dass der Hut lästig ist«, antwortete Mrs. Rubinstein. »Nach einer Runde kann ich ihn abnehmen. Er gehört zu einer Tradition, die ich aufrechterhalten muss.«

»Alte Traditionen zu bewahren, ist wichtig«, murmelte Tim Tellerton automatisch, gleichzeitig gab er ihr durch ein Lächeln zu verstehen, dass er sich ihrer gemeinsamen Verantwortung bewusst sei. Schweigend tanzten sie weiter. Als die Musik aufhörte, schob er sich die Blume in die Tasche. Es war eine große, feuchte Blüte, vermutlich von einem Hibiskus.

»Und jetzt wäre ich Ihnen dankbar, wenn Sie mir eine gewisse Miss Peabody vorstellen würden.« Aber Peabody war verschwunden, sie war auf den Parkplatz hinausgegangen.

Dort stand sie zwischen den geparkten Autos und sah die Horde junger Burschen auf den Pier hinauswandern, dabei sangen sie langsam und melancholisch Tim Tellerton Tim, Tim Tellerton Tim, es klang wie ein Kirchenlied. Dazu bewegten sie sich halb tänzelnd, doch dann brachen sie plötzlich in lautes Gelächter aus.

»Aha, hier bist du, Peabody«, sagte Thompson. »Was für ein grässliches Fest. Gönn dir einen Kognak.«

»Nein danke, ich bin deprimiert. Ich hab mich schlecht benommen.«

»Ein Grund mehr. Peabody, du bist unmöglich. Und du hast nichts gelernt.«

Der Kognak half ein bisschen. Die Jungs fingen wieder an zu singen und ließen den Gesang in ein Geheul übergehen, dann tanzten sie eine Parodie auf die sanfte Musik, die mit dem Licht aus dem Senior's Club herausströmte. Sie bewegten sich sehr langsam, wie in einer rituellen Beschwörung. Thompson saß auf dem Boden, die eine Hand in den Haaren vergraben, er versuchte, etwas zu sagen, aber Peabody hörte nicht zu. Sie starrte die Tanzenden an, sah die dünnen Beine, die im Mondschein immer weiter auf den Pier hinaustanzten und sich feierlich über die eigenen Schatten schwangen. Auf einmal kamen ihr diese jungen Geschöpfe bedrohlich und verhängnisvoll vor. Einen irrationalen Augenblick lang bildete Peabody sich ein, sie wären Boten des Todes, sie waren wie der Tod selbst, unerbittlich, unbegreiflich und schön, und diese Einsicht teilte sie sogleich Thompson mit: »Der Tod ist jung. Er ist ganz jung.«

»Peabody«, erwiderte Thompson, »du bist durcheinander und daneben, aber das macht nichts. Jetzt konzentrier dich bitte. Wir sprachen über San Francisco. Das ist eine harte Stadt. Dort lebt mein Freund, ein kluger Mann namens Jeremiah Spennert. Hörst du mir zu? Wir saßen oft abends zusammen und unterhielten uns, und da war das Licht so schwach, dass man nur noch seine Zähne sah.«

»Warum das denn?«, fragte Peabody, die in Gedanken ganz woanders war.

»Die Beleuchtung. Die hatten schlechtes Licht, hab ich doch gesagt. Er war wirklich ungewöhnlich klug.«

»Ach ja, natürlich«, sagte sie. »Das könnte der Grund gewesen sein.«

»Schwarz!«, rief Thompson. »Jeremiah Spennert ist kohlrabenschwarz! Peabody, warum hörst du nie zu, was ich sage!«

Bounty-Joe startete sein Motorrad, in großen Achtern fuhr er kreuz und quer über den Pier und röhrte schließlich an ihnen vorbei in die Stadt hinauf, sie sah nur das weiße Kreuz, das er mit Leuchtfarbe hinten auf das Schutzblech gemalt hatte.

»Herrje«, flüsterte Peabody, »das Zeichen des Todes.«

Im Gästehaus Butler Arms war es dunkel und still, auf dem Hinterhof leuchteten nur die Blüten der Büsche weiß durch die Dunkelheit. Der Hinterhof war ein anonymer, geschützter Ort. Elizabeth Morris wanderte langsam durch das Gras, ab und zu blieb sie stehen und lauschte dem Wind, der von der See heraufwehte, er war schwach, kaum mehr als ein Lufthauch.

»Guten Abend, Mrs. Morris«, sagte Linda. Sie stand in dem schwarzen Viereck ihres Fensters, ihr Gesicht war hell wie eine Blume.

»Hier ist es erholsam«, sagte Elizabeth Morris. »Es riecht gut.« Sie hörten das Motorrad unten am Hafen starten und die Avenue entlangfahren, am Stadtpark vorbei, und als es wieder still war, fragte Linda: »Mrs. Morris, darf ich über seine Honda sprechen? Darf ich Sie fragen, ob Sie Maschinen gernhaben?«

»Nicht allzu sehr.«

»Er liebt die Honda«, sagte Linda. »Er liebt sie wie ein Kind. Er hat darauf gespart, seit er dreizehn war. Sie ist das neueste Modell. Mrs. Morris, Sie haben es hoffentlich nicht eilig? Die Maschine fährt hundertachtzig. Sie nimmt die Kurven wie ein Engel. Was soll ich tun? Er will, dass ich mit ihm und der Honda nach Silver Springs fahre.«

»Hast du Angst?«, fragte Mrs. Morris.

»Wovor?«

»Im Graben zu landen und zu sterben«, antwortete Elizabeth Morris und nahm ihre Wanderung über das Gras wieder auf, dicht an den Büschen entlang, deren Blätter ihr übers Gesicht strichen. Sie hörte Linda lachen.

»Ich sterbe nicht«, erklärte die freundliche Stimme. »Aber ich hasse Maschinen. Das tut meine Mutter auch, das tun alle richtigen Frauen.«

Vermutlich war unten am Pier mehr Wind, die Wärme war doch sehr anstrengend gewesen. »Was willst du eigentlich«, fragte Mrs. Morris. »Was weißt du von richtigen Frauen? Er mag sein Motorrad, und du magst ihn. Einfacher geht's nicht. Du akzeptierst sein Motorrad.«

»Ja, Mrs. Morris.«

»Warum fragst du mich nach Sachen, die du schon weißt?«

»Keine Ahnung«, antwortete Linda. »Gute Nacht, Mrs. Morris!«

Draußen auf der Straße wehte ein kühler, gleichmäßiger Wind. Langsam ging Elizabeth Morris zum Hafen hinunter, von der schönen Nacht wie verzaubert. Der Pier war leer. Durch die offene Tür des Senior's Club fiel das Licht weit auf die Straße hinaus. Kurz blieb sie stehen, um einen Blick in den Eingangsflur zu werfen, wo die Kassiererin an ihrem Tisch saß und las. Der Flur war ein trostloser Raum mit Bretterverschalung, kaum mehr als eine Baracke. Mrs. Morris machte kehrt, wollte nach Hause zurück. Wie dumm, dachte sie. Wie grausam. Warum hatte man dem Eingang zu diesem Ort der großen Erwartungen nicht einmal einen Hauch von Festlichkeit verliehen? Höchstwahrscheinlich müssen die Damen dort drin ihre Nerze an einem Nagel aufhängen. Ich könnte schwören, dass man ihnen nicht einmal einen Spiegel zur Verfügung gestellt hat.

Zwei alte Damen traten aus dem Flur, mit aufrechter Haltung trugen sie ihre Tiaras im weißen Haar. Wie sie so in ihren langen Kleidern nebeneinanderstanden, das Gesicht dem Wind zugewandt, erinnerten sie an zwei Königinnen, die sich einen kurzen Moment des Alleinseins gönnten. Seite an Seite kehrten sie in den Senior's Club zurück, und die Art, wie sie den düsteren Eingang durchquerten, ließ dessen Trostlosigkeit verschwinden und schloss jeden Zweifel daran aus, dass der Frühlingsball ein würdevolles, glänzendes Fest war.

Mrs. Morris bezahlte an der Kasse und zeigte ihre Mitgliedskarte. An der Tür zum Ballsaal wurde die Karte gestempelt und Mrs. Morris ermahnt, das Rauchen zu unterlassen. Der Saal war in rosarotes Licht getaucht. Wie eine Welle schlug ihr eine Stimmung aus Anspannung und Ängsten entgegen. Plötzlich stand

Miss Frey neben ihr. »Kotillon!«, flüsterte sie. »Der Oberarzt von Greenwood ruft auf ...«

Der Oberarzt stand vor dem Podium und rief zum großen jährlichen Kotillon auf. Seit fünfzehn Jahren hatte er das auf jedem Frühlingsball getan, sein Vorgänger war der Professor für Innere Medizin gewesen. Zu beiden Seiten des Oberarztes warteten stocksteif die zur Verfügung stehenden Tänzer, ein jeder die Farbe seiner unbekannten Dame tragend. »Weiße Banderole!«, rief der Oberarzt. Und in der allgemeinen Stille löste sich eine Dame im Festgewand aus dem Meer der wartenden Frauen, huschte verlegen durch den Saal zu dem Herrn, der eine weiße Banderole trug, stellte sich neben ihn und starrte geradeaus.

»Was machen die da?«, fragte Mrs. Morris. »Was soll das bedeuten?« Ohne das Podium aus den Augen zu lassen, flüsterte Catherine Frey: »Das ist die Wahl des Zufalls. Jeder hier hat das Recht, tanzen zu dürfen, aber da muss man sich rechtzeitig ranhalten, es gibt ja nicht allzu viele Farben ... Dieses Jahr sind manche eine Stunde früher als sonst gekommen und haben alles an sich gerissen!«

»Grüner Stern!«, rief der Oberarzt von Greenwood. »Gelbe Rose! Rote und blaue Schleife!« Und schließlich gab es keine Farben mehr, das samtene Kotillon-Tablett war leer. Die auserwählten Paare warteten auf die Musik, ohne einander anzusehen. Dann begannen die Scheinwerfer in Orange und Weinrot zu rotieren und es wurde zum Kotillon aufgespielt. Weiße Banderole tanzte mit weißer Banderole hinaus, gelbe Rose mit gelber Rose. St. Petersburgs jährlicher Kotillon war sehr alt, von festlichem Ernst geprägt, dazu diese besonderen Melodien, die jedes Mal melancholische und zugleich angenehme Schauer der Erinnerung weckten. Die überzähligen Frauen saßen in langen, dichten Reihen schweigend da, unverwandt die Tanzenden betrachtend. Tim Tellerton beugte sich über eine unglaublich kleine, steifbeinige Dame und bemühte sich, sie herumzuschwenken. Sie keuchte angestrengt.

»Elizabeth!«, rief Mrs. Higgins und stand mitten in ihrer Bankreihe auf. »Elizabeth, ich will tanzen!« Es war schwierig, an den vielen Knien vorbeizukommen; sich nach links und rechts entschuldigend, gelangte sie endlich auf die Tanzfläche hinaus und reichte Mrs. Morris die Hand.

»Liebe Mrs. Higgins«, sagte Mrs. Rubinstein rasch, »ich glaube, das sollten Sie lieber nicht tun. Mein Vorschlag, die Damenwahl einzuführen, wurde vom Vorstand abgelehnt.«

»Keine Angst, Rebecca«, versetzte Mrs. Higgins. »Da, wo ich herkomme, haben wir bei jeder Tanzerei miteinander getanzt.«
Sie hörten kurz der Musik zu, ernst und aufmerksam, und begaben sich dann in den langsamen Walzer hinaus. Bilder und Wörter können verschwinden, aber Tanzen, das vergisst man nicht. Hannah Higgins spürte, wie viel schwerer sie geworden war, sah Elizabeth Morris ängstlich an und hielt sie fest an der Hand. Sie tanzten gemessen, fast etwas geziert und mit gebührendem Abstand, bewegten sich aber anmutig, mit beherrschtem Schwung. »Das geht doch gut, nicht wahr?«, fragte Elizabeth. Hannah Higgins nickte nur und lächelte kurz. Sie hatten reichlich Platz, ringsum war es ganz leer.

Der Mond war hinter Wolken verschwunden, und der Wind nahm zu. Regen lag in der Luft. Die Musik drang schwach auf den Parkplatz hinaus, aber das Meer rauschte schon laut. Evelyn Peabody saß auf einer leeren Kiste und dachte unglücklich an alles, was sie angerichtet hatte. Ob die drinnen im Senior's Club sie jetzt wohl sehr verachteten? In dem feuchten Wind hätte sie jetzt gern ihren gestrickten Schal gehabt, sie traute sich aber nicht, hineinzugehen, um ihn zu holen. Manchmal war das Leben ganz schrecklich, und am allerschlimmsten schien es immer dann zu werden, wenn sie sich bemühte, freundlich zu sein.

»Peabody, hast du Schnupfen?«, fragte Thompson.

»Ich bin unglücklich«, versetzte sie kurz.

Thompson füllte den Mund mit Luft und blies sie langsam wieder aus. Schließlich sagte er: »Unglück, ha, das ist etwas, das meinen Freund Jeremiah Spennert ganz besonders interessiert hat. Darüber hat er oft gesprochen. Er sprach über Leute, die das Unglück für einen Ausnahmezustand halten und gekränkt und verblüfft sind, wenn sie Pech im Leben haben. Er wusste, das Gegenteil ist der Fall, es ist genau umgekehrt!« Thompson legte sich auf den Boden und stützte den Kopf in die Hand. »Spiele lieber nicht mit dem Kummer, das hat Jeremiah Spennert immer gesagt«, fügte er schließlich hinzu.

»Sie sollten nicht auf dem Boden liegen!«, fuhr Miss Peabody ihn ärgerlich an. »Da können Sie sich eine Lungenentzündung holen!« Jetzt wollte sie nach Hause, in ihr Bett. Und sie brauchte ihren Schal. Sollten die dort drinnen doch denken, was sie wollten!

Der Kotillon schaukelte in seiner zweiten Runde durch den Saal, und Miss Frey stand da wie ein einsames Seezeichen im Meer und sah die bekannten Häupter der Stadt vorbeitanzen. Tim Tellerton schwenkte seine Dame mühsam im Kreis herum, diese bewegte sich allerdings völlig unabhängig von der Musik und redete unablässig auf ihn ein, ohne ihn aus den Augen zu lassen. Tellertons Lächeln verbarg eine große Verzweiflung. Catherine Frey, die in engem Kontakt mit der Hoffnungslosigkeit lebte, erkannte jede Form von Verzweiflung überall wieder. »Geschieht ihm recht«, murmelte sie. »Dieser alte Lügner, verwöhnt und durch und durch verdorben!« Aber als er und seine Dame dicht an ihr vorbeitanzten, rief Miss Frey ganz spontan: »Telefon! Telefon für Mr. Tellerton!«

Auf der Türschwelle erklärte sie kurz, dass niemand angerufen habe. »Mein Name ist Frey, ich bin für die Buchhaltung in Butler Arms zuständig. Vorhin hatte ich das Gefühl, dass Sie keine Lust hatten zu tanzen.«

»Das war sehr freundlich von Ihnen«, erwiderte Tim Tellerton aufrichtig. Sie zuckte die Schultern, kurz standen sie nebeneinander und beobachteten den Tanz. Der Kotillon ging in seine dritte Runde.

»Entschuldigung«, sagte Peabody und schlüpfte flink wie eine Maus an ihnen vorbei in den Ballsaal. Im selben Augenblick durchschnitt ein Schrei die Musik. Eine Frau schrie mehrere Male, danach entstand vollkommene Stille. Mitten im Saal lag ein kleiner, dicker Mann mit dem Gesicht nach unten auf dem Boden, die Beine fest angezogen. »Das ist der Bürgermeister«, flüsterte jemand in der Nähe. »Er hat nie gern getanzt ...«

Das Orchester stimmte einen Blues an. Die Krankenschwester in Zivil kam aus dem Flur gerannt, dann wurde der Bürgermeister hinausgetragen, bevor jemand sein Gesicht sehen konnte. Tim Tellerton steckte die Hand in die Tasche und schloss sie um die Blume, die er bekommen hatte. Es war ein Hibiskus, schon verwelkt. Hibiskusblüten welken sehr schnell.

»Darf ich bekannt machen«, sagte Mrs. Rubinstein, ihre Augen waren schwarz wie Kohle. »Tim Tellerton, Miss Peabody.« Sie nahm Peabody am Arm, mit einem leichten, aber festen Griff, der den Befehl übermittelte, sich jetzt zusammenzureißen.

»Die Rose, Miss Peabody«, sagte Tim Tellerton automatisch, »die Rose war schon immer meine Lieblingsblume. Wollen wir tanzen?« Evelyn Peabody wurde verwirrt, wie immer, wenn zu viel auf einmal geschah und sie eigentlich das tun sollte, was von ihr erwartet wurde. Alle Worte verschwanden und es gelang ihr nicht, sich im Takt zur Musik zu bewegen. Niemand tanzte unter dem Kronleuchter, wo der Bürgermeister umgefallen war. Jetzt zu tanzen war nicht richtig, das war gefühllos. Es ging ihr nicht gut, alles drehte sich im Kopf. »Ich weiß nicht«, brachte sie schließlich heraus. »Ich weiß wirklich nicht ... Um neun wollte er immer nach Hause.«

»Haben Sie ihn gekannt?«, fragte Tellerton.

»Nein. Aber mitten im Frühlingsball einfach zu sterben!« Die Menschen ringsum schienen alle den Verstand verloren zu haben, sie glitten blitzschnell an ihr vorbei, zuerst schräg nach unten, um dann wieder in die andere Richtung zurückzustürzen, der ganze Raum war gekippt. Sie versuchte hastig, zu Tellerton hochzuschauen, sah aber nur eine Menge weißer Zähne, viel zu viele Zähne, vielleicht hatte er Parodontose, da wuchsen die Zähne so nach außen, aber natürlich nicht bei Tim Tellerton, bei ihm doch nicht ...

Der Schal lag noch in der Fensternische. Peabody blieb abrupt stehen, murmelte etwas über den kühlen Abendwind, machte etwas, das entfernt an einen kleinen Knicks erinnerte, schnappte sich den Schal und floh aus dem Senior's Club.

Thompson lag zusammengerollt hinter einem Auto, schlief aber nicht. Nachdem sie mehrmals wiederholt hatte, sie müssten jetzt unbedingt nach Hause, antwortete er: »Hast recht, Peabody, hast ganz recht. Wir müssen nach Hause.« Er kam auf die Beine und fand seinen Stock, dann verließen sie den Parkplatz, überquerten den Pier und gingen in die Dunkelheit hinein, wo sie Gras unter den Füßen hatten. Peabodys Kleid klatschte wie ein Segel im Wind. Inzwischen ging es ihr besser und sie fror auch nicht mehr. Früher waren die Unterröcke immer aus Taft gewesen und hatten bei jedem Schritt geraschelt. Sie nahm die Brille ab und weinte. Es tat gut, auf Gras zu gehen. Zahllose weiße Luxusboote dümpelten entlang des Ufers in den Wellen, aber auf keinem war Licht. Sie rief in den Wind: »Der Bürgermeister ist mitten im Kotillon tot umgefallen!«

»Was?«

»Der Bürgermeister! Er ist mitten im Kotillon gestorben! Er sah schrecklich aus, wie er da auf dem Boden lag.«

»Peabody«, sagte Thompson, »hör mir jetzt mal zu. Wenn die auf dem Boden liegen, sehen sie alle gleich aus. Mein Freund Jeremiah Spennert pflegte zu sagen: Na und? Ist doch nicht der Rede wert. Sie haben es hinter sich gebracht und sind jetzt vielleicht ein bisschen gescheiter geworden.«

Peabody hörte nicht auf zu weinen, vor Erschöpfung und Anspannung vergoss sie Tränen über alle, die beim Tanzen starben, und alle, die nicht tanzen durften. Dann trocknete sie ihre Tränen mit dem Schal und stolperte weiter durchs Gras. Es begann zu regnen.

»Peabody!«, sagte Thompson streng. »Jetzt ist aber genug. Hast du den Bürgermeister gemocht?«

»Nein! Den Bürgermeister nicht und auch sonst niemanden! Aber die Leute können einem leidtun!«

»Was sagst du, was hast du da eben gesagt?«

»Dass einem die Leute leidtun können!«, rief Peabody. »Dass man Mitleid mit ihnen haben muss!«

»Saudummes Gewäsch!«, versetzte Thompson. »Peabody, mit dir stimmt was nicht. Wenn du in aller Ruhe nachdenkst, tut dir kein Schwein leid, aber du traust dich nicht, darüber nachzudenken.«

Er trat in eine Anlage neben dem Weg und übergab sich. Dann sagte er, die Zweite Avenue liege weiter östlich. Während sie sich der Stadt näherten, nahm der Regen stetig zu. Vereinzelte

Straßenlampen schaukelten über das rauschende Gebüsch und die schwarzen Fenster der Häuser.

»Einmal hat Papa mit uns einen Ausflug an einen Fluss gemacht, und da kam genauso ein Wetter auf wie jetzt. Er brachte uns in ein verlassenes Haus, ein wundervolles Haus mit kaputtem Fußboden. Ich schlief auf dem Boden ein. Ein Ast mit grünen Blättern wuchs direkt über meinem Kopf zum Fenster herein.«

»Peabody, ich höre nicht, was du sagst«, bemerkte Thompson.

»Heute Nacht werde ich kein einziges Wort mehr hören, egal, wer es sagt.«

Sie kamen zu Butler Arms zurück und trennten sich im Vestibül. Der Regen fiel noch die ganze Nacht, ein fast tropischer Regen, sehr zum Segen für die lange Küstenregion am Golf von Mexiko.

13

Am Morgen ließ der Regen nach und fiel so sanft wie ein Flüstern. Das ganze Haus schlief. Im Lauf des Vormittags kam eine Person nach der anderen auf die Veranda heraus, aber ohne irgendwelche Worte zu wechseln. Um eins ging Mrs. Rubinstein in das Eckzimmer und überreichte Miss Ruthermer-Berkeley ihr grünes Band. Das Band wurde mit Stecknadeln neben andere grüne Bänder an die Wand geheftet.

»Es ist mir ein Rätsel«, bemerkte die Besitzerin von Butler Arms. »Es ist wirklich erstaunlich, dass Sie sich immer wieder einen Hut ausdenken können, der schöner ist als all die anderen.«

Mrs. Rubinstein lächelte. »Daran liegt es nicht«, sagte sie. »Es ist meine Art, einen Hut zu tragen. Miss Ruthermer-Berkeley, ich kann Ihnen versichern, genauso verhält es sich auch mit meiner Willenskraft. Durchaus möglich, dass ich mich manchmal irre, aber es gelingt mir fast immer, den Eindruck zu vermitteln, ich hätte recht. Nur die pure Angst kann das verhindern, was ich zu erreichen versuche.«

»Ich glaube Ihnen«, stimmte die alte Frau zu. »Das, was Sie da sagen, ist wahr. Davon bin ich überzeugt.« Dann spielte sie kurz schweigend mit ihrer Uhrenkette. Schließlich sagte sie: »Von Miss Frey habe ich erfahren, dass zwei von unseren Damen gestern auf dem Ball miteinander getanzt haben. Angeblich haben einige der eher konservativen Mitglieder daran Anstoß genommen. Wäre es Ihnen vielleicht möglich, Mrs. Rubinstein, sich Ihrer Überzeugungskraft zu bedienen, um die betreffenden Damen diskret zu warnen? Die Sache ist selbstverständlich völlig harmlos, könnte aber zu Verstimmungen führen, wenn andere diesem Beispiel folgen würden.«

»Verstimmungen?«, wiederholte Mrs. Rubinstein. »Es könnte doch höchstens dazu führen, dass die Ärmsten endlich tanzen dürften, oder? Und dass die Herren davon erlöst wären, tanzen zu müssen?«

Miss Ruthermer-Berkeley gab zu, das sei wohl richtig und vernünftig, doch das Richtige sei leider nicht immer praktikabel. »Ich persönlich«, sagte sie, »sehe das ja nicht so eng, aber in einer Stadt wie St. Petersburg muss man sich an Sitte und Anstand halten. Wir haben hier sehr alte Traditionen. Und Miss Frey ist nicht immer die geeignete Person, um eher heikle Benachrichtigungen zu überbringen.« Das Gespräch behagte ihr nicht. Sie begann, ihre Hände langsam zu massieren, und hob den Blick mit einem kurzen, abschließenden Kopfnicken.

Um zwei Uhr nachmittags war der Regen kaum mehr als ein leichter Nebel. Die drei Damen machten einen kleinen Spaziergang durch den Hinterhof.

»Aber warum?«, fragte Hannah Higgins. »Wir haben sehr gut getanzt und sind niemandem auf die Zehen getreten. Was können die gemeint haben?«

»Vergiss es«, sagte Elizabeth Morris. »Die Leute sind sonderbar, egal, wie alt sie sind.« Johanson ging an ihnen vorbei, eine Dose in den Händen, die vermutlich etwas Wichtiges enthielt.

»Die meisten«, sagte Mrs. Rubinstein, »die meisten befinden sich im Leerlauf der Routine. Sie beschäftigen sich mit vielen kleinen Nichtigkeiten, die der Zerstreuung dienen. Sie, Elizabeth«, fuhr sie fort und drehte sich rasch zu Mrs. Morris um, »womit beschäftigen Sie sich? Haben Sie das vollendete Sein gefunden, das keine Ausflüchte benötigt? Trauen Sie sich, einfach nichts zu tun?«

»Das wäre dann doch etwas zu viel verlangt«, versetzte Elizabeth Morris leichthin, strich sich das Haar zurecht, ließ die beiden Damen stehen und ging auf die Veranda hinauf.

»Meine liebe Rebecca«, sagte Mrs. Higgins, »jetzt hast du sie wieder mal verscheucht. Ich glaube, man muss sie in Ruhe lassen. Manchmal weiß man nicht so recht, was man will und worauf alles hinausläuft.«

»Ist es möglich?« Mrs. Rubinstein lachte heiser. »Haben Sie tatsächlich entdeckt, dass alle diese Damen nach einem langen Leben nicht wissen, was sie wollen, und keine Ahnung haben, worauf alles hinausläuft?«

Hannah Higgins überlegte und antwortete dann mit ernster Miene, ja, im Großen und Ganzen sei das wohl ihre Meinung.

Dann kam Johanson zurück, ohne Dose, aber mit einem undefinierbaren Werkzeug in der Hand, und verschwand zwischen den Büschen. Während der Nacht waren an mehreren Büschen neue Blumen erblüht.

Gegen drei setzte der Regen wieder ein. Tim Tellerton kam zu einem Höflichkeitsbesuch über die Straße. Als Peabody ihn kommen sah, fuhr sie hoch und suchte nach Worten, nach irgendwelchen Worten, Erklärungen, Ausreden …

Er blieb unterhalb der Treppe stehen und erkundigte sich, ob sie alle wohlauf seien, worauf Peabody keine einzige hübsche kleine Lüge einfiel, die den verhängnisvollen Abend hätte reparieren, verhüllen und zusammenflicken können. Sie rief aus: »Nein, leider nicht! Nicht alle … Zwei von uns haben uns für immer verlassen, zwei Schaukelstühle stehen leer … Aber kommen Sie doch herauf, setzen Sie sich bitte, anstatt draußen im Regen zu stehen. Ist es nicht schön, dass wir endlich etwas Regen bekommen haben!«

»Alles wächst«, bemerkte Mrs. Rubinstein und begann ärgerlich zu schaukeln. »Neue Triebe, neue Bienen und Blumen, alles fängt wieder von vorne an. Neue Senioren. Nehmen Sie doch Platz!« Peabody gelang es immer wieder, sie aus der Fassung zu bringen. Wenn Peabody durchdrehte, konnte kein Mensch einen klaren Kopf behalten.

Tellerton sah von den Schaukelstühlen zu Mrs. Rubinstein und blieb stehen. Sie sagte: »Kümmern Sie sich nicht um mich. Manchmal werfe ich einfach mit Worten um mich.«

»Alles fängt wieder von vorn an!«, rief Thompson triumphierend. »Alles noch mal und noch mal, genau wie das Gerede der Frauen! Haben Sie schon mal gesehen, wie die eine Laufmasche raufholen? Haben Sie das gesehen? Die tun einfach alles, um eine Laufmasche zu retten. Jeremiah Spennert hätte die Strümpfe ins Meer gepfeffert!«

Tim Tellerton stand ruhig da und sah sie alle an. Schließlich fragte er, ob Miss Frey zufällig in der Nähe sei, doch das war sie nicht.

»Sie müssen uns entschuldigen«, sagte Hannah Higgins. »Vielleicht besuchen Sie uns ein andermal. An manchen Tagen passiert zu viel Aufregendes auf einmal, und wir sind Aufregungen nicht so gewohnt. Ich glaube, jeder von uns braucht etwas Zeit, um nachzudenken.«

»Das ist wahr«, erwiderte Tellerton. Er verneigte sich respektvoll vor Lady Higgins und verließ die Veranda.

Es wurde Sonntag, und Tim Tellerton ging hinunter zum Hafen. Viel anderes gab es nicht zu tun. Da gab es den Hafen für alle, die noch Kraft in den Beinen hatten, und den Stadtpark für den Fall, dass die Beine nicht mehr so gut waren. Am Pier wimmelte es von Leuten, es sah aus wie an einem normalen fröhlichen Urlaubsstrand, kleine weiße Boote steuerten in der Sonne aufs

Meer hinaus, die Menschen trugen Kleider in sommerlichen Farben. Viele Besucher hatten Kinder dabei, und der Parkplatz war voller Autos, vor der Palisade der Bounty warteten zwei Busse. Eine Ukulele wiederholte ständig denselben samtweichen Trost, die Kinder stießen schrille Rufe aus, wie Vögel, rannten hin und her und wurden auch von Vogelrufen zurückgelockt, es war ein großer freundlicher Familiensonntag. Tellerton bezahlte an der Kasse seinen Eintritt wie alle anderen und betrat den subtropischen Garten.

Joe stand neben der Gangway und half den Touristen an Bord. »Hi, Aloha!«, sagte er. Jede Dame erhielt eine Hibiskusblüte aus Plastik. Jetzt am Vormittag ringelte sich eine lange Besucherschlange zum Schiff. Etwas weiter hinten in der Schlange stand ein beleibter älterer Herr mit auffallend schönen Augen, der sich nervös darum bemühte, Joes Aufmerksamkeit zu fangen.

»Hi«, sagte Joe. »Aloha. Alles in Ordnung?«

Als Tim Tellerton lächelte, erkannte Joe ihn. Da sagte er noch einmal »Hi« und fügte hinzu: »Tolles Sonntagswetter heute!«

So bewegte sich der schöne Tag auf den Abend zu, und die weißen Boote kamen zum Hafen zurückgefahren. Die Lichter in der Takelage der Bounty gingen pünktlich zum festgelegten Zeitpunkt an. Allmählich verzogen sich die Menschen, entweder hinauf in die Stadt oder zurück nach Tampa, nach Sarasota oder noch weiter landeinwärts. Sie stiegen in ihre Autos und fuhren davon, und St. Petersburg wurde wieder eine lautlose Stadt.

Als Tim Tellerton nach Friendship's Rest zurückkam, nahm er ein Bad und legte sich hin, um auszuruhen. Der Junge auf der Bounty machte ihm Sorgen. Jemand müsste ihm helfen, mit ihm reden und versuchen, ihm klarzumachen, dass die Zeit nicht endlos ist. Die Zeit vergeht schnell, immer schneller und schneller, der Junge müsste sie nutzen und eine sinnvolle Arbeit finden. Tim Tellerton wusste, dass nichts so unbemerkt vergeudet werden konnte wie Schönheit. Solange sie in voller Blüte stand, wurde sie selten ihrem vollen Wert entsprechend geschätzt, dafür versuchte man später mit umso größerer Mühe, sie verzweifelt festzuhalten. Verschwendung machte ihn bedrückt, jegliche Verschwendung ohne Sinn und Planung. Sein ganzes Leben lang hatte er sich von allem Willkürlichen distanziert, von unsicheren Investitionen, Feuerwerksexplosionen und maßlosen Gefühlsäußerungen, denen man sich ohne jede Absicherung auslieferte. Vor allem aber davon, die Zeit verrinnen zu lassen, als wäre sie nichts wert. Seine eigene Zeit stand still.

Als er die Augen schloss, kamen *die Bilder* sofort auf ihn zu, das, was er *die Bilder* nannte: dunkle Vergrößerungen mit scharfen Einzelheiten, alles Verlorene und Unerreichte, dann in schneller Folge alle seine Zimmer, eins nach dem anderen, Hotelzimmer, Treppen, geschlossene Türen, ein Zimmer nach dem anderen, alle sehr still. Er versuchte, an die sonntäglichen Menschen zu denken, die am Pier entlangspazierten, sah sich selbst inmitten der Menschen, ein sorgloser, freundlicher Schönwettertag. Keiner von ihnen hat gewusst, wer ich bin, nur ein Einziger wusste das. Ich würde ihm gern helfen, aber inzwischen ist es schwierig, so etwas zu erklären. Was ich sage, wird weder akzeptiert noch abgelehnt werden, es ist nur etwas, das ein alter Mann gesagt hat.

14

Mrs. Thompson kam in Butler Arms an, ohne Thompson auch nur irgendwie darauf vorzubereiten. Eines Tages stand sie auf der Veranda und fragte nach ihrem Mann, mit einer Stimme, die etwas Bedrohliches enthielt. Mrs. Thompson war eine kleine, knochige Frau mit Perücke und scharfen dunkelbraunen Augen. Sie hatte die beunruhigende Angewohnheit, den Kopf zu senken und über den Rand ihrer Brille zu starren, als würde ein sehr kleiner Stier einen Angriff erwägen.

Niemand sagte ihr, dass Thompson zu Palmers gegangen war. Thelma Thompson setzte sich zum Warten auf die Veranda, holte ein Strickzeug heraus und erzählte kurz angebunden über ihre Reise von Iowa, über einen hinterhältigen Busfahrer und ein dreckiges Hotel gegenüber dem Busbahnhof, und schließlich gab sie zu verstehen, dass sie viele Jahre gebraucht habe, um Thompsons Adresse aufzuspüren.

»Und die ganze Zeit ist er verheiratet gewesen! Wer hätte das gedacht!«, bemerkte Frey, worauf Mrs. Thompson sie über den Brillenrand ansah und verächtlich schnaubte.

Peabody regte sich immer mehr auf. Irgendjemand musste ihn warnen, der arme Mann musste dringend darauf vorbereitet werden, was ihn erwartete. So ein plötzlicher Schock konnte gefährlich sein. Sie erhob sich abrupt und erklärte, sie habe Hunger. Mrs. Thompson steckte sofort ihr Strickzeug in die Handtasche und sagte, das habe sie auch. Schweigend gingen sie zu The Garden. Dort war es rappelvoll, die Schlange reichte von der Essensausgabe bis an die Tür. Die alten Leute rückten Schritt für Schritt vorwärts, schoben ihre Tabletts mit unglaublicher Langsamkeit die Theke entlang und wählten umständlich ihre Salatschüsseln und Desserts aus. Heute gab es als Hauptgericht Nieren, Hamburger oder Wurst. Die unglaublich alte Mrs. Bovary schlurfte direkt vor ihnen an die Theke, es fiel ihr sehr schwer, sich zu entscheiden. Ihre Hände und ihr Kopf zitterten heftig. Die arme Mrs. Bovary, dachte Peabody, hoffentlich nimmt sie jetzt nicht wieder Gelee, doch das tat Mrs. Bovary, sie aß nämlich sehr gern Gelee, also schwabbelte das Ganze über den Tellerrand und hinunter in die Nieren. Sie versuchte, es wieder auf den Teller hochzuangeln, doch das gelang ihr nicht.

»Kommen Sie, ich helf Ihnen«, sagte Mrs. Thompson und streckte einen langen Arm aus.

»Scheren Sie sich um Ihre eigenen Angelegenheiten!«, fauchte die Alte und schlurfte ohne Gelee weiter.

»Oh, tut mir leid«, murmelte Peabody und nahm vor lauter Verwirrung Nieren, obwohl sie Nieren verabscheute. Inzwischen waren sie in die Nähe der Kasse gerückt, und Peabody wartete auf die übliche Szene mit Mrs. Bovarys Tablett. Der Kellner versuchte, sich das Tablett zu schnappen, aber die alte Dame hielt es mit beiden Händen fest und sagte: »Verflixter Nigger, ich trag es selbst! Können Sie sich das denn nie merken?« Der Kellner grinste, dann trugen beide das Tablett mit dem Essen zum nächsten Tisch. Das sah ziemlich komisch aus.

»Aha, hier darf man sein Tablett also nicht selbst tragen«, bemerkte Mrs. Thompson.

»Nein, das darf man nicht, und der Kellner erwartet ein Trinkgeld, am besten hält man das Trinkgeld in der Hand bereit, weil die es eilig haben, und wenn man nicht schnell genug ist, zucken sie die Schultern und denken, man wäre knickrig.«

»Papperlapapp«, sagte Mrs. Thompson.

The Garden war ein großer, angenehmer Raum, der an einen Dschungel erinnern sollte, die Wände waren mit Mangrovenbäumen und deren dicht verschlungenen Luftwurzeln bemalt, aus den Baumkronen hingen Schlangen und Affen herab, und die Palmen machten an der Deckenleiste einen Knick, um über den Köpfen der Gäste weiterzuwachsen.

»Es heißt, der Künstler sei von Silver Springs inspiriert gewesen«, sagte Peabody, um Konversation bemüht. »Nächste Woche fahren wir von Butler Arms aus dorthin und machen eine Dschungeltour auf dem Fluss. Dort gibt es auch ein Aquarium und eine Schlangenfarm. Sind Sie zum ersten Mal in Florida?«

»Zum ersten und letzten Mal«, versetzte Mrs. Thompson.

Die Nieren schmeckten abscheulich, Gelee und Nieren passten nicht zusammen, genauso wenig wie Kaffee und Milch. »Entschuldigen Sie mich«, sagte Peabody, »ich muss kurz nach draußen ...«

Im Freien ging es ihr gleich besser.

Thompson saß an seinem üblichen Platz. »Peabody«, sagte er. »Willst du ein Bier?«

»Nicht jetzt«, antwortete sie. »Ich bin hier, um Sie zu warnen. Sie haben Besuch. Eine Frau. Sie sucht Sie, und jetzt gerade sitzt sie in The Garden und isst ...«

»Was für eine Frau, welche Frau?«

»Ihre eigene!«, rief Peabody aus und riss die Augen auf. »Ihre Frau hat Sie gefunden.«

Thompson rutschte sofort fluchtbereit vom Barhocker und machte einen Schritt auf die Tür zu und gleich wieder zurück. Er hatte Angst, das war klar und deutlich.

»Bitte, bringen Sie ein Glas mit etwas Starkem«, bat Peabody den Barkeeper. Thompson leerte es in einem Zug und blieb danach regungslos stehen, mit den gerunzelten buschigen Augenbrauen erinnerte er mehr denn je an einen zornigen, erschrockenen Affen. Peabody legte ihm die Hand auf den Arm und drückte ihn leicht, als Zeichen der Sympathie, und hastete dann zu The Garden zurück.

Thompson ließ sich nicht in Butler Arms blicken. Im Lauf des Nachmittags rief Miss Frey bei Palmers an, doch da hatte er die Bar schon lange verlassen. Thelma Thompson stand neben dem Telefon und starrte Frey anklagend über den Brillenrand an. »Und jetzt?«, fragte sie. »Was machen Sie jetzt? Können Sie nicht noch eine andere Kneipe anrufen?«

»Bin ich etwa dafür verantwortlich, dass er verschwunden ist!«, versetzte Frey gereizt. »Überhaupt – wenn ich irgendwo anrufe, dann in den Krankenhäusern.«

»Ein Unfall?«, rief Mrs. Thompson. »Warum das denn? Achtzehn Jahre ist ihm nichts passiert, ich habe achtzehn Jahre auf diesen Tag gewartet, und dann muss er ausgerechnet in dem Moment verschwinden, wenn ich komme! Er kann unmöglich einfach irgendwo gestorben sein, bevor ich die Möglichkeit hatte, mit ihm zu sprechen! So was kann er nicht getan haben, nicht mit Absicht!«

»Hat er es denn gewusst?«, fragte Mrs. Rubinstein und sah Peabody lange an.

»Nein, woher denn?«, sagte Peabody. »Ach, ist das schrecklich!« Sie hörte Frey ein Krankenhaus nach dem anderen anrufen, schließlich verzog sie sich in ihr Zimmer, legte sich aufs Bett und zog sich eine Decke über den Kopf. In einer langen Folge tragischer Bilder malte ihr Gewissen alles auf, was ihm zugestoßen sein könnte: Vielleicht hatte er zu viel Bier getrunken und sich den Hals gebrochen, vielleicht war er mit dem erstbesten Bus geflohen und irrte jetzt in fremden, trostlosen Gegenden umher, ohne Geld, fern von aller menschlichen Hilfe, ja – womöglich war er ins Wasser gegangen! Sie hatte ihn nicht rücksichtsvoll genug gewarnt. Sie hätte daran denken sollen, dass es immer besser ist, Entscheidungen anderen zu überlassen, anstatt dem eigenen Mitgefühl zu folgen. Wieder einmal hatte Peabody sich selbst unglücklich gemacht, und jetzt war niemand da, um ihr den Kopf zurechtzusetzen.

Gegen fünf rief Frey die Polizei an.

Währenddessen schlief Mr. Thompson unter einem dichten Busch im Stadtpark. Der Busch hatte ihn an das Gestrüpp hinterm Haus seiner Mutter erinnert, ein wirklich hervorragendes Gestrüpp, wo er sich oft vor ihr und ihren Schwestern versteckt hatte. Der Boden war warm und trocken. Manchmal wachte er kurz auf, er wachte auf und schlief wieder ein, schon lange hatte er nicht mehr so gut geschlafen.

Spät am Abend kroch Thompson unter dem Busch hervor. Es fiel ihm schwer, auf die Beine zu kommen, und den Rücken aufzurichten war fast unmöglich. Vorsichtig, Schritt für Schritt, humpelte er zu Butler Arms zurück. Dort waren alle Lichter gelöscht. Ohne etwas zu überstürzen, öffnete er seine Schubladen und seinen Koffer und holte alle Papiere heraus, die seinen Namen trugen, Papiere, die etwas bezeugten und bestätigten und dies und jenes versicherten und Alexander Thompson juristisch, statistisch, beruflich, kirchlich und ganz allgemein sozial in die Gesellschaft eingliederten. Die Papiere legte er in den offenen Kamin im Vestibül. Dann setzte er sich in dem dunklen Raum auf den Boden, zerriss und zerknüllte sicherheitshalber eine Menge Zeitschriften und zündete alles an. Thompson wusste nicht, dass der Kamin nur eine Dekoration ohne Rauchabzug war, eine minutiöse Kopie der offenen englischen Feuerstellen, die Miss Ruthermer-Berkeleys Eltern so sehr bewundert hatten. Vestibül und Treppenhaus füllten sich sofort mit Rauch, Thompson öffnete die Verandatür, doch der Rauch zog in einer qualmenden Wolke die Treppe hinauf. Es war, als würde sein ganzes sündiges Leben in Rauch und Qualm zum Himmel rufen. »Linda!«, kreischte Thompson. Er klopfte an ihre Tür und brüllte: »Linda! Jetzt hab ich schon wieder was angestellt!« Linda und Joe kamen herausgerannt, nackt, im roten Schein des Feuers. »Der Kamin hat keine Klappe!«, erklärte Thompson. »Das hab ich nicht gewusst! Ich wusste nicht, dass es da keine Klappe gibt!« Seine Augen tränten, und er musste husten.

»Es ist nur Papier«, sagte Joe. »Das brennt schnell von alleine wieder herunter.«

»Was sagt er? Was sagt er?«, fragte Thompson.

»Das erlischt bald, alles wird gut. Bitte, Joe, geh zurück ins Bett, die kriegen wahrscheinlich einen Schreck, wenn sie dich ohne Hose sehen. Ich werde oben auslüften.« Linda zog sich ihr Kleid über den Kopf und eilte die Treppe nach oben. Im Flur hing beißender Rauch. Sie öffnete die Tür des Eckzimmers einen Spalt weit und rief leise: »Mrs. Morris? Darf ich Ihr Fenster aufmachen? Die Lüftungsklappe ist nicht in Ordnung, und der Rauch zieht nicht ab.«

Über dem Bett war eine Lampe an.

»Ist es ein großer Brand?«, fragte Elizabeth Morris und zog sich das Betttuch über die Nase, weil sie ihre Zähne nicht drinhatte.

»Nein, ein sehr kleiner. Ich dachte mir, am besten lüfte ich ihn hier bei Ihnen aus.«

»Warum bei mir?«

Linda lächelte. »Weil Sie so ruhig sind«, antwortete sie. »Ich komme nachher und schließe das Fenster, wenn das Feuer im Kamin heruntergebrannt ist.«

»Es brennt!«, schrie Miss Frey draußen im Treppenhaus, klammerte sich ans Geländer und stolperte in das raucherfüllte Vestibül hinunter. Verkohlte Papierfetzen segelten wie Fledermäuse um sie herum – und da unten stand Thompson! Thompson mit dem Schürhaken in der Hand. Sein schiefes Gesicht und die gesträubten Haare ließen ihn im Schein des Feuers infernalischer aussehen denn je.

»Sie schrecklicher Mensch!«, rief Frey in ihrer Angst. »Wo haben Sie gesteckt? Wollen Sie uns alle hier bei lebendigem Leib verbrennen? Da ruft man Krankenhäuser an und die Polizei, und dabei sind Sie die ganze Zeit putzmunter! Was tun Sie da, was treiben Sie eigentlich?«

Thompson sah ihre Füße an und erklärte, da sei keine Lüftungsklappe, dieser Kamin habe keine Klappe, und ausgerechnet heute sei er ganz ungewöhnlich schwerhörig, er könne nicht verstehen, was sie sagte.

»Aber wenigstens lebt er«, flüsterte Peabody. »Er lebt. Es ist nicht meine Schuld ...«

Niemand war auf die Idee gekommen, das Deckenlicht anzumachen, darum verwandelte das brennende Feuer das Vestibül in einen unheimlichen, fremden Raum. Die Säulen warfen flackernde Schatten an die Wand.

»Taub«, murmelte Miss Frey vor sich hin. »Ihr stellt euch taub und ihr stellt euch stumm. Ihr wisst nicht, wie gut ihr es habt.« Sie öffnete die Tür zum Hinterhof, und in dem leichten Durchzug zog der Rauch in die Nacht hinaus.

Am nächsten Morgen um acht kam Mrs. Thompson wieder zurück zu Butler Arms. Nur Linda war auf den Beinen, sie saugte gerade Staub im Vestibül.

»Ist er gekommen?«, fragte Thompsons Ehefrau.

»Ja«, antwortete Linda. Da setzte sich Thelma Thompson auf die Veranda und holte ihr Strickzeug hervor. Sie sah müde aus, ihr Gesicht unter der Perücke war zu einem kleinen, verschlossenen Viereck geschrumpft. Heute war sie schweigsam. Die Bewohner von Butler Arms gingen zum Frühstück und kamen wieder zurück, und immer noch schwieg Mrs. Thompson. Sie saßen nebeneinander in ihren Schaukelstühlen und sahen auf die Straße und zu Friendship's hinüber.

Um elf kam Mr. Thompson. Er trug seinen schwarzen Anzug und hatte sich das Hörgerät aufgesetzt. Ohne zu zögern hinkte er zu seiner Frau hin und sagte: »Thelma. Was für eine Überraschung, dich in St. Petersburg zu sehen. Ich hoffe, du erfreust dich guter Gesundheit.« Seine Stimme klang sehr verändert, eine Stimme, die sie bisher noch nie gehört hatten.

»Meine Gesundheit«, entgegnete Thelma Thompson heftig, »meine Gesundheit ist etwas, das dich die letzten achtzehn Jahre nicht interessiert hat.«

»Was hast du gesagt?«, fragte Thompson. »Ich kann dich nicht hören.«

»Achtzehn Jahre lang hast du dich nicht darum geschert, wie es mir geht!«

Er schüttelte den Kopf und wandte ihr sein großes, haariges Ohr zu. Da schrie sie: »Du hast mich verlassen!« Sie vergaß alles bis auf ihre Wut und rief: »Du bist abgehauen und hast mich mit den Hunden und dem Garten und der Jubiläumsfeier mit dreißig geladenen Gästen im Stich gelassen!«

»Was hat meine Frau gesagt?«, fragte Thompson besorgt. »Ist etwas Schlimmes passiert?«

Mrs. Rubinstein bemerkte, das Fernsehzimmer stehe zur Verfügung, falls das Ehepaar Thompson persönliche Dinge zu bereden hätte.

»Bereden!«, rief Thelma Thompson bebend aus. »Mit diesem Mann kann man ja gar nicht reden!«

»Vielleicht darf ich Ihnen helfen«, schlug Mrs. Morris vor. »Lassen Sie uns aufschreiben, was Sie sagen wollen, das ist eine sehr gute Möglichkeit. Was soll ich schreiben?«

Mrs. Thompson warf einen irritierten Blick auf den Notizblock, den Mrs. Morris auf dem Schoß hielt. »So ein Quatsch«, schnaubte sie. Dann: »Schreiben Sie: Du hast mich ohne ein Wort verlassen. Warum?«

Thompson zog seine Brille aus der Tasche und las, dann sagte er: »Ich war erschöpft. Ich habe dir damals einen Brief geschrieben und erklärt, ich sei erschöpft.«

»Und dann?«, fragte Mrs. Morris.

»So geht das nicht«, wandte Mrs. Thompson ein. »Das wird kein richtiges Gespräch!«

Mrs. Higgins beugte sich vor und fragte: »Hatten Sie ihn gern? Damals vor achtzehn Jahren?«

»Nein. Nein, das hatte ich nicht.«

»Und haben Sie ihn jetzt denn gern?«

Thelma Thompson lachte. »Hören Sie bloß auf.«

»Aber was wollen Sie eigentlich?«

Ja, was wollte sie, was erhoffte sie? Sie wollte alles endlich aussprechen und ein für alle Mal loswerden. Sie wollte sehen, was achtzehn Jahre von ihm übrig gelassen hatten, wollte hören, ob er sich schämte, ob er etwas bereute, wollte wissen, was sie getan hatte und warum er ihr das ganze Haus überlassen hatte. Hatte er etwas Wichtiges entdeckt, von dem sie nichts wusste? Was sie wünschte und erhoffte, wie sollte sie das sagen, woher sollte sie das wissen? Es war schwierig gewesen, ihn zu finden, beinah unmöglich, und außerdem teuer, und mit der Zeit hatte sie an nichts anderes mehr denken können, nur noch daran, ihn zu finden und dann zu reden, stundenlang, tagelang zu reden, und dann wäre alles gesagt, fertig, aus, und endlich Frieden.

»Was soll ich schreiben?«, fragte Elizabeth Morris.

Thelma Thompson stand auf und rief: »Schreiben Sie, mit einem Menschen, der nie antwortet, kann man nicht reden. Schreiben Sie, manche Leute können Gestank, Dreck und Chaos nicht ertragen! Schreiben Sie, schlichte, aber liebe Freunde sind besser als noch so intelligente, aber boshafte Personen! Schreiben Sie, was Sie wollen! Sie können ein Jahr lang schreiben und haben noch nicht mal die Hälfte geschrieben!« Damit rannte sie über die Veranda, das Strickzeug in der Hand, nichts wie weg hier, zum Hotel, zum Bus, nach Iowa. Ihr Gesicht war rotfleckig, sie weinte.

»Thelma«, sagte Thompson und packte sie am Mantel. »Thelma Thompson. Du gehst jetzt, und wir werden uns nicht mehr wiedersehen, und von dem, was du gesagt hast, habe ich kein Wort gehört. Es tut mir leid. Es tut mir sehr leid. Glaube mir, ich bin von Anfang bis Ende unmöglich gewesen.«

Einen Augenblick blieb Thompsons Frau stehen, ohne ihn anzusehen. Danach ging sie ruhig hinunter auf die Straße, sie hörten ihre Schritte noch lange. Niemand sagte etwas. Mrs. Morris malte große Kreise in ihr Notizbuch, einen leeren Kreis nach dem anderen, in einer langen Reihe.

Nach Thelma Thompsons Besuch blieb Thompsons Schaukelstuhl leer. Abgekapselt von der beschränkten Welt der anderen, saß er in seinem Zimmer und las. Tag für Tag, Buch für Buch wuchs seine Überzeugung, dass Thelma seinen Kommentaren den Witz und den Spaß, den er daran gehabt hatte, geraubt hatte. Diese Bücher in ihrer unglaublichen Einfalt waren seiner Ironie nicht mehr wert. Längst verdrängte Erinnerungen kehrten zurück und quälten ihn, nachts verwüsteten schreckliche Träume seinen Schlaf. Thompson träumte, dass das Haus herunterbrannte, er hatte das ganze Haus abgefackelt, vorwurfsvolle, verkohlte Frauen wurden aus der Asche gezogen. Klagende Weiber strichen vor seinem Fenster durchs Gebüsch und pressten ihre Gesichter an die Scheibe. Auf der Straße rannten sie hinter ihm her, er hörte ihre Absätze näher kommen, sie waren überall. Und das Haus brannte jede Nacht.

Er füllte die Dose für die Zigarettenstummel mit Wasser, doch das half nichts. Unterwegs zu Palmers oder friedlich vor seinem Bier sitzend, wurde der Ärmste plötzlich von Zweifeln gepackt und hastete zurück, um sich davon zu überzeugen, dass es in seinem Zimmer nicht brannte. Ab und zu ging er im Garten mit gesenktem Blick an Johanson vorbei, aber ohne den Kopf zu heben. Eines Tages blieb Johanson stehen und sagte: »Mr. Thompson? Wie geht es Ihnen? Möchten Sie heute nichts ausleihen?« Aber Thompson schüttelte sich nur und ging weiter.

Die meiste Zeit saß er an seinem Fenster, das im Schatten der grün belaubten Bäume lag. Der Frühsommer in seiner ganzen Pracht verbarg und schützte das Zimmer. Thompson dachte sich ein neues Spiel aus, seine Welt war ein Dschungel. Der Dschungel vor seinem Fenster wuchs und überzog schließlich ganz St. Petersburg mit einer überbordenden Vegetation. Unbemerkt krochen Schlingpflanzen auf jede Veranda, dämpften und verschlangen sämtliche Geräusche und brachten die Schaukelstühle zum Stillstand. Der unaufhaltsam wachsende Dschungel füllte die Stadt. Im Inneren der entvölkerten Häuser und entlang der zugewucherten Straßen schlichen Tiere, wilde, unberechenbare Tigerinnen und Schimpansinnen, es war unmöglich, sie auszusperren, unmöglich, sie zu verstehen. Die Vorstellung von der Welt als Dschungel tröstete Thompson, allmählich hörte das Haus auf zu brennen.

Manchmal kam es vor, dass er im Treppenhaus oder auf einer Türschwelle auftauchte und Anklagen von sich schleuderte. »Peabody«, sagte er dann. »Lebst du ehrlich?« Er erschreckte Miss Frey mit: »Hi, alte Kokotte! Weißt du, warum du lebst?« Und zu Mrs. Rubinstein sagte er: »Sie sind ein Monument. Sie sind schon längst gestorben, und jetzt sind Sie ein Monument.« Sie stand mit der Zigarette in der Hand da und sah ihn unter den schweren sahnefarbenen Lidern mit ihren schwarzen Augen an. »Es freut mich, dass Sie das Schlimmste überstanden haben«, versetzte sie. »Im Übrigen habe ich mich schon die letzten dreißig Jahre monumental gefühlt.« Thompson stieß ein kurzes Gackern aus und nahm seine Wanderung durch den Dschungel wieder auf.

15

Hannah Higgins häkelte Spitzen für Bettwäsche, ein breites Rosenmuster. »Liebe Elizabeth«, sagte sie. »Ich habe viel über Thelma Thompsons Besuch nachgedacht. Familien, die glücklich zusammenleben, sind so selten geworden. Ich danke Gott jeden Tag dafür, dass ich mit den Meinen zusammen sein darf.«

»Aber die sind ja ziemlich weit entfernt«, wandte Elizabeth Morris ein.

»Man kann zusammen sein, ohne sich zu treffen«, erklärte Mrs. Higgins. »Sicher weißt du das, klug, wie du bist.« Sie saßen im Stadtpark auf einer Bank, es war noch ziemlich früh am Tag. Morgens war es hier am schönsten, später kamen zu viele Leute.

»Ich habe ein Lied bekommen«, erzählte Hannah Higgins. »Mein Neffe, der Trompeter, hat mir ein Wiegenlied geschickt.« Sie öffnete ihre Handtasche und holte den Brief des Neffen heraus. »Schau mal, wie schön er die Noten schreibt. Sieht aus wie Vögel auf einem Zweig.«

Elizabeth Morris las die Noten und sagte, das Lied sei gut, sehr persönlich. Mrs. Higgins errötete. »Mein Gott«, rief sie aus. »Ist das fantastisch! Du sitzt einfach da und liest Musik, wie unsereins die Zeitung liest. Kannst du auch spielen?«

»Heute Abend werde ich dir das Lied vorspielen.«

Mrs. Higgins lehnte sich auf der Parkbank zurück, faltete die Hände über ihrem runden Bauch und lachte, zutiefst zufrieden mit der Ordnung der Welt, die dafür sorgte, dass alles sich immer zum Besten wendet.

»Hier ist es zu heiß!«, bemerkte Mrs. Morris und stand auf. Plötzlich fühlte sie sich völlig grundlos gereizt.

Das Klavier war sehr alt, weiß gestrichen wie alles im Vestibül und von einem seidenen Tuch bedeckt.

»Es ist ziemlich verstimmt«, erklärte Elizabeth Morris.

»Ja, ja«, Mrs. Higgins nickte. »Das macht nichts.«

»Das macht nichts?« Mrs. Morris' Stimme wurde scharf. »Macht es nichts, dass das Klavier verstimmt ist?«

Hannah Higgins sah auf den Boden und murmelte, jetzt sei sie wieder mal dumm gewesen, sie sage so oft das Falsche und begreife nie, was anderen Menschen wichtig sei.

»Setz dich hin und hör zu«, sagte Elizabeth Morris. »Zuerst spiele ich das Lied als einfache Melodie.«

Es war ein Honky-Tonk-Piano vom Anfang des Jahrhunderts, aus dem die Töne wie dünne Splitter herausbrachen, im Innern des alten vernachlässigten Instruments surrten die Saiten wie in einer Spieldose. Sie lauschte, von dieser lang vergessenen Form der Musik fasziniert, von dieser so anderen Ausdrucksart. Dann sagte sie: »Hör gut zu. Jetzt spiele ich es ganz klassisch. Und dann als Walzer.«

Hannah Higgins war still.

Als Abschluss spielte Elizabeth Morris das Lied als Honky-Tonk, ta-ti-ta, und da wachte das Klavier auf und gab ihr mehr, als sie erwartet hatte. Scheinbar holprig und spröde schaukelte das Lied in übermütigem Rhythmus hinaus über Butler Arms, klar wie Wasser und von souveräner Schlichtheit. Elizabeth Morris hörte abrupt auf und drehte sich auf ihrem Schemel um.

»Was hat dir am besten gefallen?«

»Das Erste und das Letzte«, flüsterte Hannah Higgins. »Ach, du Glückliche!«

Miss Frey und Peabody standen auf der Treppe und applaudierten. Mrs. Rubinstein bewegte sich nicht. Sie war die Einzige, die begriff, dass Elizabeth Morris eine ungewöhnlich gute Pianistin war.

»Honky-Tonk!«, rief Peabody. »Oh bitte, Mrs. Morris!«

Also spielte Mrs. Morris weiter, mit ihrem ganz eigenen, oft beschriebenen Sinn für den stolpernden Rhythmus und den genialen Fehlgriff.

Drei alte Damen kamen von Friendship's herüber, um zuzuhören. Niemand kannte ihre Namen.

Miss Ruthermer-Berkeley drückte auf die Klingel neben dem Kopfende ihres Bettes. »Linda, mein Kind«, sagte sie. »Mach die Tür auf, ich möchte die Musik hören. Tanzen unsere Damen?«

»Ja«, erwiderte Linda.

»Würdest du dann bitte die Korbstühle wegstellen, damit sie mehr Platz haben.«

Mrs. Morris spielte den ganzen Abend. Draußen auf der Straße blieben viele stehen und hörten zu. Über ihnen erklang die Musik, frisch wie das junge Grün des Frühlings und von jener melancholischen Reinheit und Freude erfüllt, die einst aus dem New-Orleans-Jazz entsprang. Die meisten tanzten. Als Elizabeth Morris spürte, dass sie ermüdeten, ging sie zu ihrer eigenen Filmmusik von früher über, weiche, ruhige Hintergrundklänge, die vor allem die Stille fernhielten. Sie ließ ihren Zuhörern Zeit. Dann fuhr sie mit Sun Glory fort, das Lied war allen, schön traditionell, von der Schule her vertraut. Sie stellten sich hinter ihr auf, versammelten sich um das Klavier – wie im Andachtsraum kurz vor den Sommerferien. Und dann begannen sie, mehrstimmig zu singen.

Perfekte Organisation, dachte Mrs. Rubinstein.

Sie sangen sämtliche Verse. So konnte alle Erregung verebben und in sanften Tönen ausklingen.

Als das Lied zu Ende war, machte Mrs. Morris das Klavier zu und breitete das Seidentuch wieder darüber aus.

Die drei Damen von Friendship's bedankten sich für den schönen Abend und kehrten in ihr eigenes Haus zurück.

Als Peabody am nächsten Tag Mrs. Morris auf der Treppe begegnete, rief sie aus: »Mrs. Morris, ich freue mich ja so, dass Sie endlich ein Hobby gefunden haben!«

»Ein Hobby?«

»Ja. Klavier spielen. Ich habe mir solche Sorgen um Sie gemacht. Schließlich muss man sich ja mit irgendwas beschäftigen … Und wenn man sich außerdem noch nützlich machen kann, umso besser!« Die Maus lächelte schüchtern und zeigte viele kleine Mäusezähnchen.

Elizabeth Morris betrachtete Peabody, heute durch eine dunkle Brille. »Miss Peabody«, sagte sie, »Ihre Fürsorglichkeit ist unglaublich«, und ging weiter in ihr Zimmer. Auf dem Nachttisch standen frische Blumen. »Die kommen heute aus dem Garten des Hauses«, sagte Linda. »In allen Zimmern stehen die gleichen. Sie sind erst heute Nacht aufgeblüht.«

Wenn es um Blumenschmuck ging, hielt man es in Butler Arms mit der Tradition, Sträuße aus Plastikblumen kamen nur ins Vestibül.

»Mrs. Morris«, fuhr Linda fort. »Darf ich mit Ihnen über Joe reden?«

»Natürlich«, antwortete Mrs. Morris. Da erklärte Linda, dass Joe nicht glücklich sei. Die Jesus-Leute würden ihm nicht schreiben, obwohl sie es versprochen hätten. Jesus könne jederzeit wiederkommen, und es sei Joe sehr wichtig, diesen einen Moment mit ihnen zusammen zu erleben. Er könne nicht alleine warten. Er müsse wie die ersten Christen leben und alles, bis auf sein Motorrad, teilen dürfen und erleuchtet werden, bevor Jesus komme. Er habe keine Zeit mehr zu verlieren.

»Aber liebes Kind«, sagte Mrs. Morris, nahm die Sonnenbrille ab und setzte sich aufs Bett. »Warum schreiben die Jesus-Leute ihm denn nicht? Das sind doch seine Freunde, oder nicht?«

»Nein. Er hat nur in Miami auf der Straße mit ihnen gesprochen. Und da haben sie versprochen zu schreiben. Er hat gesehen, wie sie tanzten. Alle haben ihre Arbeit aufgegeben, weil Jesus jederzeit kommen kann.«

Mrs. Morris meinte, Joe solle die Jesus-Leute doch einfach aufsuchen, doch das dürfe er nicht, sagte Linda, der Brief sei ein Zeichen, und er müsse warten, bis er ihn bekäme.

»Wie unpraktisch«, sagte Mrs. Morris. »Das macht dir natürlich Sorgen.« Nach einer Weile fragte sie: »Glaubst du, dass diese Leute gut sind für Joe?«

»Das weiß ich nicht.«

»Und wenn er enttäuscht wird?«

»Er darf nicht enttäuscht werden«, sagte Linda. »Damit wird er nicht fertig.«

»Und du selbst?«

»Ich habe alles der Madonna in den Schoß gelegt.«

Elizabeth Morris seufzte. »Na dann«, sagte sie, »ist das, was ich dazu sagen kann, vielleicht nicht so wichtig.« Als Linda die Tür öffnete, um zu gehen, fügte Mrs. Morris hinzu: »Mach dir keine Sorgen, Linda. Das meiste regelt sich von selbst, man muss nur lange genug warten.«

Linda lächelte. »Genau das wollte ich hören«, sagte sie. »Die Madonna wird alles richten, es ist nur so, dass man sich so allein fühlt, während man wartet.«

16

Tim Tellerton ging zu Macy's und kaufte ein Buch, einen reich illustrierten Geschenkband. Das Buch hieß »Mit zwei leeren Händen« und handelte von bedeutenden Männern, die mit nichts angefangen hatten. »Von Tim Tellerton mit freundlichem Gruß.«

Es war Montag, da war die Bounty geschlossen. »Versuchen Sie es im Schwimmbad«, empfahl man ihm in der Tankstelle. Das südliche Ufer erstreckte sich über sandige Felder und die langen grünen Hänge der Golfbahn, er wanderte langsam, ohne Eile. Die Frische des Morgens und der endlose leere Strand weckten ein erwartungsvolles Gefühl in ihm. Heute lag das Meer ruhig da, ohne Wellen, nur die Brandung rauschte ununterbrochen, weiter landeinwärts sah er eine Reihe schlafender weißer Häuser.

Tellerton kam beim Schwimmbecken an. Von Marmorterrassen und langen Arkaden umgeben, lag es unter freiem Himmel nah am Meer. Manche Tage sind von einer besonderen Klarheit, die allen Farben überraschende Schärfe verleiht, und dies war einer davon. Draußen, neben Joes Honda, standen mehrere Fahrräder und leuchteten farbenfroh in der Sonne, sie erinnerten an bunte Insekten, bereit zum Abflug. Das Schwimmbecken war schön, so wie alle Schwimmbecken schön sind – grün und durchsichtig, kleine, spitze Wellen kräuselten die Oberfläche, das Wasser voller schreiender Kinder. Im Nichtschwimmerteil paddelten ein paar Senioren ernst am Rand hin und her. Bounty-Joe übte Turmspringen. Mal für Mal kletterte er zum mittleren Sprungbrett hinauf, blieb lange abwartend stehen, sammelte sich in ängstlicher Konzentration – und sprang, immer wieder aufs Neue. Tellerton kaufte eine Zeitung am Kiosk und setzte sich unter den Arkaden in den Schatten, alle Tische waren leer. Er lauschte den spielenden Kindern, hörte ihre dünnen, fröhlichen Vogelschreie und das Geräusch von spritzendem Wasser, eine Welt aus Kühle und Ferne, ein Bestandteil des Morgens. Ihm war so friedlich zumute wie selten.

Joe kam zu ihm her. »Hi. Aloha«, sagte er. »Ich trainiere für das oberste Sprungbrett.«

»Warum das denn?«, fragte Tellerton. »Für irgendwelche Meisterschaften?«

»Nein, weil mir das Springen Spaß macht.«

Das Buch lag auf der Marmortischplatte, Tellerton sagte: »Das hier ist für Sie. Als ich am Buchladen vorbeiging, hab ich es gesehen und gleich gedacht, das könnte etwas für Sie sein.«

»Aber warum wollen Sie mir etwas schenken?«

»Manchmal«, antwortete Tellerton, »manchmal gibt es für das, was man tut, keinen Grund, man gibt einfach einem Impuls nach.«

»Ja, klar.« Joe war verlegen. »Lieb von Ihnen. Wollen Sie nicht in die Sonne herauskommen?«

»Ich weiß natürlich nicht«, sagte Tim Tellerton, »ich weiß ja nicht, ob Sie sich für Autogramme interessieren. Nun, ich habe für alle Fälle ein paar für Ihre Freunde mitgebracht.« Es war ein ganzer Schwung cremefarbener Karten, die er mit seinem kleinen, präzisen Namenszug signiert hatte.

»Aber ich habe so nasse Hände«, wandte Bounty Joe ein.

»Arbeiten Sie gern auf der Bounty?«

»Ja, das ist ein angenehmer Job, gar nicht anstrengend.«

»Interessieren Sie sich für Schiffe?«, fragte Tellerton.

»Na klar, Schiffe sind schön.«

»Wie kam es, dass Sie wussten, wer ich bin?«

»Na ja, hab ich halt gewusst«, murmelte Bounty-Joe, verschränkte seine Arme in wachsendem Unbehagen und trat einen Schritt zurück, auf das Schwimmbecken zu.

Tim Tellerton stand auf, müde und ungeduldig, legte seine Zeitung zusammen und sagte sich, dass er die nötige Geduld nicht mehr habe, ihm fehlten die Kraft und Konzentration, die zu einem fruchtbaren Gespräch mit Welpen, mit jungen Delphinen führen könnten. Er wandte sich dem Ausgang zu. Was war ein Gespräch, was bedeutete es? Ein gemeinsames Nachdenken über wesentliche Dinge. Man teilte einander Erfahrungen und Erinnerungen mit, erwog denkbare Möglichkeiten für die Zukunft. Man präzisierte die Dinge gemeinsam und erkannte sie wieder, man beobachtete den wechselnden Ausdruck eines Blickes, einen Tonfall, ein Schweigen, aus Zögern oder Einverständnis entstanden. Man formte, ohne einzugreifen. Man lachte oder schwieg in gegenseitiger unausgesprochener Scheu.

Joe begleitete ihn zum Ausgang. »Ist bestimmt ein gutes Buch. Lauter Leute, die es früher einmal zu etwas gebracht haben.«

»Früher?«, wiederholte Tellerton und sah Joe direkt an. Seine Augen waren wie blaue Edelsteine. »Früher! Der Jüngste von ihnen ist keine zehn Jahre älter als du.«

»Zehn Jahre!« Joe lächelte. Zehn Jahre, das war eine endlose Zeit, eine Epoche, ein Abgrund. Alles Wesentliche war seither passiert.

»Hast du nie Lust gehabt, Schiffsbauer oder Kapitän zu werden oder die Welt zu umsegeln?«

Bekümmert schüttelte Joe den Kopf und sah ihn freundlich an.

»Du kannst nicht dein Leben lang mit einem Plastikkranz im Haar herumlaufen!«

Joe erklärte geduldig, den alten Herrschaften würde das gefallen, es mache ihnen Spaß, sich Tahiti so vorzustellen.

»Aloha!« Voller Verachtung spuckte Tellerton das sanfte Wort aus und wandte sich abrupt zum Gehen um.

Das hat ihn traurig gemacht, dachte Joe. Ich habe nicht das gesagt, was er erwartet hatte. Manchmal ist es nicht einfach mit den alten Leuten. Es gehörte zu seinem Job, nett zu ihnen zu sein, und er konnte sie auch ganz gut leiden, meistens waren sie mit recht wenig zufrieden. Das einzige Problem mit Tellerton war, dass er noch nicht alt genug war – er regte sich immer noch über Dinge auf, die er nicht verstand. Wenn die wüssten! Wenn sie einsehen würden, dass die Zeit abgelaufen war und ihre zerstörte Welt keine Bedeutung mehr hatte! Es ging nicht mehr darum, etwas zu werden, zu tun und zu besitzen! Plötzlich wurde er wütend auf die Jesus-Leute, die ihm nicht geschrieben hatten. Der Brief wäre sein Startsignal. Dann würde er es wissen! Dann könnte er ihnen allen zurufen, dass das Ende der Zeit da sei! »Er kommt! Jesus!«, würde er rufen und sein Motorrad mit dem strahlenden Namen schmücken. Er selbst würde den Namen auf seinen Kleidern tragen, in Orange, Grün und Lila, dass es nur so leuchtete, wenn er in Miami von den Felsen ins Meer sprang. Er trug den Namen jetzt schon, hatte allerdings seine Badehose mit der Innenseite nach außen angezogen. Wie in eine Takelage kletterte Joe zum obersten Sprungbrett hinauf, brüllte »Aloha!« und sprang. Es war ein sehr misslungener Sprung, der ihm fast den Rücken gebrochen hätte.

17

Manchmal spielte Elizabeth Morris abends Klavier, dann kamen die Damen von Friendship's Rest herüber und tanzten miteinander. Tellerton ließ sich nicht wieder blicken, aber ab und zu tauchten einsame Wanderer auf der Veranda auf, um zuzuhören, oder sie blieben eine Weile am Tor stehen, bevor sie ihren Weg fortsetzten.

Eines Abends betrat ein langer, hagerer Mann das Vestibül und sagte, sein Name sei McKenzie, er komme aus Europa, aus Schottland. Die Musik habe ihn angelockt, sie klinge so fröhlich. »Spielen Sie bitte weiter«, sagte er. »Lassen Sie sich nicht durch mich stören!«

McKenzie wollte sich nicht setzen, er blieb mitten im Vestibül stehen und erzählte, dass er nur für eine Nacht in der Stadt sei, eine einzige Nacht, um dann nach Yucatan in Mexiko weiterzureisen, davon habe er schon sein Leben lang geträumt. Alle setzten sich in die Korbstühle und sahen ihn an. Mrs. Morris spielte weiter, aber sehr leise, beinahe unhörbar. »Meine Damen, ich bin alt, und wenn ich jetzt nicht reise, werde ich nie reisen.« McKenzie hatte irgendetwas Beunruhigendes an sich, alle seine Bewegungen wurden mit einer Art zögernder Langsamkeit ausgeführt, als könnte sein langer, hagerer Körper jederzeit umknicken und einstürzen, auch sein Lächeln wirkte zerbrechlich, ein ganzes Leben voller entschuldigendem, erwartungsvollem Lächeln war darin enthalten. »Ja, Yucatan ist ein recht unzugängliches Land, und die Sprache wird natürlich ein Problem.

Aber die Menschen dort lieben Musik, sie haben ein warmes Temperament.«

»Mr. McKenzie«, sagte Mrs. Rubinstein aus ihrem Stuhl. »Ich nehme an, Sie sind mit einer Gesellschaftsreise unterwegs?«

»Nein, nein!«, erwiderte er eifrig. »Ich reise allein.«

»Bis hinein nach Yucatan?«

»Ein Stück weit, nur bis ich durch wirklichen Urwald gegangen bin. Ich habe alles über Yucatan gelesen.«

»Es ist sehr heiß dort«, sagte Mrs. Rubinstein. »Die Bevölkerung ist aggressiv, und durch den Dschungel fahren keine Busse.«

»Ich weiß«, antwortete McKenzie leicht verlegen. »In Yucatan ist es ganz fürchterlich. Aber wenn ich es jetzt nicht mache, wird nie etwas daraus.«

Miss Frey fragte, ob er nicht Platz nehmen und eine Cola trinken wolle, doch das wollte er nicht, er sei nur zufällig vorbeigegangen.

»Schade, dass Sie nicht etwas länger in St. Petersburg bleiben können«, sagte Miss Peabody. »Die Stadt ist wirklich sehr schön.« Es war anstrengend, ihm vom Stuhl aus ins Gesicht zu schauen. Er war zu groß.

»Nein, nein«, sagte er, »ich darf keinen einzigen Tag verlieren.« Dann lächelte er sie alle der Reihe nach an.

»Wie lange wollen Sie in Mexiko bleiben?«, fragte Miss Frey. Aber er fuhr nur fort zu lächeln. Mrs. Morris ging hilfsbereit zu einer schottischen Ballade über. Als McKenzie das hörte, machte er ein erschrockenes Gesicht, dann begann er plötzlich zu singen, eine Oktave zu hoch, mit einer Stimme, die genauso unsicher und zerbrechlich war wie er selbst. Das Lied war sehr lang, und die schönen Worte handelten vor allem von Heidelandschaften, Nebel und Segelschiffen, die niemals wiederkehrten. Immer wenn er sich dem Refrain näherte, hielten die Damen die Luft an und sahen zu Boden. Nach dem letzten Refrain applaudierte das ganze Vestibül.

»Schottland!«, rief Miss Peabody aus. »Die schottische Heide! Das muss wundervoll sein!«

»Ja, ist ganz okay«, antwortete McKenzie.

Er ist den Tränen nahe, dachte Mrs. Morris gereizt und fing eine neue Ballade an. Sofort sang er weiter. Die sind doch alle gleich, dachte sie. Singen sich die Sehnsucht nach einem geografischen Punkt von der Seele, nach einem Punkt auf der Landkarte, den sie nie loswerden. So viel Gefühl und so wenig Talent. Der Text bleibt immer ähnlich, die Heimat tausend Meilen entfernt, in der Ferne pfeift der Zug, das grüne Gras auf den Wiesen der Kindheit, die weite, weite Steppe der Heimat. Mit kleinen Läufen half sie ihm über die schlimmsten Stellen hinweg. Wenn seine Stimme trug, wurde ihr Spiel dagegen zu einem Flüstern. Heute ist es Schottland. Morgen schluchzen die Deutschen. Oder jemand aus Illinois, aus Carolina, einfach jeder, der nicht aus St. Petersburg kommt.

Einst hatten ihre Zuhörer nur zugehört, anonym in der Dunkelheit, ihre Gesichter nichts als helle Flecken; Beifall, der ihr wie Brandung entgegenschlug. Im Laufe der Zeit waren sie nach und nach näher gerückt, bis sie ihr wie jetzt direkt hinterm Rücken standen. Und die Musik nahmen sie meistens erst wahr, nachdem sie aufgehört hatte zu spielen.

McKenzie erhielt wieder Beifall. Elizabeth Morris ließ die Hände sinken. Plötzlich, unerwartet und unverzeihlich, wurde sie von niederschmetterndem Heimweh erfasst.

Kurz danach ging er. Umschwärmt von guten Wünschen, verabschiedete er sich, und niemand hörte je wieder etwas von ihm.

18

Tim Tellerton pflegte frühmorgens über die grüne Ebene zum Schwimmbad und zu den kühlen Arkaden zu wandern. Manchmal las er die Zeitung, aber meistens saß er still da und lauschte den Rufen der Kinder und der ununterbrochenen Bewegung des Wassers im Schwimmbecken. Mitunter, wenn Bounty-Joe hereinkam, stand er auf, hob die Hand zu einem zerstreuten Gruß und kehrte auf demselben Weg in die Stadt zurück. Eines Morgens trat Joe an Tellertons Tisch und berichtete, dass er jetzt das oberste Sprungbrett schaffe.

»Freut mich zu hören«, antwortete Tellerton.

Joe lief hinüber zum Sprungturm und kletterte nach oben. »Aus dem Weg!«, schrie er den Kindern unten im Becken zu. Vor Anspannung verkrampfte er seine Schultern und wartete zu lange, bevor er sprang. Der Sprung war alles andere als gelungen. Als er zur Treppe zurückschwamm, sah er, dass die Arkaden leer waren.

Am nächsten Tag kam Joe zu Tellerton her und sagte, er habe das Buch gelesen und es nicht gemocht.

»Warum nicht? War es schlecht geschrieben?«

»Das weiß ich nicht. Ich habe es eben nicht gemocht.«

»Kam niemand darin vor, der Turmspringen trainierte?«

»Sie machen sich über mich lustig«, sagte Joe wütend. »Ich will wissen, warum Sie sich über mich lustig machen.«

»Um dich ein bisschen zu ärgern«, antwortete Tellerton aufrichtig und sah ihn freundlich an. »Darf man dich nicht ärgern?«

Joe musterte ihn kurz und musste dann lachen. »Gut!«, rief
er aus. »Keiner von denen konnte turmspringen. Dafür waren
sie zu alt und dick! Sie hatten keine Zeit, es zu lernen, weil sie
immer nur geschuftet haben, um berühmt zu werden, und als
sie nicht mehr berühmt waren, war es zu spät, um ins Wasser
zu hüpfen!« Er joggte um Tellertons Tisch herum und sang vor
sich hin: »Ich mach mich über dich lustig, ich mach mich über
dich lustig!«, dann sprang er ins Wasser und schwamm wie be-
sessen quer durch das Becken und wieder zurück. Als er aus dem
Wasser kam, lachte er immer noch, es tat gut, wieder einmal zu
lachen, hilflos vor Vergnügen umschlang er seine Knie mit den
Armen und schaukelte hin und her.
Unbekümmert und respektvoll, so begann ihre Freundschaft.
Sie amüsierten einander mit einfachen Wortspielen. Joe hatte
Spaß an ihren kurzen Begegnungen, er stand dann neben Tellertons Tisch und redete über alles, was ihm gerade durch den
Kopf ging, oft erinnerten ihre Gespräche an ein Spiel, bei dem
es galt, nicht gekränkt zu werden. Joe bemühte sich, komisch
zu sein, sich kindlich entwaffnende Bemerkungen einfallen zu
lassen, manchmal gab er sich spöttisch, und wenn es ihm langweilig wurde, sprang er, immer besser und besser. Jeder gelun-
gene Sprung gab einen Punkt. Er zählte für sie beide die Punkte.
Eine Unterhaltung mit Tellerton war, als würde man eine Münze auf einen Roulettetisch oder in einen Wunschbrunnen werfen – nicht, um zu gewinnen, sondern einfach zum Spaß. Bei
Tellerton wusste man nie, woran man war. Er war ein alter
Mann, zeigte aber Joe gegenüber Respekt. Er nervte nicht mit
seinen Ansichten, konnte sich aber plötzlich wegen irgendeiner
Kleinigkeit fürchterlich aufregen. Er war auf die falsche Art alt,
sehr verwirrend. Joe hatte einmal eine Katze gehabt, die war
sechzehn Jahre alt, eine uralte Katze. Mit ein wenig Geduld

konnte man sie zum Spielen bringen, dann jagte sie ihrem eigenen Schwanz nach, aber wehe, wenn sie sich ärgerte, da war nicht mit ihr zu spaßen.

Tim Tellerton vermutete, dass er sich mit jeder ihrer Begegnungen weiter von der Möglichkeit entfernte, Joe zu helfen, aber er traute sich nicht, ernsthafte Themen anzuschneiden. Er wollte das alles behalten: seine Morgenlandschaft, die Wanderung übers Gras, die kühle grüne Wasserwelt und die leichten, verspielten Worte – diese Unbekümmertheit, die ihn so ruhig werden ließ.

Als er eines Abends am Ufer entlangspazierte, kam Bounty-Joe neben ihm angefahren. »Hey, Aloha«, sagte Joe, stieg ab und schob sein Motorrad. »Nächste Woche fahre ich meine Honda nach Silver Springs, frühmorgens, bevor der Schwerverkehr einsetzt. Schau sie dir an, frisch lackiert!«

Sie betrachteten die große, glänzende Maschine, die weich in Joes Händen voranrollte.

»Ein Prachtstück«, sagte Tellerton.

»Eine Honda einundsiebzig«, sagte Joe.

»Du magst Maschinen.«

»Ja, ich mag sie.«

»Kennst du dich mit ihnen aus? Weißt du, wie sie funktionieren?«

»Ich weiß alles über die Honda«, erwiderte Joe verächtlich.

»Aber sie ist nicht die einzige« sagte Tellerton. »Die ganze Welt ist voller faszinierender Maschinen. Du könntest sie studieren, neue Maschinen bauen, deine eigenen Maschinen ...«

»Fängst du jetzt wieder damit an!«, rief Joe aus. »Etwas tun! Etwas werden! Ich will nichts werden, ich will sein. Du redest von einer Zeit, die längst vorüber ist und nichts bedeutet – diese alte Leier von tun und werden und besitzen!«

»Du besitzt ein Motorrad«, versetzte Tellerton mit Schärfe.

Joe blieb stehen. »Schau sie an!«, sagte er. »Eine Honda kann man nicht besitzen. Kannst du hundertachtzig Stundenkilometer besitzen? Geschwindigkeit, Tempo, das ist kein Besitz. Kannst du eine Gitarre besitzen, Musik besitzen? Das ist doch idiotisch. Ihr besitzt auf ganz andere Art.«

»Wen meinst du mit *ihr*?«

»Na, alle, die schon zu lange mitmachen! Jetzt hör mir mal gut zu.« Joe senkte die Stimme und fuhr geduldig fort: »Du weißt, was ich meine. Ihr sammelt – Bewunderung, Titel, mehr Gehalt, Sachen. Teppichböden. Berühmtheit. Und tut nichts anderes, als eure Zeit zu verschwenden, eine Unmenge Zeit.«

Tim Tellerton antwortete nicht. Joe schob sein Motorrad neben ihm her und versuchte zu erklären: »Das alles ist vorbei, das ist out. Jetzt teilt man miteinander. Das, was ihr Ambition und Position nennt, ist out. Versuch zu verstehen, wovon ich rede. Das gilt alles nicht mehr. Ihr habt aus der Welt etwas Schreckliches gemacht, hier kann man nicht mehr leben ...«

Tellerton unterbrach ihn. »Das habe ich alles schon mal gehört, ist mir nicht neu.« Sein Herz klopfte angestrengt und zwang ihn, sehr langsam zu gehen. Er versuchte, sich zu beherrschen. »Und wenn du vom Zehnmeterbrett springst? Bist du nicht stolz, wenn dir das gelingt? Willst du da nicht bewundert werden?«

»Das ist nicht dasselbe!«, entgegnete Joe heftig. »Springen ist springen, genau wie existieren, wie leben! Man springt ins Wasser. Sei nicht albern.«

»Im Planschbecken!«, versetzte Tellerton. »Du versteckst dich in einem Planschbecken, behauptest, die Welt sei verdorben, und glaubst, Blumen im Haar würden gut aussehen, bis du stirbst!« Das war falsch. Er musste ruhig bleiben. Musste jetzt unbedingt mit Joe sprechen, sich auf das Beste seines eigenen Wissens und seiner Überzeugungen konzentrieren und versuchen, den Jungen wachzurütteln. Ihm die atemberaubenden Möglichkeiten schildern, die es gab, und die Hilflosigkeit, wenn alles zu spät war. Ihm das unzerstörbare Leben vor Augen halten, das immer der Mühe wert war, die Lust am Gestalten, die Freude, wenn ein Ziel erreicht war, immer wieder neue Sprungbretter für Triumphe, grandiose Irrtümer, fantastische Überraschungen, alles in Reichweite, alles ließ sich anpacken, bevor die schwindenden Kräfte die späte Einsicht zunichtemachten.

Zu schade, dass es Abend geworden war, inzwischen war er erschöpft. Dieses Gespräch hätten sie vormittags führen sollen. Sehr erregt erklärte Tim Tellerton: »Die Welt ist nicht verdorben. Sie ist noch da! Mag sein, dass es schwieriger geworden ist, darin zu leben, aber sie ist noch da …«

Joe unterbrach wieder: »Und was ist für dich noch da! Was war denn daran so toll, berühmt zu sein?« Als er sah, dass Tellerton vor Zorn erblasste, erschrak er. Jetzt wollte er nur noch verschwinden, weg von hier, fahren wie der Henker und alles Alte hinter sich lassen.

»Besorg mir ein Taxi«, sagte Tim Tellerton.

»Es tut mir leid!«, rief Joe. »Tut mir leid, wie dumm von mir! Zurzeit sage ich so viel dummes Zeug, aber nur, weil die nicht schreiben, ich warte und warte, und die schreiben einfach nicht, und die Zeit wird knapp!« Dann warf er sich aufs Motorrad und brauste stadteinwärts davon.

Joes Motorrad begleitete das Taxi zurück zum Kai, wo Tellerton stand und wartete. Er hielt ihm die Wagentür auf.

»Wer schreibt nicht?«, fragte Tim Tellerton.

»Nur ein Brief, der zu Palmers hätte kommen sollen«, murmelte Joe.

Tellerton wiederholte: »Wer ist das, der dir nicht schreibt?«

»Die Jesus-Leute!«, rief Joe. »Jesus kommt zurück, jetzt, jeden Augenblick! Wir werden alle zusammen sein, wenn er kommt! Das haben sie versprochen!«

Tim Tellerton stieg ins Auto, und Joe schloss die Tür. Sie kehrten zu Friendship's Rest zurück, Joe voraus, er eskortierte seinen Freund so, wie man einen Staatsmann ehrt, geleitete einen Anführer nach Hause, der selbst aufgehört hatte, zu führen.

Joe streckte sich im Bett aus. »Er ist seltsam«, sagte er. »Er gibt sich so schrecklich viel Mühe, nur meinetwegen.«

»Er liebt dich«, antwortete Linda. »Hör auf das, was er sagt, und versuch es zu verstehen. Manchmal sagt ein alter Mensch sehr kluge Dinge.«

Das Licht war aus. Nach einer Weile spürte er, dass sie schlief. Da ließ er die Brandung von Miami auf die Küste zukommen. Sie hatten in dieser einen Woche fünfhundert Personen getauft. Er ging über den Sand ins Wasser, überspült von Wellenschaum und durchströmt von Musik, watete er hinaus, Jesus-Rock, hundert Gitarren spielten oben auf dem Felsen. Ich habe Seinen Namen erwähnt, endlich habe ich das getan. »Jesus«, flüsterte Joe, wiederholte es immer wieder, doch der Name war nichts als ein Name, weich wie ein Flüstern, fremd. »Ich kann nicht entflammen, solange ich allein bin«, sagte er sich. In Miami hatten sie auf der Straße mit ihm gesprochen. Was sie gesagt hatten, wusste er nicht mehr, er hörte nur noch den Strom aus Worten, zuversichtlich und warm, und erinnerte sich an die absolute Überzeugung, die sie ausstrahlten. Sie wussten, sie zweifelten nie. Er war ihnen durch ein langes Treppenhaus hinabgefolgt, hinab in eine Dunkelheit, die vor Musik zu explodieren schien. Kegel aus weißem Licht waren auf die Gitarren und Trommeln gerichtet, um sie herum tanzten die Glücklichen mit geschlossenen Augen, klatschten in die Hände, umarmten einander, schwankten wie betrunken voran, unerreichbar in ihrer Zuversicht.

Linda wachte auf. »Hast du was Schlimmes geträumt?«, fragte sie.

»Nein, ich bin wach«.

Ein Wunder, was ist das – eine Quelle mitten in der Wüste, Blinde sehend machen? Alle gelben Äpfel auf der Welt in blaue verwandeln? Warum geizt der Himmel so sehr mit seinen Wundern? Nicht mal ein winzig kleines, nicht mal eine Ansichtskarte! Er fragte Linda, wie lange so ein Wunder üblicherweise brauche? Linda antwortete, manchmal nur einen Augenblick, aber es könne auch sehr lange brauchen, vielleicht fast ein ganzes Leben.

»Ein ganzes Leben!«, sagte Joe. »Leck mich – ein ganzes Leben!« Und drehte sich zur Wand.

Am selben Abend suchte Tellerton Palmers auf, dort bekam er einen Stehplatz an der Bar. Es war sehr voll, Männer, die in den Lokalen, Gästehäusern und Busstationen arbeiteten. In eine Zigarrenkiste neben der Kasse waren ein paar Briefe eingesteckt, vielleicht war einer davon an Joe.

»Einen Whisky«, sagte er. »Gut besucht heute Abend.«

»Ja, einiges los«, sagte der Barkeeper.

»Wenig junge Leute hier in der Stadt.«

»Nein, viele sind's nicht.«

»Und die Jesus-Leute sieht man hier wohl kaum.«

»Ha«, sagte der Barkeeper, »hier gibt's nur Leute, die als Kind den Katechismus gelernt haben.«

»Sie sind neu hier«, bemerkte der Mann, der links von Tellerton stand. Er hatte ein breites braungebranntes Gesicht und müde Augen. »Die Jesus-Leute. Die gibt's hier nicht. Hier gibt's gar nichts.«

»Was wissen Sie über diese Leute? Wie leben die?«

»Was heißt schon leben? Sie leben, wie sie es eben können. Sie glauben an etwas und leben weiter, was soll man sonst tun. Jetzt bin ich zwar betrunken, aber eins kann ich Ihnen sagen, nämlich, es macht einen riesigen Unterschied, wenn man an etwas glaubt. Einen riesigen, das dürfen Sie mir glauben. Haben Sie einen einzigen Menschen, an den Sie glauben? Einen, dem Sie total vertrauen, also, ich meine, jede Sekunde?«

»Immer mit der Ruhe«, sagte der Barkeeper, als er vorbeiging. »Der Herr hier kommt aus dem Norden. Mach mal halblang.«

»Tut mir leid«, sagte Tellertons Nachbar feierlich. »Tut mir außerordentlich leid. Haben Sie einen einzigen Menschen, dem Sie voll und ganz vertrauen?«

»Nein«, erwiderte Tellerton höflich.

»Herbert«, sagte der Barkeeper. »Reiß dich zusammen.« Er sah Tellerton an. »Noch einen?«

»Nein danke«, antwortete Tellerton, der Alkohol eigentlich nicht mochte.

Herbert versuchte, ihn zu fixieren, schaute dann in den Spiegel hinter der Bar und wandte schließlich den Blick ab. Nach einer Weile sagte er: »Morgens aufzuwachen.«

»Ja«, sagte Tellerton.

»Alles immer gleich, gestern, morgen, jetzt gerade – alles immer genau dasselbe. Kannst mich ruhig Herbert nennen. Weißt du, warum es so scheußlich ist, morgens aufzuwachen? Pass mal auf, ich erklär's dir. Das ist so, weil du an keine einzige Sache auf der ganzen Welt glaubst, keine einzige! Stimmt's? Also, im tiefsten Innern, glaubst du da an die Welt, ich meine, an die ganze Chose da draußen? Nein, das tust du nicht. Und es macht dich verdammt traurig, dass du nicht voller Erwartung aufwachst.«

»Herbert«, sagte der Barkeeper. »Du störst unseren Gast.«

»Er will gestört werden«, sagte Herbert. »Er liebt das.«

Tellerton bezahlte und kehrte zu Friendship's Rest zurück. Voller Erwartung aufzuwachen – eine Folge von Worten, die sofort ein einziges Bild hervorrief: allerfrüheste Jugend, allerfrühester Morgen.

Er ging zu Bett, und an der Grenze zum Schlaf, wenn alles vereinfacht und ehrlich wird, sagte er sich, für Joe sei es nur wichtig, in Ruhe gelassen und so lange wie möglich vor Enttäuschung bewahrt zu werden. Und auf einmal wurde Bounty-Joe so fern wie eine Geschichte aus einem Kinderbuch, genauso absurd und genauso sinnvoll.

19

Rebecca Rubinstein schrieb den ersten Entwurf für den ersten monatlichen Brief an Abrascha. »Lieber Abrascha. Manchmal habe ich mit dem Gedanken gespielt, Dir eine amüsante Beschreibung der alten Leute zu schicken, die ihre endgültige Abreise auf der sonnigen Veranda von Butler Arms erwarten, einem ausgesprochen liebenswerten Wartesaal. Allerdings habe ich mir gesagt, dass Du vermutlich die gleiche Darbietung menschlicher Leidenschaften, Missverständnisse und Planlosigkeit in Deiner eigenen Umgebung zu sehen bekommst und dass diese ramponierten Gestalten höchstens eine rein fiktive Bedeutung für Dich haben können. Du wirst ihnen nie begegnen. Im Übrigen hat das geschriebene Wort kaum je Dein Interesse erregt.

Gelegentlich lasse ich mich von den irrationalen Aspekten des Alters faszinieren, die vertraute Bildmuster mitunter mit neuen Farben versehen. Die Anhäufung von vergangener Zeit, die ich ringsum beobachte, ist hochbrisant. Und sehr formbar! Ich beobachte und ich höre zu, ich fülle einen ihrer Schaukelstühle und wirke wahrscheinlich wie ein großes schläfriges Walross. Aber ich schlafe nicht! Ich bin eine Kraftstation aus Willen und Einsicht, gebt mir ein Zeichen, und ich laufe mit doppelter Kraft – wenn ich will, kann ich alles verändern. Wenn ich weiß, dass ich gebraucht werde, gelingt mir einfach alles.«

Es war ihr schon längst klar, dass dieser Brief so nicht abgeschickt werden konnte, aber dennoch fuhr sie fort. Der Anfang war ja vielleicht noch vertretbar.

»Erst jetzt weiß ich, was ich alles falsch gemacht und was ich zu tun versäumt habe – aber glaube nur nicht, dass ich etwas bereue oder bedaure. Meine Zuversicht ist unerschüttert, höchstens um eine neu gewonnene Wachsamkeit erweitert. Jetzt erst könnte ich ...«

»Rebecca, meine Liebe«, sagte Hannah Higgins, »sitzt du möglicherweise auf meinem Häkelzeug?«

»Nein, tu ich nicht«, erwiderte Mrs. Rubinstein. Sie las das Geschriebene verärgert noch einmal durch, strich alles ab »Gelegentlich lasse ich mich von den irrationalen Aspekten ...« und fuhr dann fort. »Über die Zeichnungen der Kinder freue ich mich jedes Mal. Shureles farbenfrohe Werke hängen über ...«

Nein. »Freue ich mich jedes Mal. Ihr scheint ein schönes Osterfest verbracht zu haben. Hier stehen uns wieder christliche Lustbarkeiten bevor – ein Ausflug nach Silver Springs. Der Ort soll angeblich noch die ursprüngliche Schönheit bewahrt haben, von der die Indianer umgeben waren, bevor sie ausgerottet wurden. Inzwischen allerdings verbessert mit Restaurants, einer Schlangenfarm und dem Leben Jesu in Wachs.

Der Frühlingsball war wie üblich eine peinliche Angelegenheit. Und ein Schlamassel, das so ungeheuerlich ...« Nein. Sie hatte keine Lust, den Ball zu erwähnen. Ist ja schrecklich, dachte Mrs. Rubinstein. Kommt mir vor wie ein Schulaufsatz, Hausaufgabe für den Fünfzehnten. Ein Ausflug. Mein erster Ball. Ha! Mein letzter Ball!

Armer Abrascha, muss das alles wirklich so weitergehen?

»Ich hoffe, dass Libanonna ...« Und plötzlich hatte sie vergessen, was Libanonna eigentlich machte, total vergessen. Danach war es unmöglich, fortzufahren. Fakten, Namen oder Worte zu verlieren – etwas Irritierenderes und Bedrückenderes gab es nicht. Es war vollkommen unmöglich, sich auf etwas zu konzentrieren, solange das Gehirn das Verlorengegangene nicht wiedergefunden hatte.

»Ich versteh das nicht«, sagte Hannah Higgins. »Wo um alles in der Welt kann ich mein Häkelzeug hingelegt haben?«

»Wo hast du es zuletzt gesehen?«, fragte Peabody.

Libanonna, was machte die überhaupt, was war daran so wichtig? Wie alt war sie, war sie immer noch hübsch? Oder war Shirley vielleicht die Hübsche? Wer kann schon all das aufzählen, was verloren und verwechselt wird und der Erinnerung entgleitet, wenn die Lust, etwas mitzuteilen, nicht mehr vorhanden ist, und überhaupt – Shirley, Libanonna oder Shurele, diese selbstgefälligen jungen Damen mit ihren großen Nasen werde ich sowieso nie zu Gesicht bekommen.

»Mrs. Rubinstein«, sagte Frey. »Wie ich sehe, sitzen Sie auf Hannahs Häkelzeug. Es schaut hinten heraus.«

Mrs. Rubinstein stand auf. Eine der Häkelnadeln war umgebogen.

»Ein Glück!« Hannah Higgins lachte. »Ein Glück, dass sie nicht direkt reinging! Das wäre eine schöne Bescherung gewesen!«

Mrs. Rubinstein setzte sich wieder hin. Sie schloss die Augen und dachte weiter an Abrascha. Bereits auf dem ersten Foto ist er zu dick, da, wo er auf dem weißen Fell liegt. Ich schreibe alles noch mal. Der Anfang war auch nicht gut. Das mit dem Wartesaal und dass Abrascha sich nicht für Literatur interessiert. Narishkeit! Morgen schreibe ich einen neuen Brief.

20

Am Abend vor dem großen Ausflug nach Silver Springs stand
Joes rotes Motorrad vor der Veranda. Bisher hatte er noch nie
direkt vor Butler Arms geparkt. Jetzt konnte jeder sehen, dass Joe
und Linda vorhatten, die Nacht zusammen zu verbringen. Miss
Ruthermer-Berkeley war froh, dass Linda ihre Angst vor dem
Motorrad überwunden hatte und dass Bounty-Joe nicht mehr
verlegen war. Ihrer Ansicht nach hatten sie sich damit sowohl
Zeit als auch Ärger erspart, und das kann durchaus wichtig sein,
selbst wenn man noch das ganze Leben vor sich hat. Jetzt durfte
sie nur nicht vergessen, Miss Frey den Kopf zurechtzusetzen. »Die
Sünde, Miss Frey, die Sünde kann in Zeiten von Aufbruch und
Veränderung als verzeihlicher Leichtsinn gelten. Eine Abreise im
Morgengrauen ist ein rein praktisches Arrangement, schließlich
müssen wir zugeben, dass es später am Vormittag zu heiß wird. Im
Übrigen bedeutet ein offen eingestandenes kleines Vergehen auch
eine Verantwortung, sowohl für die beiden als auch für uns. Lassen Sie uns hoffen, dass diese Verantwortung ihrerseits zu einer
glücklichen Ehe führt, und dass wir unsererseits die Kühnheit der
beiden jungen Leute respektieren ...« Na ja, dachte Miss Ruthermer-Berkeley, das wird jetzt vielleicht ein bisschen langatmig. Am
besten, ich schlafe erst mal darüber. Aber ich werde nicht nach Tee
klingeln, heute darf ich Linda nicht in Verlegenheit bringen. Sie
braucht einen ungestörten Abend.

Im Morgengrauen trat Joe auf die Veranda hinaus. Unter dem
leeren Himmel lag die Stadt wie eine einheitliche graue Masse –

Straßen, Häuser und Bäume, alles kam ihm wie eine Ansammlung von Spinnweben vor. Das einzig Lebendige, Leuchtende, war die Honda. Zum ersten Mal sah er, wie die Umrisse der Stadt sich gegen den Himmel abzeichneten, eine fremde Silhouette aus Turmspitzen und verschnörkelten Bauwerken, überholt und antiquiert wie auf einer alten Ansichtskarte aus Europa. Er war nervös. Deutlicher denn je wusste er, dass die Zeit knapp wurde und alles Wesentliche anderswo stattfand. Als er den Helm festschnallte, zitterten seine Hände, und durch die Schutzbrille nahm der Morgen eine bräunliche Färbung an wie vor einem Unwetter. Er wartete. Er fühlte sich, als würde er zum ersten Mal mit Linda zusammen sein, und hatte Angst.

Endlich kam sie, öffnete das Tor und schloss es so behutsam hinter sich, als würde das Wohlergehen der ganzen Welt davon abhängen, dass niemand gestört wurde. Sie hatte ihren Rock in eine von seinen Jeans gestopft und die Schutzbrille aufgesetzt und sah aus wie ein unförmiges Insekt. Vorsichtig nahm sie auf dem Sattel Platz, so als wäre er ein Sofa oder als wäre sie die heilige Frenesia oder sonst eine Heilige, die den Scheiterhaufen bestieg, um direkt in den Himmel zu fliegen. »Setz dich normal hin!«, flüsterte Joe. »Das hier ist kein verdammter Schwan auf einem Karussell in Guadalajara.«

Er öffnete den Benzinhahn, stellte den Choke ein, vergewisserte sich, dass er auf offen stand, und trat auf den Kickstarter. Nichts, nicht ein Ton. Noch einmal – nichts. Er schloss den Choke und versuchte es wieder, die Honda hatte ihn bisher noch nie im Stich gelassen. Linda saß unbeweglich da und hielt sich fest, ihre dunklen Insektenaugen starr auf ihn gerichtet. Er steckte den Zündschlüssel noch einmal ein, um sicher zu sein, dass Strom da war. Dann kickte er die Maschine wieder an, immer wieder verpasste er der Honda alles, was sie verkraften konnte,

und als es endlich klappte und sie losknatterte, war er vor Anspannung hilflos und rannte mit ihr quer über die Straße und auf
den Gehweg vor Friendship's, bevor es ihm gelang, sie wieder
in seine Gewalt zu bekommen, sie auf die Fahrbahn zu lenken
und mit ihr loszubrausen. Jetzt folgte sie, jetzt machte sie mit.
Anfangs war ihm noch ein bisschen übel. Lindas Gewicht verlieh der Fahrt eine neue, federnde Balance. Das Tempo halten,
immer geradeaus, Vollgas geben, das Kinn vorgereckt, die eigene Leichtigkeit und Kraft spüren, in den Schultern, im Bauch, in
den Beinen, er schaltete in den Vierten und drehte auf, bis sein
Handgelenk schmerzte, nahm die Kurven in langen, sausenden
Bögen, manchmal im Vierten und dann wieder im Dritten. Linda gab keinen Ton von sich. War die Fahrbahn holprig, spürten
beide harte Stöße im Zwerchfell. Die Sonne ging auf und breitete Garben aus Licht über die Straße und unter das Vorderrad,
ab und zu dröhnten Fernlaster wie dunkle Schemen vorbei, dann
wieder nichts als Sonne. Die Landschaft wurde ungesehen nach
hinten gerissen, kurz hell aufblitzend. Er stellte sich Lindas Gesicht vor: Die Schatten um ihren Mund wurden von einer leichten Staubschicht vertieft, ihr Haar strömte wie schwarzer Rauch
unter dem Helm hervor, sie war schöner denn je.

21

Johanson fuhr den Wagen an der Treppe vor. Das Auto war mit grünen Zweigen geschmückt, ein seltsamer Brauch, den er aus Skandinavien mitgebracht hatte. Auf jedem Sitz lag eine zusammengerollte Decke. Medikamenten-Kiste, Plastikteller und alles Übrige, was eventuell benötigt wurde, waren im Kofferraum verstaut. Miss Frey verteilte Prospekte. Peabody ging nach hinten und versuchte, die Wagentür zu öffnen, allerdings ohne Erfolg. Es gelang ihr nie, etwas zu öffnen, weder Autos noch Schachteln oder Dosen, aber meistens war irgendjemand zur Stelle, der ihr half.

»Aber meine Liebe«, sagte Hannah Higgins, »auf dem Rücksitz solltest du lieber nicht sitzen, da wird dir nur schlecht und du siehst nichts von der Fahrt.« Peabody zögerte kurz, dann flitzte sie nach vorn und setzte sich neben Johanson.

»Die Maus hat sich geopfert«, kommentierte Mrs. Rubinstein oben auf der Veranda. »Hinten sitzen ist ein Zeichen von Nächstenliebe. Hätte sie sich in die Mitte gesetzt, dann hätte sie nie den besten Platz erwischt. Eine amüsante Beobachtung, oder nicht?«

»Na ja«, sagte Elizabeth Morris. »Vielleicht eher boshaft.«

Die beiden würden zu Hause bleiben. Sie mochten keine Ausflüge.

»Darf ich fortfahren?«, fragte Mrs. Rubinstein. »Sieh sie dir an. Meine liebe Elizabeth, sieh sie durch deine rosa Sonnenbrille an. Thompson, der alles verachtet, hat sich in Schale geworfen und seinen besten schwarzen Anzug angezogen, jetzt muss er ganz hinten sitzen, weil er nach Knoblauch riecht. Sieh Frey an, die Peabody hasst, die wiederum Frey hasst. Johanson ist wie Charon mit seiner Fähre, jetzt machen sie alle miteinander einen Ausflug!«

»Du hast Hannah Higgins vergessen«, sagte Mrs. Morris.

»Elizabeth«, erwiderte Mrs. Rubinstein, »Hannah Higgins vergesse ich nie, aber sie entzieht sich meiner Kommentare.«

Sie saßen in den Schaukelstühlen der Schwestern Pihalga, offensichtlich ein endgültiger Entschluss, wenn auch unausgesprochen.

»Auf los geht's los!«, rief Catherine Frey. »Seid ihr auch ganz sicher, dass ihr nicht nur uns zuliebe zu Hause bleibt?«

»Passt auf euch auf!«, kam es von Peabody. »Wir machen jetzt eine Fahrt ins Abenteuer!« Sie winkte, bis der Wagen um die Ecke bog, dann lehnte sie sich mit einem Seufzer zurück, bereit, alles zu sehen und zu erleben, was auf sie zukam. Johanson fuhr in die Stadt hinauf und glitt in den Verkehr, der sich nach Osten bewegte. Die Straße war eine einzige Masse aus glänzenden Autos, ein langer Teppich aus dunkel blitzendem Metall. Die ganze Gegend hier wirkte wie ein Tunnel aus lauter Farben. Zu beiden Seiten der Schnellstraße erhoben sich Werbeplakate, Obeliske, Türme und Tabernakel, glühende Regenbogen, Buchstaben, die so riesig waren, dass Peabody sie nicht lesen konnte, rotierende Säulen, die wie im Taumel an- und abschwollen, Hotels, Motels, Bungalows, alles flog ihnen in einem einzigen Strom aus Schönheit, Verlockung und Urlaub entgegen.

»Florida!«, rief Peabody und sah Johanson an.

»Die haben eine Menge gebaut hier seit letztem Mal«, sagte er. Spanische und marokkanische Häuser, norwegische mit Steinen auf dem Grasdach, japanische Gebäude mit hochgebogenen Giebeln! Eine Tankstelle reckte gotische Strebepfeiler in die Höhe, und oben am Himmel schwebte ein gigantischer Schuh aus Silber. Peabody bemühte sich, schnell, schnell von oben nach unten zu lesen: Motel drugs stardust fiberglass we never close … potato chips Cheap weddings – und schloss dann die Augen. »Hast du deine Autopillen genommen?«, fragte Hannah Higgins hinter ihr.

Das Auto sank in einer saugenden Bewegung abwärts und sauste unter einem Viadukt hindurch, mit ungeheurer Geschwindigkeit stürzten parallele Gitter aufblitzend vorbei, dann stieg der Asphalt wieder an, die Straße wurde breiter, vor ihnen erstreckte sich die funkelnde Bugwelle aus Autos bis an den Horizont.

Peabody lehnte den Kopf an die Nackenstütze und sah die Palmen wie Besenstiele angefahren kommen, eine Palme nach der anderen, mit überraschend kleinen Baumkronen, nur ein paar dünne Wedel oder gar nichts, nackte Pfähle, die, nach oben hin schmaler werdend, gen Himmel strebten. Das sei der Taifun neunundsechzig gewesen, erklärte Johanson, dann erkundigte sich Mrs. Higgins, ob sie sich übergeben wolle. Peabody schüttelte den Kopf und schluckte, richtete sich auf und sah aus dem Seitenfenster. Vor jedem Haus wuchsen dicke hellrote Büsche, überladen von Blüten, die an rosafarbene Puddingkleckse erinnerten. Parkplätze tauchten wie Zahnlücken längs der Autobahn auf. Ihr war schlecht. Inzwischen sauste das Auto am Meer entlang. Auf dem Wasser schaukelten weiße Jachten vorbei, Sea Belle, Tampa, Glory, sie kam kaum dazu, alle Namen zu lesen, Sir Beau, Papa Lloyd … Ein kreideweißer Christus flog rückwärts an ihnen vorbei und segnete den Golf von Mexiko mit ausgebreiteten Armen. »Johanson«, sagte sie, »Johanson, ich muss raus.«

Entlang der Küste hatten freundliche Behörden kleine geschützte Halbkreise bauen lassen, wo man anhalten durfte. Die Autos parkten dicht nebeneinander, die Schnauzen der grünen wogenden See zugewandt. Neben ihnen standen Menschen und genossen die Meeresbrise. Evelyn Peabody übergab sich in die Wellen. »Geht's besser?«, fragte Hannah Higgins.

»Ja, viel besser. Das ging alles zu schnell, und ich wollte zu viel sehen. Vielleicht ist das hier ja das einzige Mal, dass ich Florida so aus der Nähe zu sehen bekomme …« Peabody saß auf der Kaimauer und hob den Kopf mit ihrem üblichen entwaffnenden, vagen Lächeln. Wie immer, wenn sie sich übergeben hatte, fühlte sie eine angenehme Schwäche, eine Art sanfter Verantwortungslosigkeit, als wäre sie krank gewesen und würde jetzt für die Nacht ins Bett gesteckt. Plötzlich hatte sie Lust, sich bei Frey zu entschuldigen.

Johanson sah die Luxusjachten an. Sie glitten sachte vorüber, mit glänzendem Fischfanggerät ausgerüstet, mit starken Leinen und dünnen Metallstäben, die wie die gesträubten Barthaare einer Katze über das Heck ragten. Der Fang des Tages hing zum Bewundern in der Takelage. »Papa Lloyd« hatte einen kleinen Hai heraufgezogen und legte jetzt seine Ehrenrunde möglichst nah am Ufer zurück. Überall, wo er entlangstrich, erhielt er Beifall. »Tolle Dinger«, bemerkte Johanson. »Aber ist ja keine Kunst, damit groß anzugeben, wenn nichts davon selbst gemacht ist, sondern man alles nur mit 'nem Haufen Geld gekauft hat.«

Vielleicht eine Kreuzfahrt, überlegte Miss Frey. Ein ganzer Urlaub an Bord eines Schiffes. In einem Liegestuhl hinaus in die funkelnde, leere Weite des Meeres getragen werden, das Buch aufs Deck hinabgleiten lassen und spüren, dass nichts wichtig ist …

Sie starrte aufs Wasser hinaus und dachte plötzlich, genau so ist es jetzt auch, nichts ist wichtig. Egal, was man auch tut und macht und plant, nichts ist wichtig. Schrecklich ist das.

Ihren Magen hatte sie seit einigen Tagen nicht gespürt.

»Was schaust du an?«, fragte Peabody sanft.

»Nichts Wichtiges«, erwiderte Frey.

»Hier ist das Meer grüner als in St. Petersburg, nicht wahr? Mein Papa hat uns einmal auf eine weite Reise mitgenommen, nur um uns das Meer zu zeigen.«

»Ach ja?«, sagte Frey.

Peabody blieb auf dem Kai sitzen, ihr nach oben gewandtes Gesicht wirkte seltsam kindlich. Nach Worten tastend, begann sie zu erklären: sie sei sich der Feindschaft, die zwischen ihnen herrsche, durchaus bewusst. Die habe ihr viel Wesentliches gegeben. Aber jetzt sei sie plötzlich zu der Einsicht gekommen, da sie ja ohnehin auf derselben Veranda miteinander leben würden, sei es einfacher und richtiger, die Feindschaft aufzugeben.

»Und stattdessen Freunde zu werden?«

»Vielleicht nicht unbedingt Freunde«, sagte Peabody mit dem Blick aufs Wasser. »Es gibt so vieles, was man nicht beschließen kann, entweder es passiert oder es passiert nicht. Ich meine, vielleicht eine freundliche Bekanntschaft. Das Leben ist so schon schwierig genug.« Plötzlich wandte sie Frey das Gesicht zu und fragte zuversichtlich: »Kannst du mir verzeihen?«

»Von mir aus«, sagte Frey. »Mach dir nur keine Gedanken …«

Thompson stieg aus dem Auto und suchte nach einer Stelle, wo keine Leute waren, aber ohne Erfolg. Da erledigte er es trotzdem. Während der ganzen Reise hatte er kein Wort geäußert.

Catherine Frey fröstelte in der Sonne. Peabody, eine Person, die hinrichtet, eine, die bedenkenlos alles aussprechen darf, weil sie ja so sanft und gut ist! Sie beschwert sich über selbstgenügsame alte Gauner wie Thompson, aber einer Person, die noch nie Freundschaft kennengelernt hat, sagt sie, die Feindschaft habe ihr Wesentliches gegeben und jetzt sei sie bereit für eine Bekanntschaft! Sie übergibt sich, ist erleichtert, fühlt sich beim

Anblick des Meeres gerührt und kriegt Lust, um Verzeihung zu bitten – mit dem Trumpf im Ärmel!

Frey kehrte zum Auto zurück, wo Hannah Higgins gerade ein Nickerchen machte.

Johanson fuhr wieder auf die Schnellstraße hinauf und weiter nach Silver Springs. Ab und zu warf er im Rückspiegel einen Blick auf Thompson, aber Thompson war unverändert abgekapselt, wie schon seit Wochen. Johanson räusperte sich und sagte, hier sei wieder viel gebaut worden. Vor ein paar Jahren habe es ringsum nichts als Wald gegeben.

»Unglaublich, was die alles können!«, bemerkte Miss Peabody. Allmählich näherten sie sich dem Naturschutzgebiet, dem Dschungel, einem kleinen, schönen Teil aus der unberührten Jugendzeit Amerikas.

Als der Brief mit der Morgenpost bei Palmers ankam, lief der Barkeeper gleich um die Ecke zu Butler Arms und fragte nach Linda. Für den Weg hinunter zur Bounty habe er keine Zeit, erklärte er, aber diesen verflixten Brief wolle er jetzt ein für alle Mal loswerden.

Mrs. Morris saß auf der Veranda, sie erwiderte, alle seien nach Silver Springs gefahren, Joe und Linda hätten sich schon bei Sonnenaufgang auf den Weg gemacht.

»Aber Joe muss seinen Brief bekommen«, sagte der Barkeeper.

»Ich weiß«, sagte sie. »Geben Sie ihn jemandem bei Friendship's mit, die fahren demnächst los.«

Also überquerte der Barkeeper die Straße zu Friendship's Rest, wo die Senioren schon in einer Reihe vor ihrem Bus standen. Nachdem er sie alle gemustert hatte, gab er Tellerton den Brief.

»Sorgen Sie dafür, dass Joe ihn bekommt«, sagte er. »Bounty-Joe. Er und sein Brief, die gehen mich ja herzlich wenig an, aber hier ist der Brief nun mal, er ist angekommen. Werden Sie sich zuverlässig um die Sache kümmern?«

»Das verspreche ich«, antwortete Tellerton, steckte den Brief in seine Brieftasche und stieg in den Bus, der gleich darauf nach Silver Springs losfuhr.

»Joe«, sagte Linda. »Joe! Es ist genauso schön, wie ich es mir vorgestellt hatte. Quellen wie aus Silber. Als wäre man im Himmel.«

»Und wie hat dir die Honda gefallen?«

»Es war, als würde man in den Himmel fliegen!«

Joe lachte. »Hab ich doch gesagt.« Sie lagen auf dem Rücken im Gras, direkt am Wasser. Der Fluss war durchsichtig wie Glas, und wo die Quellen aufstiegen, entstanden Wirbel in der ständig dahingleitenden Wasseroberfläche. Die Sonne beschien die Baumwipfel, aber weiter unten lag die Umgebung im Schatten, kleine leuchtend rote Vögel hüpften umher und pickten zwischen Bonbonpapieren und abgenagten Maiskolben im Gras. Bei den Flussbooten stand eine Familie vor der geschlossenen Kasse und wartete. Vier kleine Kinder aßen Brote und tranken Saft. Die weißen Flussboote waren oval und hatten fransengeschmückte Sonnendächer, jedes Boot trug den Namen eines Indianerhäuptlings. Linda buchstabierte: »Chief Toetwo. Chief Tahatlamossee. Hier haben sie gelebt«, sagte sie. »Und dann habt ihr ihnen Silver Springs weggenommen und sie alle getötet.« Die roten Vögel hüpften ihr fast vor die Füße.

Nachdem die Kasse geöffnet hatte, fuhr das erste Flussboot in den Fluss hinaus, nur mit der Familie und Linda und Joe an Bord. Durch Glasscheiben, die in den Bootsboden eingelassen waren, konnte man bis auf den Grund des Flusses schauen. Der Sand wurde von Licht überströmt, ein flatterndes Gitter aus

Sonnenreflexen, dunkle, schmale Fische huschten vorbei, ach, es war wunderschön! Linda lag auf dem Bauch und schaute. Sie sah einen Fisch mit blauen Augenbrauen, genau wie Mrs. Morris. Dann segelte Mrs. Rubinstein mit Schleppe und Schleier vorbei, und Thompson schwamm in seine eigene private Richtung davon, außerhalb des Schwarms. »Sieh mal, da kommt Mama, sie hat ein Körbchen auf dem Kopf ... Joe, wir müssen miteinander im Fluss schwimmen!«

»Mal sehen«, sagte Joe, den die Familie verlegen machte.

Die Wasserstraße war schmal, zu beiden Seiten hing der Urwald tief herab. Die Bäume stiegen in den Fluss hinaus, wo ihnen hohe, üppige Pflanzen entgegenkamen, dadurch wurde die Bootsfahrt zu einer Reise durch ein endloses, grünes, schimmerndes Schattenspiel, ein einziger Traum. »Ist das nicht schön, ist das nicht schön?!«, wiederholte Linda. Sie wandte sich zu der Familie um und begann, sich mit den Kindern zu unterhalten, sie umarmte die Kleinsten, lachte laut und rannte hin und her, von der einen Seite des Bootes zur anderen.

»Linda«, sagte Joe.

»Ich kann nicht anders! Ich bin so glücklich! Und ich muss daran denken, was wir tun werden, bevor wir im Fluss schwimmen!«

»Du weißt, dass Schwimmen verboten ist«, sagte er.

Manchmal wurde das Boot langsamer und steuerte auf einen Baum zu, auf dessen Stamm eine weiße Zahl gemalt war. Der Steuermann blies in eine Trillerpfeife, und sofort kamen große graue Affen zwischen den Ästen angeturnt und kauerten sich ans Ufer, um gefüttert zu werden. Joe kaufte zwei Tüten Futter, aber Linda warf das Futter so ungeschickt, dass das meiste im Wasser landete. Was aber nicht schlimm war, dafür fraßen die Fische es auf. Die Kinder schrien den Affen zu und warfen Butterbrotpapier ins Wasser, und plötzlich ertönte aus einem

Lautsprecher an der Decke »Ol' Man River«, worauf das Boot sich in die andere Richtung zurückbewegte.

»Ist es aus!?«, fragte Linda. Sie packte Joe an den Schultern und rief: »Das ist doch nicht möglich, es muss weiterfahren bis ans Ende! Komm, wir gehen an Land und lassen die anderen zurückfahren!«

»Das ist verboten«, sagte Joe. »Das hier ist ein Nationalpark.«

»Aber du weißt doch, was wir am Ufer machen wollten?«

»Okay, okay«, sagte Joe. »Nachher machen wir irgendwas, später.« Die Familie hörte zu, es war fürchterlich.

»Wir wollten uns doch lieben«, flüsterte Linda.

Er sah auf den Fluss hinaus.

Als sie an Land kamen, warf Bounty-Joe sich auf den Bauch ins Gras und schwieg. Linda legte sich eng neben ihn. »Du bist mir böse«, sagte sie. »Du findest, dass ich dich blamiert habe. Ihr seid wirklich komisch, hier in deinem Land. Alles, was ihr singt und schreibt, eure Bilder, eure Kleider und euer Jesus, alles handelt nur von Liebe. Wenn ihr tanzt, ist es wie Liebe, oder? Aber reden darf man nicht darüber.«

»Das war wegen dieser Familie«, erklärte Joe. »Die haben zugehört.«

»Familien«, sagte Linda geduldig, »Joe, Familien wissen alles über Liebe. Wenn Mama Papa lieben wollte, sagte sie, jetzt haben wir Zeit und das hier ist ein guter Ort. Wir hörten alle, was sie sagte. Und sie hatte ganz recht, Papa wollte nämlich immer.«

»Was du alles redest«, sagte Joe.

Der Bus von Friendship's Rest hielt vor dem Restaurant, er sah sie alle nacheinander aussteigen. Dann standen sie da und starrten den Fluss an. Und plötzlich, wie ein Wind, überkam Joe die Lust, Linda zu besitzen, hier, jetzt, im Gras am Wasser. Er rollte auf den Rücken und betrachtete die Wipfel der Bäume.

Als Hannah Higgins in Silver Springs ankam, schlug sie die Hände zusammen und rief: »Wie in einem Bilderbuch!«

Hier durfte jeder den Rasen betreten. Familien, Touristen, Liebespaare, Senioren und Kinder, alle durften auf den Rasen, durften dort umherschlendern, spielen oder träumen, picknicken oder schlafen. Die Boote fuhren den Fluss hinauf und hinab und verströmten dabei unentwegt Musik, ein jedes trug den Namen eines Indianerhäuptlings. Hier hatten die Indianer vor langer Zeit gelebt, hier hatten sie gejagt, geschwommen und Essen gekocht; seltsam, sich das vorzustellen. Dieselben Quellen und genauso viele Fische, nur dass die mittlerweile natürlich unter Naturschutz standen.

»Wie ein schönes Bilderbuch«, wiederholte Hannah Higgins und trat in den Andenkenladen, wo sie Ansichtskarten und drei kleine Indianer kaufte, die sie nach Hause schicken würde. Peabody fand einen Schal, auf dem alle Sehenswürdigkeiten von Silver Springs zu sehen waren, aber Frey stand nur daneben und blätterte in ihren Broschüren. Ihr Magen machte sich wieder bemerkbar. »Wo ist Thompson?«, fragte sie. »Ich trage die Verantwortung für diese Reise, wir müssen alle zusammenbleiben.«

»Er hat sich eine Davy-Crockett-Mütze gekauft«, antwortete Hannah Higgins. Thompsons neue Mütze war groß und grau und hatte einen langen Schwanz, zusammen mit seinen Augenbrauen verlieh sie ihm ein leicht diabolisches Aussehen. Gleichzeitig schien er durch die Mütze kleiner zu werden.

»Wird das nicht ein bisschen zu heiß?«, fragte Peabody.

Nicht für ihn, dachte Frey, nicht, wo er herkommt! Laut sagte sie: »Der erste Punkt auf dem Programm ist die Schlangenfarm. Ihr könnt sie euch anschauen, wenn ihr wollt, aber ich bleibe draußen. Der bloße Anblick von kriechendem Getier macht mich krank.«

»Freudianisch«, bemerkte Thompson. Es waren die ersten Worte, die er äußerte. Die neue Mütze hatte ihn aufgemuntert. Er starrte Frey unter dem Pelzrand durchdringend an, schüttelte seinen grauen Schwanz und ging ins Schlangenhaus. Dort war es schon sehr warm. Die drei Reisenden bewegten sich von einem gläsernen Schaukasten zum anderen und betrachteten die Schlangen, die regungslos zusammengerollt dalagen. Die meisten machten einen staubigen Eindruck und schienen zu schlafen. Thompson presste das Gesicht an die Glasscheibe und schnitt fürchterliche Grimassen, in der Hoffnung, die Schlangen zu beeindrucken. »Die sind wie ich«, sagte er. »Sie verachten die ganze Welt.«

Mrs. Higgins und Miss Peabody unterhielten sich über Schlangen – über schwimmende Schlangen, die sich im Wasser an einem emporringeln, weiße Schlangen, die an die Treppe gekrochen kommen, wenn jemand sterben wird ... Schlangen, die sich in den eigenen Schwanz beißen und wie Räder hinter einem herrollen!

»Sprecht lauter!«, verlangte Thompson. »Ich höre nicht, was ihr sagt.«

Hannah Higgins wiederholte: »In Südamerika beißen sie sich in den eigenen Schwanz und rollen hinter einem her! Und bei der Ernte ist einmal eine Schlange mit der Heugabel nach oben gekommen, die ist mir dann über den Hals geglitten!«

Evelyn Peabody stieß ein entsetztes kleines Mäusepiepsen aus.

»Schlangen«, sagte Thompson. »Schlangen, meine Damen, Sie haben einen Schlangentick. Ein armes, bedauernswertes Tier ist für Sie zu einem Tick geworden. Sie haben sich wohl immer noch nicht vom Sündenfall erholt?« Plötzlich wurde er von euphorischem Rededrang erfüllt, er zog sich die Pelzmütze noch tiefer über die Augen und zischte: »Schlangen! Sex! Sie wissen schon, Sex, wofür das eine Abkürzung ist. Im Übrigen kann ich Ihnen versichern, dass diese Schlangen nur eins wollen – in Ruhe gelassen werden. Nicht einmal in Südamerika würden sie hinter Ihnen herrollen! Sehen Sie sie doch an! Haben Sie jemals einen so abgrundtiefen Mangel an Interesse gesehen, eine so enorme Verachtung!«

Eine Kobra hob sachte schaukelnd den helmgeschmückten Kopf, ihre Augen erinnerten an die von Raubvögeln und Krokodilen. Unmerklich ruckte sie den Kopf nach hinten, um dann zu erstarren. »Weg hier, schnell weg hier«, flüsterte Miss Peabody. Sie gingen weiter über den heißen Sand.

Der Schlangentrainer stand inmitten von acht zusammengerollten Klapperschlangen in seinem gläsernen Käfig. Er trug hohe Stiefel. Drei Busladungen mit Ausflüglern drängten sich um den Würfel aus bruchsicherem Glas. Die zusammengerollten Schlangen lagen im Kreis um den Trainer, in der Mitte jeder Schlangenrolle zuckte eine warnende Rassel gleichmäßig hin und her und erzeugte ein trockenes, lebloses Geräusch – eiskalt und drohend. »Kommt hierher«, rief Hannah Higgins. »Von hier aus sieht man besser.«

Gegenüber auf der anderen Seite stand Tim Tellerton, der Bus von Friendship's war angekommen. Der Schlangentrainer hob den Arm, worauf die acht Schwanzrasseln, sachlich den Tod verheißend, schneller wurden. Tellerton sah sie mit beherrschtem Widerwillen an und hoffte, dass sie zusammengerollt bleiben würden. Dann blies der Trainer einen weißen Luftballon auf und streckte ihn mit dramatischer Langsamkeit einer seiner Schlangen hin, näher und immer näher. Niemand sah, als die Schlange zubiss, es gab nicht einmal den Schatten einer Bewegung. Ein schwacher Knall, ein Plastikfetzen, und befriedigtes Erschauern rings um den bruchsicheren Käfig – das war alles.

Thompson drängelte sich zur anderen Seite durch, klopfte Tellerton auf den Rücken und sagte: »An Sie kann ich mich erinnern. Sie wollten sich nicht in die Schaukelstühle der Toten setzen. Tun die Schlangen Ihnen leid?«

Tellerton sah die Schlangen an und antwortete: »Ja, die Schlangen tun mir leid.«

»Das habe ich mir gedacht«, bemerkte Thompson und ging.

Nachdem der Schlangentrainer lebhaften Beifall bekommen hatte, verzog er sich. Die Zuschauer bewegten sich langsam in andere Richtungen, während die Klapperschlangen zusammengerollt liegen blieben und ihre Rasseln klappern ließen. Eine neue Busladung war über den Sand unterwegs, die Kampfbereitschaft der Schlangen blieb bis zum Abend unverändert.

»Miss Peabody«, sagte Tellerton. »Haben Sie Bounty-Joe irgendwo gesehen?« Eine unpersönliche, nüchterne Frage, wie an einer Kasse oder in einem Büro.

»Nein«, antwortete sie.

»Ich habe einen wichtigen Brief für ihn. Ein Brief, der heute früh zu Palmers kam.« Sie gerieten in eine Menschenmasse, die sich zur Alligatorenzisterne weiterschob.

»Gefällt es Ihnen in St. Petersburg?«, fragte Evelyn Peabody.

»Wie bitte?«, sagte Tellerton.

»Gefällt es Ihnen in St. Petersburg?«

»Es ist eine sehr schöne Stadt.«

In einer Ecke der Zisterne lagen die Tiere, trockene, raue Leiber in einem erstarrten Haufen. Über ihnen tropfte ein Wasserhahn. Von hinten drängte die Menge. Peabody fragte feindselig, ob er ein nettes Zimmer bekommen habe. Verwirrt sah er sie an.

»Ein Zimmer?«, sagte er. »Ja, ein sehr nettes Zimmer. Vielleicht sollten wir lieber weitergehen?«

Es war schwierig, sich aus dem Gedränge zu befreien. Die Leute wimmelten planlos durcheinander, standen sich gegenseitig im Weg und wussten weder, wohin sie sollten, noch, was sie sehen wollten. Weitere Busladungen waren angekommen, vor allem ältere Herrschaften, die sich zu langsam bewegten und auch noch in die falsche Richtung. Die Senioren in den Strom der normalen Besucher einzuschleusen war jedes Mal dasselbe Problem. »Ein bisschen schneller, bitte«, rief der Wächter. »Wollen Sie rein oder wollen Sie raus?«

»Mr. Tellerton«, sagte Peabody. »Ich habe Sie auf der Bühne gesehen!« Von allen Seiten drängten Leute heran, manchmal drehte Tellerton sich um und vergewisserte sich, dass sie noch hinter ihm war. »Auf der Bühne!«, rief sie. »Das hat mir sehr viel bedeutet!«

Sie wurden an der Kasse vorbeigeschoben, wo Miss Frey auf sie zulief. »Da sind Sie ja endlich«, rief sie aus, inzwischen hatte sie Higgins und Thompson gefunden und Karten für die Flussfahrt gekauft.

»Halt, warte noch«, sagte Peabody und sah Tellerton an.

»Ich habe eine Bitte«, sagte er. »Wenn Sie Bounty-Joe sehen, teilen Sie ihm mit, dass sein Brief gekommen ist.«

Das Flussboot war voll, jeder Passagier bekam eine Tüte Fischfutter. Der Lautsprecher schaltete sich ein, dann glitten sie auf den schimmernden Fluss hinaus.

Es war ein langer, perfekter Tag. Alle, die müde wurden, konnten sich auf den Terrassen oder unter den Bäumen im Schatten ausruhen. Wer sich noch unternehmungslustig fühlte, spazierte an den grünen Ufern des ständig fließenden Wassers entlang. Kleine Kinder purzelten durchs Gras oder lagen auf dem Rücken, die Arme über dem Kopf, und schliefen, weit geöffnet wie Blumen. Die jungen Leute schossen lange, federgeschmückte

Pfeile auf Zielscheiben ab. Als Hannah Higgins an der riesigen Vergrößerung des Häuptlings Tahatlamossee neben der Schießbahn vorbeikam, hörte sie das Sirren der Pfeile und blieb stehen, um zuzuschauen. Hinter dem Palisadenzaun sah sie indianische Muster in klaren Farben, weiter hinten lagen Zielscheiben, die wie Sonnen leuchteten und über die sich die dichte grüne Wand des angrenzenden Dschungels erhob.

»Könnten wir uns das nicht anschauen?«, schlug Mrs. Higgins vor. »Es kostet nur 25 Cent, und ich habe noch nie Leute gesehen, die mit Pfeil und Bogen schießen.«

Miss Frey entgegnete, dafür sei es zu spät. Jetzt stehe noch Bambis Spielplatz auf dem Programm, und dann müssten sie wieder nach Hause.

»Warte kurz«, sagte Mrs. Higgins und trat näher hin. »Nur einen Augenblick.« Dank ihrer schlechten Augen verschwammen alle Farben und vermischten sich leuchtend mit dem Licht. Niemand ahnte, dass Hannah Higgins die umgebende Welt viel schöner wahrnahm, als sie wirklich war. Nicht nur die Farben, sondern auch die Bewegungen wurden intensiver, vor Hannah Higgins' Augen erfuhr jede Bewegung eine ausdrucksvolle Vereinfachung. Wo die junge Hannah die Dinge so gesehen hatte, wie sie es eben gewohnt gewesen war, die Dinge zu sehen, sah die alte Hannah die Wirklichkeit befreit von Gewohnheit und überflüssigen Einzelheiten. Das Wesentliche der Farben oder Bewegungen trat immer gegen Ende des Tages am deutlichsten hervor. Die Bogenschützen waren wunderschön, schlank und aufrecht. Sie sah, wie sich die Körper genauso spannten wie die Bogen, ruhig und dramatisch. Und als die Schützen ihre Bogen senkten, aufmerksam und gelassen, waren sie genauso schön.

Frey wiederholte, es sei spät, sie habe die Eintrittskarten für Bambis Spielplatz, bald würde die Sonne untergehen, und es sei ihr wichtig, dass Evelyn und Thompson den Spielplatz noch zu sehen bekämen, bevor die kleinen Tiere schlafen gingen.

»Ganz recht«, sagte Mrs. Higgins. »Ich werde mir in Johansons Auto auch ein Nickerchen gönnen.«

Johanson saß mit seiner Zeitung auf der Terrasse.

»Johanson«, sagte Mrs. Higgins. »Hier hast du 25 Cent. Sei so lieb und schieße für mich einen Pfeil, so weit du kannst. Du kannst doch mit Pfeil und Bogen schießen?«

»Klar kann ich das«, sagte er.

»Klar kann der das!«, rief Thompson. »Gottvater Johanson, der kann einfach alles, aber vom Dschungel hat er keine Ahnung! Garantiert schießt er einen meiner Tiger ab! Tiger, Schlangen und Indianerhäuptlinge, die muss man schützen!«

»Keine Angst«, sagte Johanson. »Ich schieße in die Luft. Mr. Thompsons Tiger dürfen unbehelligt weitertigern.«

Dann führte Miss Frey sie zum Spielplatz.

»So ein alter Esel!«, sagte Thompson. »Wenn er glaubt, dass es in Silver Springs Tiger gibt, ist er noch übler dran, als ich dachte.«

Direkt am Rand des Dschungels lag der eingezäunte Spielplatz der Tiere in ständiger Treibhauswärme. Hier waren alle Tiere zahm, keines war bissig. Wer wollte, durfte Saugfläschchen mit warmer Milch kaufen und die Rehkitze füttern oder Kaninchen und kleine Kätzchen auf den Schoß nehmen. Überall liefen meckernde Ziegen herum, die schubsten und die Zähne zeigten und die Kleider der Besucher anzuknabbern versuchten. Tauben ließen sich vertrauensselig auf Schultern und Händen nieder, Kinder erschraken, schrien, wurden getröstet und anschließend fotografiert, wie sie fressende Tiere umarmten. Über diesem ganzen freundlichen, milden Gewimmel hing der Duft nach kleinen Kindern, warmem Sand, gekochter Milch und Urin.

Tim Tellerton blieb am Eingang stehen und sah sich suchend nach Bounty-Joe um.

»Ach du liebe Zeit, der Brief!«, rief Peabody. »Die beiden waren doch vorhin erst hier, und da habe ich ganz vergessen, den Brief zu erwähnen. Linda hat ein Bambi mit Milch gefüttert, und da hab ich's einfach vergessen!«

Tellerton lächelte unverbindlich, sie solle sich keine Gedanken machen, das habe noch Zeit genug. Er sah sehr erschöpft aus. Neben ihnen hatte jemand eine Münze in den Kaninchenautomaten gesteckt, die Falltür klappte auf und zwei Kaninchen rannten heraus, starteten das Roulette mit ihren Pfoten und rollten es mit hysterischer Geschwindigkeit, bis es Pling machte und bei Weiß anhielt. Gleichzeitig ergoss sich ein dünnes Rinnsal aus Haferflocken auf den Käfigboden.

Evelyn Peabody hatte währenddessen Tellerton beobachtet. Zum ersten Mal sah sie, dass er sehr alt war, ein ganz normaler alter Mann mit schönen Augen. Der Ärmste, dachte sie automatisch, bestimmt ist er erschöpft! Ihr Mitgefühl kehrte in die vertrauten alten Bahnen zurück, ohne durch Bewunderung verkrampft zu werden. Sie trat auf ihn zu und sagte, im Spielhäuschen gebe es Bänke, falls er etwas ausruhen wolle?

Tim Tellerton sah sie mit eisig blauem Blick an. »Zu freundlich von Ihnen, Miss Peabody.«

Im gleichen Augenblick begann Catherine Frey die Tauben anzuschreien, sie fuchtelte mit den Armen und rannte hinter den zahmen Vögeln her. Die Kitze staksten hilflos meckernd davon und die Kinder erschraken. Der Wächter hastete herbei. »Hören Sie mal«, sagte er, »das hier ist eine Kinderstube, da können wir keine Aufregung brauchen!« Frey wandte ihm den Rücken zu und kramte mit zitternden Händen in ihrer Tasche.

»Das sind nur die Nerven«, flüsterte Peabody dem Wächter

erklärend zu. »Ich werde mich darum kümmern und sie beruhigen.«

Frey drehte sich um und ging. Du kleines Hilfs-Engelchen, du, dachte sie und zog sich blindlings in den Schatten unter der Dschungelwand zurück. Vor einem weißen Tor in der Palisade blieb sie stehen. Auf einem Schild stand: »Zum Dschungelpfad«. Die Ziegen waren ihr gefolgt und versuchten, nach ihren Händen zu schnappen.

»Miss Frey«, sagte Tim Tellerton. »Dürfte ich Sie um einen Gefallen bitten? Ich weiß, dass ich mich auf Sie verlassen kann.«

»Natürlich, gern«, antwortete sie und presste die Hände zusammen, um sie am Zittern zu hindern.

»Ich habe einen Brief für Bounty-Joe«, sagte Tellerton und sah sie ernst an. »Es ist ein wichtiger Brief, der heute Morgen zu Palmers kam. Können Sie dafür sorgen, dass er ihn bekommt?«

»Ja. Ja, das werde ich tun«, sagte Frey. Sie nahm den Brief und legte ihn in ihre Tasche. Die Ziegen schnappten nach der Tasche, schnell hob sie die Tasche in die Luft. Jetzt drängten sich die penetrant riechenden Tiere von allen Seiten an sie heran.

»Miss Frey«, sagte er. »Ich fühle mich hier fremd und weiß Ihre Hilfe zu schätzen. Meine Empfehlung an Butler Arms.« Er öffnete ihr das weiße Tor und verließ den Spielplatz mit einer kurzen professionellen Verbeugung.

Catherine Frey befand sich auf dem Dschungelpfad. Der Dschungelpfad war im Preis inbegriffen, er war nicht lang, nur zehn Minuten hin und zurück, vermittelte den Besuchern aber ein starkes Gefühl von echtem Urwald. An einem Werktag, zwischen den einzelnen Bussen, war der Pfad mitunter menschenleer und der Wald ganz still.

Sie blieb lange stehen. Die Sonne war verschwunden, es gab keine Tiere hier, sehr angenehm. Langsam ging sie weiter. Ein

Knüppeldamm führte über den feuchten Boden, mit seitlichen Geländern aus Seilen. Hinter den Seilen lag der Dschungel, ein niedriges Mangrovendickicht, wo zwischen den Wurzeln stehendes Wasser glänzte. Graue Hügel aus aufgequollenem Moorboden erinnerten stark an Grabhügel. Peabody, Engel des gnadenlosen Mitleids bis an ihr friedliches Ende. Hier ruht Evelyn Peabody mit dem empfindsamen Herzen. Hier ruht der kontrastreiche Mr. Thompson. Hier ruht Frey.

Ganz schwach drang Musik vom Fluss zu ihr her, und plötzlich hörte sie hinter sich die Stimmen von Peabody und Thompson. Peabody rief: »Warte! Wie geht es dir, fühlst du dich besser? Ruhiger?« Thompson schnupperte und erklärte, das hier sei überhaupt kein Dschungel, das habe mit Dschungel nichts zu tun. Er trat an das Seil und starrte in den grauen Urwald, tief enttäuscht. Thompsons eigener Urwald war dunkelgrün, undurchdringlich. Die Stämme darin erhoben sich erschreckend gigantisch aus der ewigen Dämmerung hinauf an das unerreichbare Dach aus Orchideen, ein flammendes Dach, das sich über wilde Tiere, Träumer und verrückte Millionäre spannte. Ha! Nicht so ein Spazierweg für alte Tanten!

»Dies hier ist ein echter Dschungel«, erklärte Peabody. »Nationalbesitz. Seit Jahrzehnten hat kein Fuß ihn betreten, kein Zweig ist geknickt worden! Weiter drinnen soll es wilde Affen geben. Warte kurz!« Sie holte den Prospekt hervor und begann zu blättern.

»Peabody«, sagte Thompson. »Du redest wie eine Fremdenführerin. Ohne Bier hast du keine Fantasie.« Dann hinkte er an seinem Stock weiter über den Knüppeldamm und bevölkerte seinen Dschungel mit allem, was kroch und krabbelte, mit schweren Leibern, die seidenweich und lautlos durchs Gestrüpp strichen, im Sprung etwas zerfleischten, dazu ein jäh abgehackter Schrei, kaum ein Keuchen. »Schlangen«, sagte er über die Schulter. »Schlangen mag ich. Ich hatte mal eine Ringelnatter, die schlief unter meinem Bett.«

Catherine Frey überholte ihn und lief schneller. Thompson sprach lauter: »Eine Ringelnatter! Und vielleicht habe ich ja immer noch eine Ringelnatter unterm Bett, wie wollen Sie das wissen? Die werden Sie nie finden, und Sie können nie sicher sein, dass sich nicht doch irgendwo im Haus eine Schlange befindet!«

Frey fuhr herum und fragte: »Was wollen Sie eigentlich? Warum geben Sie sich solche Mühe, um mich zu erschrecken und zu ärgern, warum tun Sie das alles?«

»Weil ich sehen will, ob es mir gelingt«, antwortete Thompson unter dem Mützenrand hervor. Dabei wirkte er total aufrichtig.

»Seien Sie nicht so gemein!«, rief Peabody mit ängstlicher Stimme. »Sie mag doch keine Tiere!«

Catherine Frey ließ die beiden stehen. Schon bald erreichte sie eine Lichtung, ab hier führte der Weg wieder zurück. Ein Schild teilte mit, dies sei die Dschungellichtung, und nebenan könne man sich in einem kleinen Südseepavillon ausruhen. Sie trat ein und setzte sich hin. Aspirin half zwar kaum etwas, aber sie nahm trotzdem zwei. In dem Pavillon gab es Automaten für Sandwiches, Ansichtskarten und Coca-Cola. Mitten in der Lichtung stand ein rot-weißer Weihnachtsmann aus Sperrholz mit schneebestäubtem Mantel, um ihn herum wuchsen große Fliegenpilze, in die man Weihnachtswünsche stecken konnte. Daneben der übliche Totempfahl, der dem Dschungel zugewandt wütend das Maul aufriss. So langsam ließ der Schmerz ein wenig nach, vielleicht taugte Aspirin doch etwas. Catherine Frey ließ sich resigniert in das Gefühl absoluter Unwirklichkeit sinken. Die Umgebung und die Menschen ringsum kamen ihr so übertrieben vor wie Bilder aus einem Comic. Sie war einfach nur erschöpft.

Jetzt hatten Peabody und Thompson sie eingeholt. Peabody schaute in einen Fliegenpilz und meinte, wo sie schon mal hier seien, sollten sie sich doch etwas wünschen, man dürfe sich alles wünschen, was man wolle, und ob sie, Frey, ein Stück Papier dabeihabe?

Du darfst gern für mich wünschen, dachte Catherine Frey. Wünsch dir drei Mal, ich wär schon tot, stopf Reseda und Rosmarin dazu rein und so viel von deinem Vater, wie noch reinpasst, und lass mich in Gottes Namen in Frieden.

»Warum lachst du?«, fragte Peabody. »Hast du kein Papier?«

Im selben Moment hob Thompson das Seil an, das die Lichtung eingrenzte, und stieg in den Dschungel. Seine graue Pelzmütze verschwand zwischen den Bäumen.

»Nein, ich habe kein Papier«, sagte Frey.

Peabody kam in den Pavillon und setzte sich hin. Die Stille ringsum machte ihr Angst, darum nahm sie eine lange Erklärung in Angriff, in der es vor allem darum ging, wie seltsam es doch sei, dass man nicht immer das sage, was man meine, oder meine, was man sage, und man solle sich die Dinge nicht gleich so zu Herzen nehmen, selten komme es so, wie man denkt, und die meisten meinen es eigentlich gut ...

Sie hatte das unbestimmte Gefühl, unfreundlich gewesen zu sein, und ihr Gewissen hatte wieder angefangen, leise an ihr zu nagen, sie wusste nur nicht genau, wo und warum.

Plötzlich fragte Frey: »Wo ist er?«

»Thompson? Ich glaube, er ist in den Dschungel hineingegangen ...«

»Hast du das gesehen?«

»Ich weiß nicht, das weiß ich nicht so genau ...«

»Hast du es gesehen? Hast du es gesehen!«, fuhr Frey sie an.

»Erzähl keine Märchen! Sag, ob er es getan hat!«

»Vielleicht hat er das«, flüsterte Evelyn Peabody.

Miss Frey schoss hoch und lief auf die Lichtung hinaus. Immer wieder rief sie Thompsons Namen, aber er antwortete nicht. Er musste sie gehört haben und konnte noch nicht weit gekommen sein, aber der alte Bock schwieg, heute war er stocktaub und hatte sich aus dem Sandkasten davongemacht. Sie hob das Seil an und lief hinter ihm her.

»Warte!«, schrie Peabody. »Warte auf mich!«

Catherine Frey lief weiter, von ihrer Verantwortung getrieben, aber vielleicht mehr noch von ihrem Zorn. Ab und zu rief sie nach ihrem Feind. Der Boden wurde sumpfig, eine dunkle, undefinierbare Masse, in die man beim Gehen einsank. Warmes Wasser drang in die Schuhe. Ringsum ragten die verrotteten Stämme der Mangrovenbäume aus dem Sumpf. Zur Spitze hin wurden sie schmaler, sie sahen aus wie Regenwürmer, was für ein abscheulicher Wald! Schließlich rief sie nur so, einfach um ihren Zorn loszuwerden: »Alter Geißbock! Pyromane! Thompson! Gemeiner Schuft!« Und während sie immer weiter in den Dschungel hineinlief, begann sie auch die anderen anzuschreien, entsetzliche Bezeichnungen für all jene, die sich nie die Mühe gemacht hatten, Fragen zu stellen, die nie auf die Idee gekommen waren, nach der einzigen Person auf der Welt zu suchen, die Catherine Frey war.

Peabody lief, so gut es ging, hinterher und hörte Frey immer weiter weg schreien. Die Schreie wurden schwächer und schwächer, schließlich war es ganz still im Wald.

Leute, die einfach wegliefen, ohne auf einen zu warten, waren das Schrecklichste, was es gab. Schon als Kind, als es nur im Spiel vorkam, hatte sie das schlimm gefunden. Niemand hatte geahnt, wie groß ihre Angst war, wenn Papa wieder mal spielen wollte. Jedes Mal, wenn er sich hinter einem Baum versteckt hatte, war sie überzeugt gewesen, dass er nie mehr wiederkommen würde. Und jedes Mal, wenn er das Ziel, das er sich vorgenommen hatte, nicht fand, versank seine Tochter Evelyn in Kummer. Wir haben gesucht und gesucht, wir haben nie was anderes getan als suchen. Er fand weder den Bach noch den Dschungel, den er uns zeigen wollte. Geliebte Familie, hier gibt es irgendwo einen echten Mangrovensumpf, stellt euch schwarze Spiegelungen unter seltsam geformten Luftwurzeln vor und den Geruch nach abgestandenem Wasser, in dem die Fäulnis gärt … Wir werden von schrecklichen Gefahren umlauert, tröstet eure Mutter! Ich werde einen Platz für euch finden, einen trockenen, sicheren Platz! Ach George, sagte Mama dann, hör auf, und ich betete zu Gott, dass Papa seinen Mangrovensumpf und den sicheren Platz finden würde, den Mama dann bewundern könnte, und die ganze Zeit befürchtete ich, dass er vor Erschöpfung sterben könnte, weil wir immer wieder zuließen, dass er enttäuscht wurde. Und damit hatte ich recht, dachte Miss Peabody. Denn genau das hat er getan, jung, wie er war.

Sie stolperte in einer Wassermulde, und dabei flog ihre Brille davon. Während sie herumtrampelte und danach suchte, trat sie die Brille noch tiefer ins Moos.

Der Dschungel war eine Welt aus Wasser. Jedes Mal, wenn Linda eine schöne Stelle fand, wo sie sich hätten lieben können, versank der Boden in tiefem braunem Wasser. »Du siehst doch, wie es ist«, sagte Joe. »Und warum musst du unbedingt Blumen haben, die werden doch zerdrückt, wenn wir darauf liegen, und sehen können wir sie dann auch nicht.«

»Ja«, antwortete Linda, watete weiter zwischen den Mangroveninseln und spähte vorsichtig wie ein Wasservogel umher. Wo Äste den Weg versperrten, bog sie sie beiseite und wartete, bis

Joe vorbeigewatet war, danach ging sie wieder voraus. Es war schon spät, der Wald lag im Schatten. »Hier«, sagte sie, »hier sinken wir nicht ganz so tief, wir können uns doch im Wasser lieben.« Aber Joe erwiderte, um da etwas zustande zu bringen, müsse man ein Aal sein, er habe keine Lust, sich idiotisch zu fühlen. Linda schwieg. Schließlich kamen sie an einen strömenden Wasserlauf, der sich zwischen den Bäumen hindurchwand und wo ein Teppich aus Seerosen und runden grünen Blättern auf der dunklen Oberfläche ruhte.

»Hier bleiben wir«, sagte Linda. »Eine bessere Stelle zum Schwimmen finden wir nicht. Und Schwimmen macht fast genauso viel Spaß, nicht wahr?« Sie zogen sich aus und hängten ihre Kleider an einen Baum. In der Nähe des Ufers häufte sich ein Gewirr aus versunkenen Stämmen und Wurzeln, aber in der Mitte des Gewässers war der Grund aus festem Sand. Joe sah Linda an. Die grünen Blätter hatten sich zu einem Kranz um ihre Hüften geschlungen, sie schob sie weg und ließ sich ins Wasser gleiten, dabei sah sie ihn auch an, dachte aber nicht an Liebe. Sie ließen sich in der schwachen Strömung treiben, die Gesichter dem Himmel zugewandt. Es war, als würden sie durch Luft segeln. »Wenn du Hunger hast und einen Hamburger oder so was möchtest, schaffen wir es noch ins Restaurant, bevor sie schließen.«

»Ich habe keinen Hunger«, sagte Joe. »Mir geht es gut.«

Das Wasser in Silver Springs war genauso sauber wie in Miami. Vielleicht sauberer.

Catherine Frey lief weiter in das staatliche Naturschutzgebiet hinein, inzwischen ohne zu rufen. Ihr Magen schmerzte nicht mehr. Sie wurde von keinen Gedanken gejagt. Das letzte Flussboot war nach Silver Springs zurückgefahren, der Lautsprecher war verstummt, und bald würden die Tore schließen. Sie ging weiter. In den Bäumen kauerten graue Affen, sie sahen aus wie Thompson mit seiner Pelzmütze, der ganze Wald war grau und unwirklich, überall die gleichen Mangroven, Wassermulden und der gleiche aufgequollene Sumpfboden, sie lief weiter und hatte nur einen Gedanken – ihr Magen schmerzte nicht mehr. Es war ein Gefühl, als würde sie einschlafen und alles loslassen und immer weiter in eine ruhige, gleichgültige Leere hineinwandern.

Miss Frey war nicht sie selbst, sie hatte die Grenzen ihrer erschöpften Sachlichkeit überschritten. Vielleicht wurde sie von einem dunklen Gedanken an sehr alte Elefanten verlockt, die sich tief in ihre innerste Wüstenei zurückziehen, um in Ruhe gelassen zu werden, das ist durchaus denkbar.

Hinterher glaubte Miss Frey, sie hätte sich verirrt, aber auch dann verlor sie sich ab und zu noch insgeheim in einen Tagtraum, der mit der Schönheit von Leere und Auslöschung zu tun hatte.

Weil Miss Frey, so wie die meisten Menschen, mit dem rechten Bein etwas längere Schritte machte als mit dem linken, bewegte sie sich in einem Kreis, der allmählich nach Silver Springs zurückführte. Kurz vor Sonnenuntergang blieb sie an einem Wasserlauf stehen, der kaum mehr als eine schmale Passage für Fische und Schildkröten war. Unter dem Dach aus breiten, glänzenden Blättern floss der Bach unbeschreiblich rein und unberührt vorbei, und plötzlich, wie ein natürlicher Bestandteil des Wassers, kamen zwei Schwimmer angeglitten. Nur kurz, ohne die Schultern über das Wasser zu erheben. Joe hatte die braune Farbe der Quelle und Linda war weiß wie der Sand, ihre Haare strömten wie ein breiter, fein gepinselter Schatten in das Wasser hinaus.

Als sie verschwunden waren, hatte sich die Leere des Waldes verändert.

Frey schluchzte krampfhaft. Sie ließ sich auf einen Baumstamm sinken und kramte ein Taschentuch aus der Tasche. Dabei sah sie, dass es schon spät war. Johanson hätte schon längst starten sollen. Immerhin hatten sie eine lange Fahrt vor sich.

Miss Frey begann, in ihrer Handtasche aufzuräumen, die Rechnungen für die Unternehmungen des Tages kamen in ein Extrafach und die Prospekte in ein anderes, das Kleingeld legte sie in ihren Geldbeutel und das feuchte Taschentuch steckte sie in die Jackentasche, damit Joes Brief nicht nass wurde. Schließlich puderte sie die Nase und stand auf, um sich auf den Rückweg zu machen, blieb aber gleich wieder stehen, weil sie keine Ahnung hatte, in welche Richtung sie gehen sollte.

Genau da, im Sonnenuntergang, versammelten sich die Bogenschützen zum großen Wettkampf des Tages. Jeden Tag gab es den gleichen Preis, eine Gedenkmedaille mit dem Relief des Indianerhäuptlings Tahatlamossee, der Silver Springs mit wilder Erbarmungslosigkeit bis ans bittere Ende verteidigt hatte. Es gab ihn noch in Wachs – in der authentischen Kopie des Gefängnisses, wo er vor Kummer gestorben war. Als Miss Frey den Kopf zum Himmel wandte, sah sie einen Pfeil, der sich in einem steilen Bogen erhob, hell beleuchtet von der sinkenden Sonne. Der Pfeil trug rote und weiße Federn. Für einen langen Augenblick schien der Pfeil regungslos zu verharren, bevor er in den Dschungel hinabsauste. Miss Frey klemmte sich die Tasche unter den Arm und begann, in gerader Linie auf Silver Springs zuzugehen. Kurz darauf stieß sie auf Peabody, die vor einem Baum stand, den sie umklammert hielt. Frey trat auf sie zu und sagte: »Hallo, hast du Thompson gesehen? Wir müssen zurück, es ist schon spät.«
Peabody schüttelte nur den Kopf und blieb stehen.

»Beruhige dich bitte«, sagte Frey. »Es ist schon spät. Ich muss mit der Direktion sprechen und dafür sorgen, dass man ihn so schnell wie möglich findet, sonst kommen wir erst mitten in der Nacht nach Hause.«

»Das war deine Schuld«, flüsterte Peabody, »du hast nicht gewartet und bist weggelaufen, und da hab ich sie im Moos verloren.« Sie hob die Stimme. »Ich hab gesehen, als es passierte«, jammerte sie. »Er ist gestorben und unters Wasser gesunken!«

»Beruhige dich und lass endlich diesen Baum los. Wovon redest du überhaupt?«

»Er ist ins Wasser gesunken!«, schrie Peabody. »Ich hab gesehen, wie er vorbeigetrieben ist. Ganz groß und lang!«

»Thompson? Sprichst du von Thompson?«

»Nein! Ich spreche von ihm! Er ist gesunken, er konnte nicht mehr und verschwand einfach.«

»Jetzt hör mal zu!«, sagte Frey erschrocken, packte Peabody an den Schultern und fragte mit Nachdruck: »Was hast du gesehen? Überleg genau. Hast du einen Pfeil gesehen, der fiel? In Silver Springs haben sie einen Pfeil abgeschossen, hast du den gesehen? Keine Lügengeschichten, bitte! Weißt du, was du sagst?«

»Klar weiß ich das!«, rief Peabody ärgerlich. »Er ist zu früh gestorben, aber alte Schachteln wie du, die machen einfach weiter und weiter und kriegen nichts auf die Reihe, und dabei bist du fürs ganze Programm verantwortlich!«

»Gib mir deinen Arm«, sagte Frey. »Wir gehen jetzt nach Hause.« Langsam gingen sie auf den Park zu. Der Totempfahl ragte zwischen den Bäumen hoch, weiß und schwarz mit aufgerissenem Maul, daneben der Weihnachtsmann mit seinen Fliegenpilzen. Alles war unverändert.

»Bist du mir böse?«, fragte Peabody. »Sag etwas. Glaubst du, dass ich mich jetzt erkälte?«

»Kann sein«, antwortete Frey. »Schon möglich. Zieh dir im Auto trockene Strümpfe an.«

Peabody hing schwer an Freys Schulter, sie stolperte ununterbrochen. Peabody war alt geworden, man durfte sich nicht über sie ärgern. Mit scharfen Augen und Gedanken trat Miss Frey aus dem Dickicht auf den Dschungelpfad hinaus, müde war sie nicht. Sie brachte schlimme Nachrichten. Noch viele Jahre würde man auf der Veranda in St. Petersburg über Joe reden, immer wieder aufs Neue, der schöne junge Mann, der riesige Dschungel, ein einziger Joe und ein einziger Pfeil und Hunderte von Meilen nichts als leerer, unbetretener Dschungel. Oh Gott, wie schrecklich und wie seltsam.

»Kommen wir noch rechtzeitig, was glaubst du?«, fragte Peabody. »Oder kommen wir zu spät?«

»Keine Angst«, antwortete Frey. »Wir haben viel Zeit. Es ist noch nicht Abend, noch lange nicht.«

Als das Telefon im Vestibül klingelte, lag Mrs. Rubinstein im Bett und las. Vorhin hatte sie die Adresse von Abraschas Brief geschrieben. Es läutete sechs Mal, dann verstummte es. Bald darauf fing es wieder an, sechs Mal, dann Stille. »Ha!«, sagte Rebecca Rubinstein, »mitten in der Nacht rufen sie an und stören einen.«

Sie konnte nicht weiterlesen. Plötzlich waren Ängste wach geworden, die sich blitzschnell ausbreiteten, genauso schlimm wie damals in den längst vergessenen Nächten, als Abrascha nicht nach Hause gekommen war, und jetzt läutete es schon wieder. Sie warf die Bettdecke ab und stürzte ins Treppenhaus hinaus. Dort war es dunkel. Unten ging Elizabeth Morris ans Telefon. Sie antwortete nur einsilbig. Bald würde der Hörer aufgelegt werden und langsame Schritte würden die Treppe heraufkommen, auf der Suche nach schonenden Worten, »du musst jetzt tapfer sein, dein Sohn …«.

Rebecca Rubinstein lehnte sich ans Treppengeländer und wartete. Ein neuer Brief kam ihr vor Augen, der Brief, den sie hätte schreiben können und immer versucht hatte zu schreiben, einfach, ohne ein einziges Wort, das etwas vortäuschte oder verbarg. Während sie in rasender Hast mit Abrascha sprach und endlich, ohne lang zu suchen, die kühlende Liebe fand, die sie beide schon so lange vermisst hatten, während sie eine Seite nach der anderen schrieb, kam Elizabeth Morris zurück.

»Mach kein Licht an, ich bin ohne Zähne«, sagte sie und begann langsam, die Treppe nach oben zu steigen. »Das war Johanson. Sie haben sich verspätet und kommen erst im Laufe der Nacht zurück. Thompson hat irgendwie Schwierigkeiten gemacht und Frey ist sehr krank …«

Mrs. Rubinstein flüsterte: »Was sagst du da? Ist das alles? War sonst nichts?«

»Doch«, antwortete Mrs. Morris. »Ich habe mit Linda gesprochen. Joe hat seinen Brief aus Miami erhalten. Er fährt gleich morgen hin, so schnell wie möglich.« Sie schwieg kurz und fuhr dann fort: »Sie sind alle ziemlich durcheinander. Thompson ist völlig außer Rand und Band und behauptet, Johanson hätte einen seiner Affen abgeschossen …«

»Einen seiner Affen«, wiederholte Mrs. Rubinstein. Am liebsten hätte sie laut gerufen, gelacht, Lobpreisungen gesungen, ihre Beine begannen zu zittern, und sie musste sich mit beiden Händen am Geländer festhalten.

»Was ist denn mit dir los?«, fragte Elizabeth.

»Nichts. Bitte entschuldige mich, ich muss noch einen dringenden Brief schreiben.« Sie wurde ungeduldig und sagte: »Ich weiß, der Ausflug ist chaotisch geworden, das musste er ja werden. Elizabeth, ich habe keine Zeit, mich dafür zu interessieren. Gottvater Johanson hat einen Affen erschossen, das ist bedauerlich, aber es ist schon spät. Wenn ich diesen Brief jetzt nicht schreibe, dann schreibe ich ihn nie.«

»Verstehe«, sagte Mrs. Morris und kehrte zu ihrem Bett zurück.

Der Schlaf ist ein Segen, dem man auf ganz unterschiedliche Art begegnen kann. Diese Nacht schlief Mrs. Morris sehr leicht, so wie man vor einem wichtigen Aufbruch schläft – mit absoluter Aufmerksamkeit. Irgendwann zwischen ein und zwei Uhr stand sie auf, setzte sich die Zähne ein und kleidete sich sorgfältig an. Nachdem sie das Licht im Treppenhaus, im Vestibül und auf der Veranda eingeschaltet hatte, machte sie die Lampen in Lindas Zimmer an. Danach trat Mrs. Morris in die warme Nacht hinaus und setzte sich in Pihalgas Schaukelstuhl. Der Himmel war bedeckt, und Butler Arms leuchtete wie ein Schloss, das verspätete Gäste erwartete.